フランス大衆小説研究の現在

宮　川　朗　子

安　川　　　孝

市　川　裕　史

目　次

はじめに……………………………………………………宮川　朗子　　1

Ⅰ．フランス大衆小説研究動向
　　― 1990 年代を始点として ―
　　　　　………………………………………………………安川　　孝　　11

Ⅱ．大衆小説の「詩学」
　　―「犠牲者小説」を中心に ―
　　　　　………………………………………………………安川　　孝　　43

Ⅲ．エミール・ゾラ『マルセイユの秘密 *Les Mystères de Marseille*』
　　― 大衆性と文学的価値 ―
　　　　　………………………………………………………宮川　朗子　　69

Ⅳ．大衆小説とパンクロック・カルチャー
　　― パトリック・ウドリーヌとヴィルジニー・デパントの場合 ―
　　　　　………………………………………………………市川　裕史　103

おわりに……………………………………………………宮川　朗子　135

大衆小説研究のための参考文献…………………………………………136

大衆小説年表………………………………………………………………148

索引…………………………………………………………………………161

はじめに

宮川　朗子

　大衆小説を研究する──　この領域に入らない、つまり正統な価値があると認められた小説を研究することとどのような違いがあるのだろうか。その対象が大衆的な作品であろうと高尚な作品であろうと、研究自体、つまり、テクストを読み、その価値を判定するということに何の違いもない。しかしながら、大衆的と判断が下された小説を、文学研究の伝統が築き上げてきた基準や方法で評価しようとするとき、研究の俎上に載せるまでの手続きに思わぬ問題が現れたり、従来の方法論では難しく思えたりすることがしばしばある。大衆小説研究を阻んでいるように思われるこれらの障壁は、実は物心がつく頃から小説に親しんできた者なら誰もが抱いたであろう疑問と無縁ではない。筆者自身、本書を準備する過程で、他の2人の執筆者と議論を重ねながら、これらの疑問を思い出し、その重要性をより強く意識するようになった。それゆえ、まずはこれらの疑問を挙げておくべきだと思うが、ここで通常の問題提起とは違う方法を試みたい。つまり、本書の著者3人の議論から生まれ、3人の名前と意見を集約する三川孝史朗という文学青年に登場してもらい、彼の経験を通して、大衆小説への理解を阻んできたさまざまな問題を提起してもらおうと思う。このようなやり方は、正統な文学研究では許されないことかもしれないが、本書は特に、大衆小説という研究対象とこの対象へのアプローチの仕方を初めて知ろうとする方々にお届けしたいと考えているため、本書を読まれる方々が、おそらく小学生や中学生の頃に抱いたような疑問を思い出しやすくなり、この研究対象をより身近に感じるようになるだろうし、正統な文学研究から排除されてきた大衆小説の世界、楽しむことに主眼が置かれてきた世界の研究ということを考慮するなら、むしろ悪くないだろう。そして、この孝史朗が抱いた疑問に対する答えを、これにつづく「研究動向」で見出すというちょっとした遊びを楽しんでいただくこともできるだろう。ただ全ての答えが見つかるわけではなく、逆に新たな疑問も生じてくるかもしれないが、疑問や議論が生まれること

こそ、大衆小説への理解を深めるきっかけとなると思う。それでは早速、孝史朗君に登場してもらうこととしよう。

＊　　　　　　　＊　　　　　　　＊

　僕、三川孝史朗は大の小説好き。小学生の頃『三銃士』の DVD を見たのがきっかけだ。この DVD を見てからというもの、すっかり『三銃士』ファンになって、近所の図書館に行き、『三銃士』はもちろん、同じ作者の『厳窟王』やジュール・ヴェルヌの『海底二万里』、ガストン・ルルーの『オペラ座の怪人』、アルセーヌ・ルパンを主人公とするシリーズなどを読み漁ってきた。

　中学生になる頃、図書館には大人たちが入ってゆく部屋があることに気づいた。恐る恐るその静まり返った部屋に入ってみると、そこにはいつも行っていた部屋の何倍もの数の本があったので、僕にも読める本があるのかな、と思って小説コーナーを探すと、なんと！『三銃士』や『海底二万里』、『オペラ座の怪人』と次から次へと愛読書が見つかるじゃないか！ただ、僕が読んだ『三銃士』は、確かに厚い本だったのだけど、きれいな絵が入っていて大きな字で書かれていたからするする読めてしまったのに、ここにある『三銃士』は、小さい本で細かい字で書かれていて、しかも 2 巻に分かれていたんだ。さらに、同じ作者の本で 7 巻に分かれている見慣れないタイトルの本があるのに気がついて、手に取って最初のページをめくると、そこには「ファラオン号」「ダンテス」「モレル」という見覚えのある名前が…。その本はなぜか『モンテ・クリスト伯』なんていうタイトルで、なんだかこれまで僕が読んできた本より見かけは真面目そうだし、これまで読んだ本よりも内容が多かった[1]。「僕は、ニセモノを読んできたのか…。」と思って何だか悔しくなって、これまで読んだ本と同じタイトルの本を全部借りて読んだんだ。最初はちょっととっつきにくかったけれど、これまで読んだ本にはなかったエピソードも次から次へと出てきてわくわくして、僕はますます小説にのめり込んでいったんだ。

　そして僕は大学生になり、好きなデュマの小説を研究しようと文学部の仏文

---

[1] 佐藤賢一は、これと似た読書体験を語っている。参照：佐藤賢一『100 分 de 名著 デュマ『モンテ・クリスト伯』』、NHK テレビテキスト、2013 年 2 月、p.5

学科に入学した。デュマを原書で読みたいと思って、フランス語の勉強にも一生懸命励んだよ。４年生になって、いよいよ『三銃士』について卒論を書こうと思って、小説を専門としている教授を訪ねたんだ。でも、この小説に対する幼いころからの自分の情熱を滔々と語ったのに、教授は、「そういう大衆小説は、研究の対象になりにくい。『感情教育』にしなさい、意義深い問題がたくさん議論されていて、面白いテーマが見つかるから。」だって。

　がっかりしたけど、一応教授の言うことを聞いてみて、『感情教育』を読んでみたけど、やっぱり『三銃士』が忘れられなくてね。そこでどうしてデュマがダメなのか、教授が言った「大衆小説」の意味を調べてみたんだ。辞書やグーグルでは、納得できる定義が見つからなかったんだけど、そんなとき、ダニエル・コンペール『大衆小説』という本に出会ったんだ。この本から、この「大衆小説」の意味が、広い読者層を狙って安い値段で大量に売られる小説であること、だから、大学の授業で紹介されるような小説と区別されて、文学研究において顧みられてこなかったことを知ったんだ。でも、そんなことよりも衝撃的だったのは、僕が愛してやまない小説の作者デュマが、実はゴースト・ライターを何人も使っていたという事実だったんだ。「一体この小説の作者は誰なのだろう」と思って、ほかの本を調べてみると、オーギュスト・マケとかいう人が、デュマの「協力者」であったという事実を見つけ出すことができた。だけど問題なのは、これらの人たちもまた、一人で作品を書いたわけではなさそうなこと。「作者は一体誰だと考えたらいいんだろう…。」って思って途方に暮れたよ。

　そんなとき、ふと、卒論の指導を受ける中で、僕は教授からいただいた「ただの読書感想文になってはいけない。先行研究や批評理論を踏まえたうえで書かなければいけない。」というアドヴァイスを思い出したんだ。そこで、まずは先行研究を調べてみたんだけど、教授が「研究の対象になりにくい」と言っていた通り、あまり先行研究が見つからないんだよ。そこで理論で何か使えそうなものがないかと、批評用語辞典のようなものをぺらぺらとめくっていると、そこには「作者の死」という文字があるじゃないか！どうやらこの言葉の意味は、テクストというものは、過去のテクストや同時代の言説が組み込まれる複雑なものであるゆえ、作者とは、その本を執筆したとみなされる唯一絶対的な存在ではないとかなんとかというものだった。でもその時これを読んだ僕の頭

の中では、なぜか、多くのゴースト・ライターの千手観音のような手が、『オリエント急行殺人事件』の犯人たちのごとく襲いかかり、デュマを惨殺するシーンが繰り広げられていて、「まさにこの複数の作者がひしめき合うことにこそ、『三銃士』の意味があるのだ！」と思いこんじゃったんだよね。それで「『三銃士』の作者デュマと「作者の死」の意味」という、今考えたら突拍子もないテーマをひねり出して、また教授に会いに行ったんだ。僕、自信満々にこの卒論テーマを説明したんだけど、教授はひとこと、

　「なんか、違う…。」

　それだけ。それはそれはがっかりしたけど、僕もダルタニャンのように強い心をもちたい、このくらいのことでへこたれたくない、って思ってね。ただ、作者のことを論じるのはなんだか無理のように思えたから、これからは小説の世界だけを考えることにしたんだ。そもそも僕は、小説そのものに夢中になったのだし、だからこそ、デュマに「協力者」がいると知っても、『三銃士』を嫌いにはなれなかったからね。そこで、それからは、大衆的とよばれる小説についての研究書をもっともっと読むことにしたんだ。そのうち、ジャン＝クロード・ヴァレイユという研究者の書いた『仮面の男　正義の味方と探偵』という本に出会って、その中のある一節が輝きを放っているように見えたんだ。それは、連載小説の筋立てに関する考察なんだけど、そこでは、物語の中心になる筋立てが、主要な物語 (récit premier) と設定された後、次のような説明が続けられていたんだ。

　　この主要な物語に、一群の副次的な物語が接木されているのを見ても何も驚くことはない。それらは、散種、予期せぬありえぬ枝分かれ、「リゾーム」、発芽、従属と従属しているものへのさらなる従属、埋め込み、埋め込まれたものの中へのさらなる埋め込み（これも際限なく繰り返される）というテクニックによってなされ、デリダ、ドゥルーズ、ガタリを借用するなら、何らかのモデルニテの本質を構成しているのかもしれないが、間違いないのは、連載の本質も構成していることである。それは、〈引き出し式〉の物語で、枝分かれしてゆくが、それぞれが関係し合う一連の筋立てのおかげで、ほぼ際限なく引き伸ばすことが見込めるのだ。

Aucune surprise à voir sur ce récit premier s'enter une foule de récits seconds, selon une technique de la dissémination, du branchement aléatoire et improbable, du « rhizome », de la germination, de la subordination et de la subordination à la subordination, de l'enchâssement et de l'enchâssement (démultipliable à l'infini) dans l'enchâssement, qui constitue peut-être, s'il faut en croire Derrida, Deleuze et Guattari, l'essence d'une certaine modernité, mais également, à coup sûr, celle du feuilleton, qui, on l'a remarqué à d'innombrables reprises, est un récit *à tiroirs*, susceptible d'être allongé quasiment sans fin grâce à une série d'intrigues dérivées qui se lient les unes aux autres[2]. （以下、特に断りがない場合、訳は引用者による）

僕が『三銃士』に魅かれていた秘密はこれだ！次々に物語が接木されていって、どんどん引き込まれて、どんどん夢中になってゆく。しかも、それが思想界で議論されているモデルニテの問題に関係するとは！やっぱり『三銃士』は偉大だ！『三銃士』のモデルニテ、これだ！このテーマにしよう。大好きな『三銃士』と思想界の大問題の隠れたつながりを解読するんだ！って興奮したし、自分の前に明るい道が開けているのを見たような気もしたよ。だけどその後すぐ、

　そのジャンルの規則に従って、それらと同等の力をもつ求心力によって、その動きは相殺され、バランスがとられる。つまり、拡張と膨張の後は、収縮と集中が介入せねばならず、あまりにも数多く多様な登場人物たちはどこかで再会し、これらの偶然のようにみえる出会いだけが幕を引くために使われるのである。

　　Selon les règles du genre, il est contrebalancé et équilibré par une force centripète de force égale : après la diastole et la dilatation, il faut bien qu'intervienne une systole et une concentration, et que des personnages si nombreux et si divers se retrouvent quelque part, ces rencontres fortuites en apparence seulement servant à rappeler clôture[3].

---

[2] Jean-Claude Vareille, *L'Homme masqué Le justicier et le détective,* Presses Universitaire de Lyon, 1989, p. 76-77.
[3] *Ibid.,* p.77-78.

という不穏な論調に変わっていって、「そして、連載の美学がある種のモデルニテと袂を分かつのは、まさにこの点なのだ。Et c'est là que l'esthétique du feuilleton se sépare d'une certaine modernité[4].」という註で強調される始末。僕の思い描いた研究は、こうして一夜の恋よりもはかなく消えてしまったんだよ。

それでも僕はあきらめなかった。自分にダルタニャンが乗り移っているような気がして、困難が多ければ多い程、果敢に立ち向かわなきゃって思っていたんだ。フランスの大衆小説に関する研究書をさらに読みすすめて、『三銃士』の魅力は、続編の存在を視野に入れれば解明できると考えて、「吸血現象と子孫の原則─アレクサンドル・デュマ『三銃士』とポール・フェヴァル・フィス『ダルタニャンの息子』」という題目を引っ提げて、再び教授の研究室へと向かったんだ。

題目を見て、僕の説明を一通り聞いた教授は、前回よりは少し興味を持ってくれたようで、ふむふむと頷いた後、

「それは間テクスト性の問題かね？」

と聞いたんだ。僕はちょっと考えたんだけど、こう答えた。

「なんか、違う…」

＊　　　　　　　　＊　　　　　　　　＊

孝史朗と教授のこのようなすれ違いは、従来の文学研究の方法や理論が、正統とみなされた作品に対する数多くの研究を通して練り上げられてきたことに起因していると考えられるかもしれない。それゆえ、これまで研究対象とされてこなかったテクストに、そういった方法や理論でアプローチしようとすると、違和感を覚えることもあるのだ。

そこでまずは、「大衆小説」というものの総体を確認しておく必要があるだろう。この問題については、第1章で近年の議論を概観するとともに、こういったテクストに対してなされてきたさまざまなアプローチを紹介する。この概観

---

[4] *Ibid.*, p. 102.

では、大衆小説研究を阻んできた批評家や研究者たちの偏見を明らかにするだけでなく、大衆小説の誕生とその発展と19世紀以降の印刷媒体の進歩との深い関係を紹介する。この考察を通して、この時代以降、世界中で生み出されるようになった膨大な量の出版物の中に占める、ベル・レットルの位置も浮かびあがってくるだろう。さらに、正統な文学と目される小説の価値と対比させながら大衆小説を捉えることによって、文学研究の世界に一石を投じてきた数々の研究、あるいは既存の理論を拠り所としながらも大衆小説に対する偏見を崩してきた研究を紹介する。

　第2〜4章は、上述の概観の中で紹介された研究を考慮に入れ、大衆小説の新たな魅力を引き出す試みである。まずは第2章で、連載小説に読者が夢中になる仕組みを、具体的に作品を分析しながら明らかにする。この論考の過程で、しばしば大衆小説が批判される理由となっていた読者の受動性が、根拠のないものであり、文学的テクストと同様に、大衆的テクストも、テクストとして機能するためには読者の積極的な参加を前提としていることを論証する。

　第3章では、エミール・ゾラが南フランスの地方紙に連載した『マルセイユの秘密』をとりあげ、新聞連載小説に対する偏見を生みだす元となった新聞広告としての役割や過去のヒット作の模倣といった性格を確認しながらも、歴史小説としてのこの小説の再評価を試みる。同時に、連載小説は、新聞の一面下段の限られたスペース内で展開された読みものとしてではなく、他の欄と連動しながら繰り広げられたテクストとして捉えることによって、連載小説が持つ真の規模や展開力が測定可能となることを指摘する。第2章と第3章は、大衆小説と正統とみなされている小説との境界線が、どれほど曖昧なものであるかということを例証する一方、その境界線をあたかも確定的なものであるかのように思わせてきた小説の書き方やその発表方法に対する新しい見方の可能性を探ることも目指している。これらの論文で指摘された特徴は、最大多数に受け入れられ、かつ、その最大多数の興味を引き続けるための構想や技であり、いわば文学版「コカコーラのレシピ」の神秘とも言えるが、これらの論考は、その神秘の一端を解き明かす試みでもある。

　第4章が前の2章と違うことは、その文体からすでに明らかだ。実際、文学

研究においては、言語がコミュニケーションの手段以上の意味を持つために、果たして正統とみなされてきた文学に対する研究と同じ言葉遣いで論文を書くべきかという疑問が筆者たちにはあった。とりわけ、作品がある特定の階級や社会的あるいは文化的なグループと結びつき、それらと学術的な世界とがあまりに乖離、さらには敵対している場合、作品世界と対極にある世界の言葉遣いで書くことは、作品に対する裏切りになりかねないのではないかという危惧である。市川裕史は、第4章を執筆する際、作品の価値を正確に伝える言葉遣いを選んだ。それは、一般的な文学の論文のために選ばれる語彙やスタイルではないが、この論考で取り上げた作家たちが愛する音楽のスタイル、ひいてはこのスタイルに大きな影響を受けたこの2人の作家たちの作品の構成と連動するものであり、それによって、暴力と犯罪が日常的になっているヴィルジニー・デパントが描く世界や背徳と隣り合わせの独特の美学を表現するパトリック・ウドリーヌの世界を誠実に伝えることを試みている。そしてこの論文においては、「広い読者層を狙って安い値段で大量に売られる小説」とする大衆小説の定義とも従来の階級論とも異なる、知的エリートに対峙する大衆という問題が提起され、今後の大衆小説に関する議論を開かれたものにもしている。さらに、客観性の保持と礼儀という観点から、論文において使うことが慣例となっている「我々 nous」の有効性に対する疑問—『悲しき熱帯』において、レヴィ゠ストロースが論文の随所で「私 je」を使用したことに代表される問題と無関係ではない、論文執筆におけるこの慣例に対する疑問 —も投げかけている。

　もちろん、たった3章の論文、しかも一体感よりも統一の欠如が目につく論文だけで、大衆小説への理解が深まるとは考えていない。第一、大衆小説研究の中でも近年めざましい進展が見られる推理小説や、流通量において他のジャンルを圧倒している恋愛小説について本書では触れていない。ただ、この3章が異なる方向を向いていることを、大衆小説という魅力的な星雲を再評価する方法が多様であることとして、本書に欠けている部分を今後の研究が埋めてほしいという期待の表れとして、御理解いただけたら幸いである。そして、このような願いと大衆小説の世界をより具体的に知ってもらいたいという思いから、本書には、年表と主要な大衆小説研究を紹介する参考文献、そして本論だけでなく年表にも対応する索引を付した。年表には、文学史の教科書に登場す

るような作家や作品の名前も入れたが、それは、今となっては忘れられた大衆小説の方が多いため、文学史に登場する有名な作品をあげることで年代の目印とするためと、文学史に登場する作品でも大衆的と判断されうる作品を指摘するためでもある。

　本書が、この新しく開拓し甲斐のある仕事、ちょっと変わった角度から文学作品を読むという仕事に、1人でも多くの方々が興味を持つきっかけになってくれたらと願ってやまない。

Ⅰ．フランス大衆小説研究動向
― 1990年代を始点として ―

安川　孝

1．はじめに

　フランス大衆小説は 19 世紀初頭に誕生した[1]。だが、この文学形式が学問の対象としてまともに取り上げられるようになったのは、その誕生からおよそ 150 年経過した 20 世紀後半になってからに過ぎない。その背景には、娯楽と気晴らしのために生産された「産業的文学 littérature industrielle[2]」（サント＝ブーヴ）に真面目な批評は成り立たない―このような、ベル・レットルを賛美する大学教師や批評家の偏見があった[3]。

　1970 年代から 1980 年代にかけてフランスにおける文芸批評はあるパラダイム転換を経験する。文学的伝統のなかで権威づけられた、わずかな数の作品を「正典 canon」として拝み奉る、エリート主義的で偏狭な文芸批評のあり方に疑問を投げかけた一部の研究者が、大衆小説と正面から向き合うようになるのである。彼らは教鞭をとる大学で、大衆文化・大衆文学を専門的に研究するセンターやチームを組織した。こうしてナンシー、サン＝テティエンヌ、リヨン、パリ、ナント、グルノーブル、そしてリモージュなどの大学では、大衆小説がコロックやセミナーで議論されるようになる。これらの大学では、大衆小説が教育科目に組み込まれ、多くの学位取得論文が生み出されている。2015 年には、中世文学研究者ミシェル・ザンクに招かれたリモージュ大学の歴史家ロイック・アルティアガが、コレージュ・ド・フランスで「19・20 世紀の大衆小説

---

[1]　フランス大衆小説の誕生については以下の論集が参考になる。*Le Rocambole, Bulletin des amis du roman populaire*, n°50, printemps 2010, Daniel Compère (dir.), « Naissance du roman populaire ».
[2]　Sainte-Beuve, « De la littérature industrielle », *Revue des Deux Mondes*, 1er septembre 1839. ［Lise Dumasy, *La Querelle du roman-feuilleton. Littérature, presse et politique, un débat précurseur (1836-1848)*, Grenoble, ELLUG, Université Stendhal, 1999, pp.25-45. に再録。］
[3]　Jacques Migozzi, « Postface. Mauvais genres et bons livres : ce n'est qu'un début, continuons le débat », in Loïc Artiaga (dir.), *Le Roman populaire 1836-1960. Des premiers feuilletons aux adaptations télévisuelles*, Paris, Éditions Autrement, « Mémoire/culture », p.158.

の読者 Les lecteurs du roman populaire XIXe-XXe siècles[4]」と題するセミナーを
行っている。

　文学を堕落させ、風紀を乱し、大衆を欺く、有害な表現形式として糾弾され
た大衆小説の研究が高等教育機関において制度化される一方で、研究者たちの
ネットワークもつくられた。ナンシー大学のルネ・ギーズやサン＝テティエン
ヌ大学のミシェル・ナタンを中心として 1984 年に結成された「大衆小説友の
会 Association des Amis du Roman Populaire」は、こうしたネットワークを実現
した、はじめての組織だった。これは、大学関係者のみならず、一般の愛好家
にも開かれた研究団体である。「大衆小説友の会」は、リモージュ大学のジャ
ン＝クロード・ヴァレイユを編集者として 1988 年から 1997 年まで雑誌『酒場
Tapis-franc』を刊行したあと、パリ第三大学のダニエル・コンペールを中心と
して雑誌『ロカンボール Le Rocambole[5]』を発行している。2011 年には、リモージュ
大学のジャック・ミゴジを責任者として、「大衆文学とメディア文化研究者の
国際組織 Association internationale des chercheurs en « Littératures Populaires et
Culture Médiatique »[6]」が結成され、コロックやセミナーのみならず、インター
ネット雑誌『ベルフェゴール Belphégor [7]』を通じて、大衆文化産業をめぐる考
察を行っている。

　1967 年にスリジーで開催されたコロック[8]を起点とすれば、フランス大衆小
説研究が開始されて 50 年以上になる。そこで本章では、大衆小説研究の歩み
を振り返ろうと思う。もっとも、これまで行われた研究[9]のすべてを網羅的に
カバーすることはできない。他の学問分野と比べて歴史が浅いとは言え、大衆
小説は多様な側面から研究されてきた。したがって本章では、大衆小説研究に

---

[4]　Loïc Artiaga,〈Les lecteurs du roman populaire, XIXe-XXe siècle〉(28 janvier 2015), vidéo disponible en
ligne : http://www.college-de-France.fr/site /michel-zink/seminar-2015-01-28-11h30.htm
[5]　http://www.lerocambole.net/rocambole/pages/index.php
[6]　http://lpcm.hypotheses.org
[7]　http://etc.dal.ca/belphegor
[8]　コロック参加者の発表は次の著作に収められている。Noël Arnaud, Francis Lacassin et Jean Tortel (dir.),
Entretiens sur la paralittérature, Paris, Plon, 1970.
[9]　総括的な研究史に関してはジャック・ミゴジの次の 2 つの論文を参照のこと。Jacques Migozzi, « Cet
obscur objet du désir universitaire », in Fictions populaires, études réunies par Nicolas Cremona, Bernard
Gendrel et Patrick Moran, Paris, Classiques Garnier, 2011, pp.35-47 ; « Dix ans de recherches en littératures
populaires : état des lieux vu de Limoges », in Zilá Bernd et Jacques Migozzi (dir.), Frontières du littéraire.
Littératures orales et populaires Brésil/France, Limoges, PULIM, « Littératures en marge », 1997, pp.9-30.

おいて近年著しい成果を挙げている「リモージュ大学大衆文学・メディア文化研究センター Centre de recherches sur les Littératures Populaires et les Cultures Médiatiques de l'Université de Limoges」と、この組織と関わりのある研究者の仕事を中心に、1990年代を始点として主要な研究動向を紹介する。

実際、1990年代は大衆小説研究史において重要な時期をなしている。1970年代から1980年代にかけての研究は、大衆小説の歴史や諸ジャンルの特定[10]、数量史的・書誌学的アプローチに基づく受容調査（発行部数や読者層の解析など）[11] に関心を寄せていた。それに対して、1990年代の研究では、物語論 narratologie や文体論 stylistique を駆使するテクスト分析が盛んになる[12]。かつてウラジミール・プロップがロシア民話について行った[13]ように、こうしたテクスト分析の目的は、大衆小説に共通する物語構造を解明することだった。

大衆小説の物語構造の分析が行われるとともに、そのイデオロギー的な次元もまた考察された。大衆小説は、それが書かれた時代と密接に結びついているがゆえに社会性をおびた文学とならざるを得ない。したがって、大衆小説に組み込まれるメッセージに対して読者はどのような反応を示すのか、こうした受容のプロセスが議論された。

他方で、1990年代後半以降、大衆小説を「メディア文化 culture médiatique[14]」として捉える研究が盛んになる。大衆的テクストの生産、流通、消費の様式を明らかにすることが、こうした研究の目的である。それゆえ大衆小説研究は、

---

[10] 大衆小説の歴史とジャンルを概観した研究として、以下の著作を挙げておく。Yves Olivier-Martin, *Histoire du roman populaire en France de 1840 à 1980*, Paris, Albin Michel, 1980 ; Lise Queffélec, *Le Roman-feuilleton français au XIXᵉ siècle*, Paris, PUF, « Que sais-je ? », 1989.

[11] 大衆小説の歴史学的・社会学的受容研究として、以下の著作と論文を挙げておく。Anne-Marie Thiesse, *Le Roman du quotidien. Lecteurs et lectures populaires à la Belle Époque* (1984), Paris, Seuil, « Points Histoire », 2000 ; Pierre Orecchioni, « Eugène Sue : mesure d'un succès », *Europe*, 60ᵉ année, nᵒ 643-4, novembre-décembre 1982, pp.157-166.

[12] 1990年代を代表する大衆的テクスト研究として、以下の著作を挙げておく。Allain-Michel Boyer, *La Paralittérature*, Paris, PUF, « Que sais-je ? », 1992 ; Daniel Couégnas, *Introduction à la paralittérature*, Paris, Seuil, « Poétique », 1992 ; Jean-Claude Vareille, *Le Roman populaire français (1789-1914). Idéologies et pratiques*, Limoges, PULIM-Québec, Nuit blanche, « Littératures en marge », 1994. 1978年にイタリア語で刊行されたウンベルト・エーコの先駆的研究がフランス語に翻訳されたのも1990年代である。Umberto Eco, *De Superman au surhomme* (1978), Paris, Grasset, « Biblio Essais », 1993 pour la traduction française.

[13] ウラジミール・プロップ『昔話の形態学』、北岡誠司・福田美智子訳、水声社、1987年。[ロシア語原典からのフランス語訳は、Vladimir Propp, *Morphologie du conte* (1969 pour la traduction française), Paris, Seuil, « Points Essais », 2015.]

[14] 大衆小説を「メディア文化」として捉えた代表的共同研究として、以下の雑誌論集を挙げておく。*Études littéraires*, volume 30, nᵒ 1, automne 1997, Paul Bleton (dir.), « Récit paralittéraire et culture médiatique ».

文学研究者のみならず、歴史家や社会学者の参加を促しながら、学際的な展開を見せることになる。

　以下では、これらの動向を中心として、大衆小説研究史を叙述することにする。しかし、大衆小説という、その全貌がいまだ不明瞭な領域にある程度の輪郭を与えるためにも、この文学形式の基本的な定義についてまずは確認しておこう。

2.　大衆性

　1970 年から 1980 年代にかけての研究は、19 世紀に広く使用された「大衆小説roman populaire」という表現[15]の曖昧さを指摘し、議論を重ねてきた[16]。実際、この言葉は多義的であり、populaire という形容詞が作家の出身階層を示しているのか、それとも作品で描かれる内容を表しているのか、あるいは想定される読者層を指しているのか、必ずしも明確ではない。さらに根本的な問題として、名詞 peuple から派生した形容詞 populaire そのものの意味がすでに明確さを欠いている。経済的に慎ましやかな生活を送る集団を示しているのか、それとも主権を委託された集団を指しているのか、あるいは単純に雑多な集団を示しているのかがはっきりしない。「中間層 classe moyenne」が台頭してくる 20 世紀以降になると、populaire の意味内容がさらに曖昧になるのは言うまでもないだろう。

　1990 年代以降、大衆小説を定義するための基準として重視されたのは、読者層だった。1994 年にジャン＝クロード・ヴァレイユは、大衆小説を「読むという行為を新たに獲得した階層に向けられた、広く流通する著作 l'œuvre de

---

[15] 「大衆小説」という用語がはじめて使われたのは、復古王政（1814 年および 1815 年～1830 年）後半期から七月王政（1830 年～1848 年）前半期にかけてパリで書籍印刷業を営んでいたアレクサンドル＝ニコラ・ピゴロー Alexandre-Nicolas Pigoreau (1765-1851) が 1823 年に刊行した『小説家の伝記に関する小文献目録 Petite Bibliographie biographico-romancières』の「第五補遺 Cinquième Supplément」においてである（Ellen Constans, « Le roman populaire, définition et histoire. De quelques questions théoriques et pratiques sur le roman populaire » [Belphégor, vol.VIII, n° 2, 2009 に再録]）。しかし、この表現が出版業界において定着するのは、パリの出版人ギュスターヴ・バルバ Gustave Barba (1803-1867) が《挿絵入り大衆小説 Romans populaires illustrés》と命名された「小説新聞 journaux-romans」を創刊した 1849 年以降である（Allain-Michel Boyer, La Paralittérature, op.cit., p.68.）。「小説新聞」とは、複数の作品を同時に連載する印刷物である。

[16] 大衆小説の定義をめぐる議論については、例えば、以下の論文が参考になる。Jean Tortel, « Le roman populaire », in Entretiens sur la paralittérature, op.cit., pp.55-75 ; Ellen Constans, op.cit. ; André Petronie, « La notion de littérature populaire », in René Guise et Hans-Jorg Heuschafer (dir.), Richesses du roman populaire, Nancy, Centre de recherches sur le roman populaire, Université de Nancy II, 1986, pp.11-28.

large diffusion, s'adressant aux couches nouvellement acquises à la lecture[17]」とし
て定義した。言うまでもなく、ここでヴァレイユが想定しているのは、1833
年のギゾー法[18]以降、19 世紀を通じて整備された初等教育の恩恵を受けた人び
とである。同様に、エレン・コンスタンは、大衆小説をジュール・ミシュレ
Jules Michelet（1798-1874）が『民衆 Le Peuple[19]』（1846）において描いたよう
な人びとに向けられた文学と定義している[20]。

　歴史家の実証研究は、populaire が指し示す対象を明らかにするうえで、大
きな貢献をした。フランソワーズ・パラン＝ラルドゥールは、1815 年から
1830 年にかけてのパリの貸本屋の顧客が職人や商人、家事使用人やお針子の
みならず、公務員や軍人、教師や弁護士などで構成されていたことを明らかに
した[21]。識字教育が充実する 19 世紀後半、とりわけジュール・フェリー Jules
Ferry（1832-1893）のイニシアティブで初等教育に無償・義務・非宗教化の三
原則が導入された 1881 年から 1882 年以降になると、アンヌ＝マリ・ティエス
の調査[22]が示しているように、職人や労働者や農民といった、いわゆる庶民階
層が大衆小説の消費者の中心を占めるようになる。

　こうした実証研究の成果を踏まえて、現在の大多数の研究者は populaire を「す
べての人びと」という意味で理解し、次のような定義を提案することで一致し
ている。すなわち、大衆小説とは、新聞や「小説新聞」、「配本方式 livraison[23]」
や廉価本などの、安価で大量部数を誇り、広範にわたって流通する媒体で出版
された作品である[24]、と。

　しかし、20 世紀後半に生産された作品が問題となるとき、大衆小説という
呼称がほとんど用いられないことを指摘しなければならない。この時期の作品
の多くは、特定のジャンルをシリーズ化するコレクションから刊行された。そ

---

[17] Jean-Claude Vareille, *Le Roman populaire français, op.cit.*, p.18.

[18] ギゾー法によって各市町村は少なくとも 1 つの初等学校を、各県は 1 つの師範学校を設立すること
が定められた。

[19] Jules Michelet, *Le Peuple* (1846), Paris, Flammarion, « G. F. », 1992.［ジュール・ミシュレ『民衆』、大
野一道訳、みすず書房、1978 年。］

[20] Ellen Constans, *op.cit.*

[21] Françoise Parent-Lardeur, *Lire à Paris au temps de Balzac, les cabinets de lecture*, Paris, Payot, 1999.

[22] Anne-Marie Thiesse, *Le Roman du quotidien, op.cit.*

[23] 「配本方式」とは、1 つの作品を分冊にして週に 1 回あるいは 2 回定期的に出版する方法である。

[24] 大衆小説の最新の定義については次の著作を参照のこと。ダニエル・コンペール『大衆小説』、宮川
朗子訳、国文社、2014 年、p.14.［Daniel Compère, *Les Romans populaires*, Presses Sorbonne Nouvelle, 2011, p.13.］

れゆえ、大衆小説という、きわめて大雑把な呼称でこれらの作品を一括りにするのではなく、「サイエンス・フィクション science-fiction」、「推理小説 roman policier」、「スパイ小説 roman d'espionnage」、「恋愛小説 roman sentimental」といったジャンル名を用いることが慣例となっている[25]。その一方で、この時期の作品を包括的に捉えるために、ケベックの研究者たちは、「大量消費文学 littérature de grande consommation」や「シリーズ文学 littérature sérielle」という呼称を提案している[26]。

3. 周縁性

大衆小説を定義づけるもう1つの要素は、それがフランス文学史の定める文学領域の周縁におかれているということだ。19世紀前半に制度化しつつあった文芸批評の担い手は、芸術性よりも商業性を追求する大衆小説を、文学を堕落させる表現形式として糾弾した[27]。彼らの批判は必要以上に激しさを増すこともあった。それは、彼らがみずからの仕事を公にする場である新聞の「学芸欄 feuilleton」が大衆小説に占拠されようとしていたということと無関係ではない。それ以上に、大衆小説を派手に指弾することが批評家として身を立てるための、もっとも手っ取り早い方法だったからでもある[28]。

1850年代以降、文学の商品化に抗う一部の作家は、アラン＝ミシェル・ボワイエが指摘した[29]ように、彼らの実践する文学の優越性を大衆小説との比

---

[25] Jacques Migozzi, *Boulevards du populaire*, Limoges, PULIM, « Médiatextes », 2005, p.29.

[26] ケベックの研究者らの代表的共同研究として、以下の著作を挙げておく。Denis Saint-Jacques et Roger de la Garde (dir.), *Les Pratiques culturelles de grande consommation - le marché francophone*, Québec, Nuit blanche, 1992 ; Denis Saint-Jacques, Jacques Lemieux, Claude Martin et Vincent Nadeau (dir.), *Ces livres que vous avez aimés. Les best-sellers au Québec de 1970 à aujourd'hui*, Québec, Nuit blanche, 1997 ; Paul Bleton (dir.), *Amours, aventures et mystères, ou le roman qu'on ne peut pas lâcher*, Québec, Nota Bene, 1998.

[27] 大衆小説が巻き起こした論争については次の著作・論文が参考になる。Lise Dumasy, *La Querelle du roman-feuilleton, op.cit.* ; Ellen Constans, « Lire le roman populaire vers 1850 », in Denis Saint-Jacques (dir.), *L'Acte de lecture*, Québec, Nuit blanche, « Littérature(s) », 1994, pp.53–73 ; Judith Lyon-Caen, *La Lecture et la vie. Les usages du roman au temps de Balzac*, Paris, Tallandier, 2006, pp.43–88 ; 小倉孝誠『革命と反動の図像学 一八四八年、メディアと風景』、白水社、2014年、pp.57-62。また、大衆小説の普及に対するカトリック教会の反応については次の著作が参考になる。Loïc Artiaga, *Des Torrents de papier. Catholicisme et lectures populaires au XIXᵉ siècle*, Limoges, PULIM, « Médiatextes », 2007 ; Jean-Yves Mollier, *La Mise au pas des écrivains. L'impossible mission de l'abbé Bethléem au XXᵉ siècle*, Paris, Fayard, 2014.

[28] 大衆小説の普及と文芸批評の制度化については以下の著作が参考になる。Judith Lyon-Caen, *op.cit.*, pp.47-50 ; 石井洋二郎『文学の思考 サント＝ブーヴからブルデューまで』、東京大学出版会、2000年、pp.40-43。

[29] Alain-Michel Boyer, *La Paralittérature, op.cit.*, pp.33–35.

較において強調するようになる。「産業的文学」の流行に対して恐怖に近い感情をもっていたがゆえ、これらの作家の批判もまた辛辣だった。彼らは娯楽と気晴らしのために生産される大衆小説を、活字芸術の名に値しない、低俗でくだらない読みものとして否定する。そうすることで、自分たちの文学を真の芸術として作り上げようとした。こうして大衆小説といわゆる正統な文学という対立構図が生み出される。

　19世紀後半になると、大衆小説と正統な文学の区別はより一層明確なかたちで表れる。ジャック・ミゴジによれば、このことは第三共和政前半期（1871-1914年）の学校教育における、文学の殿堂と共和国の正統な文学を創出するというイデオロギーと無関係ではない。

　　　文学を、文学によって区別するというこの要求は、少なくともフランスにおいては、国家的なまとまりを強固にし国民を成立させるために、1つの文化遺産と1つのパンテオンを引き出すという、国家にとっての必要性から、ランソンの庇護のもとで文学史教育が教育機構において制度化される時期に一致するだろう。

　　　Cette exigence de distinction de la littérature et par la littérature se conjuguerait, au moins en France à une époque où se met en place, sous l'égide de Lanson, l'enseignement de l'Histoire littéraire dans l'appareil scolaire, avec la nécessité pour l'État de dégager un patrimoine et un Panthéon, afin de souder l'unité nationale et d'édifier le citoyen[30]. （以下、特に断りがない場合、訳は引用者による）

　1970年代において研究者たちは、大衆小説を「二次文学 paralittérature[31]」、「反文学 contre-littératures[32]」、「マイナー文学 littérature minoritaire[33]」などと呼んだ。これらの呼称は、その表現内容が曖昧だった「大衆小説」という名称を回避す

---

[30]　Jacques Migozzi, « Les fils d'Aristote face à l'autre littérature », in *Pour une esthétique de la littérature mineure*, colloque « Littérature majeure, littérature mineure », Strasbourg, 16-18 janvier 1997, Actes réunis et présentés par Luc Fraisse, Paris, Honoré Champion, 2000, p.226.

[31]　Jean Tortel, « Qu'est-ce que la paralittérature ? », in *Entretiens sur la paralittérature, op.cit.*

[32]　Bernard Mouralis, *Les Contre-littératures*, Paris, PUF, 1975.

[33]　Jacques Dubois, *L'Institution de la littérature*, Paris-Bruxelles, Nathan-Éditions Labor, « Dossier Media », 1978.

るために提案されたにせよ、この文学形式が学校教育や批評界で定められたフランス文学の領域の周縁におかれているという認識に基づいていることは言うまでもない。

　したがってこれらの呼称は、特別な意図がない限り、現在の研究において使用されることはほとんどない。実際、大衆小説は、19世紀に登場した新たな文学形式であって「反文学」ではない。それはまた、フランス文学史で定められる正統な文学に付随するような「二次文学」でもない。大衆小説は、自立性をそなえた1つの文化領域を形成しているのであり、さらには、それを「マイナー文学」と呼ぶことほど誤った認識はないだろう。

　第一帝政（1804年から1814年および1815年）から1850年にいたる時期にパリで印刷された小説の出版部数と再版回数を調査した歴史家マーティン・ライオンズは、当時の読者がフランス文学史において特権的に論じられる作家たちの作品よりも、ピゴ＝ルブラン Pigault-Lebrun（1753-1835）、ウジェーヌ・シュー Eugène Sue（1804-1857）、アレクサンドル・デュマ Alexandre Dumas（1802-1870）、エミール・エルクマン Émile Erckmann（1822-1899）とアレクサンドル・シャトリアン Alexandre Chatrian（1826-1890）のペア、ジュール・ヴェルヌ Jules Verne（1828-1905）らの作品を好んで読んでいたことを明らかにしている[34]。

　他方で、歴史家ジャン＝イヴ・モリエは、七月王政期におけるウジェーヌ・シュー、アレクサンドル・デュマ、フレデリック・スリエ Frédéric Soulié（1800-1847）、ポール・フェヴァル Paul Féval（1816-1887）といったフランス人作家の台頭を「国民文学」の創成という観点から理解している[35]。というのも、彼らの作品の普及によって、復古王政期に人気を博したウォルター・スコット Walter Scott（1771-1832）やフェニモア・クーパー Fenimore Cooper（1789-1851）などの外国人作家の作品がフランスの市場から締め出されたからだ。こうしてフランス人は、フランス人作家によって書かれた小説を大量に消費するようになる。

---

[34] Martyn Lyons, « Les best-sellers », in Roger Chartier et Henri-Jean Martin (dir.), *Histoire de l'édition française. III. Le temps des éditeurs. Du romantisme à la Belle Époque*, Paris, Fayard/Cercle de la Librairie, 1990, pp.409-437.

[35] Jean-Yves Mollier, *La Lecture et ses publics à l'époque contemporaine. Essais d'histoire culturelle*, PUF, « Le Nœud gordien », 2001, pp.75-77.

2人の歴史家が明らかにした事実を考慮するならば、文学史においてその才能が傑出したものとして讃えられる作家たちでもってフランス文学を代表させることはできないだろう。大衆小説は、広範な読者をターゲットとしているがゆえに、国民的であり、この意味において、それはもう1つの国民文学のかたちなのだ。ここに大衆小説を研究する意義の1つがある。

4.「二次文学モデル modèle paralittéraire」

　可能な限り広範な読者に読まれることを想定して生産された大衆小説は、ある特定の、限られた人びとに向けて書かれた作品とは異なる構造をそなえている—このような仮説に基づいて、1990年代以降、研究者たちは物語論や文体論の成果を取り入れながら、大衆小説をテクストの次元から定義しようとした。この種の研究を代表するのは、1992年に発表されたダニエル・クエニャの『二次文学入門 Introduction à la paralittérature[36]』である。

　タイトルが示すように、クエニャは、「二次文学 paralittérature」という呼称を採用している。だからと言って彼が、いわゆる文学的小説と比べて大衆小説が劣った文学形式だとみなしているわけではない。こうした価値判断を導入することなく、大衆小説と文学的小説とを区別する基準を析出することがクエニャの目的だった。かなり大雑把にではあるが、彼が析出した6つの基準を見てみよう。

　第1の基準は、「ペリテクスト péritexte」や「パラテクスト paratexte」にある。大衆小説の作品の多くは、ジェラール・ジュネットの言うところの、「テーマ的タイトル titre thématique[37]」を採用する。作品の内容の輪郭を直ちに読者に示すためだ。タイトルの機能は、作品が単行本で出版された場合、その表紙に印刷されたイラストやコレクション名、あるいはジャンル名などによって補強される。これらの情報もまた作品の「身元」の特定を容易にする。

　第2の基準は、場所や景観、境遇や劇的状況、登場人物といったものの類型を再利用することにある。既存の作品や既成のジャンルとの断絶を強調

---

[36] Daniel Couégnas, *op.cit.*
[37] Gérard Genette, *Seuils*, Seuil, 1987, p.75.［ジェラール・ジュネット『スイユ テクストから書物へ』、和泉涼一訳、水声社、2001年、p.98.］

し、革新的な表現形式を追求するのが文学的小説であるならば、ツヴェタン・トドロフ[38]やウンベルト・エーコ[39]がすでに指摘したように、大衆的テクストは先行する作品群を模範にして、それらと同じような説話世界や登場人物、筋の展開を採用する保守的な傾向がきわめて強い。言うまでもなくそれは、ハンス・R・ヤウスの概念を借りれば、「期待の地平 horizon d'attente[40]」に作品を組み込むためである。

　第3の基準は、現実世界と説話世界の境界を消滅させる手法として「レフェランスの幻想 illusion référentielle」を重視することだ。「レフェランスの幻想」は、登場人物のモノローグや会話シーンを可能な限り盛り込むことで生み出される。ジャン＝クロード・ヴァレイユが述べている[41]ように、大衆小説の登場人物は「おしゃべり」が好きで、見たこと、聞いたこと、体験したことを繰り返し語る性質をもっている。それゆえ、語り手が物語に介入し、読者の記憶をリフレッシュさせるような機会は必然的に減少することになる。こうして大衆小説は、語り手の存在とその言説を可能な限り隠蔽し、語りのモードとして、語ることを本質とする「ディエゲーシス」というよりは、見せることを本質とする「ミメーシス」を好む傾向がある。

　第4の基準は、テクストが「完全なる意味体系 système pansémique」を構築するということである。大衆小説は物語の多様な解釈を引き起こしうる不明瞭な要素のすべてをテクストから取り払う。1971年の先駆的な論文においてウンベルト・エーコが分析している[42]ように、小説を文学的たらしめる要素である「〈不確かな〉物語性 narrativité « problématique »」が大衆小説には認められない。言い換えれば、大衆小説は解釈における読者の自由を限りなく制限し、一義的な読みをプログラムする。それゆえ、ダニエル・クエニャによれば、「読者は意味を〈承認〉する役割に専念させられる。Le lecteur est confiné dans un rôle de « reconnaissance » du sens[43]。」

---

[38] Tzvetan, Todorov, « Typologie du roman policier », in *Poétique de la prose*, Paris, Seuil, 1971.p.10.

[39] Umberto Eco, *op.cit.*, p.18.

[40] Hans Robert Jauss, *Pour une esthétique de la récerpion* (1978 pour la traduction française), Paris, Gallimard, « Tel », 2005.［本書収録論文のうち3編は次の邦訳で読める。H. R. ヤウス『挑発としての文学史』(1976年)、轡田収訳、岩波書店、2001年。］

[41] Jean-Claude Vareille, *op.cit.*, p.230.

[42] Umberto Eco, *op.cit.*, pp.17-19.

[43] Daniel Couégnas, *op.cit.*, p.182.

第 5 の基準は、「描写 description」よりも「語り narration」が特権化される
ということである。物語論が主張するように、「描写」は物語の進行を緩慢に
したり、停止させたりする性質をもっている[44]。したがって大衆小説は、「レフェ
ランスの幻想」を損なわない限りにおいて「描写」を出来る限り削減し、波乱
に富んだ筋を展開する「語り」を重視する。こうして大衆小説は、読者の関心
をつなぎ止めようとする。

　第 6 の基準は、登場人物が初歩的な模倣によって創造される点にある。大衆
小説には、複雑で矛盾にみちた心理をそなえた登場人物は必要ではない。その
性格は善悪二元論の原理によって明快に規定されなければならない。言い換え
れば、あらゆる登場人物は「善」か「悪」かのいずれかに振り分けられる。し
たがって、作中人物の役割は、読者の共感や同情、あるいは嫌悪と憤慨といっ
た単純な反応を誘発することに尽きる。

　以上が大衆小説と文学的小説を隔てる 6 つの基準の概要である。作品は、こ
れらの基準を満たすほど、「二次文学モデル」— 大衆小説の模範的な形式 —に
接近するというわけだ。

　あらゆる先駆的な研究がそうであるように、ダニエル・クエニャの『二次文
学入門』は批判的考察の対象となった[45]。それでもなお、この著作は大衆小説
を学習する学生や、それを分析する研究者の必須参考文献となっている。なぜ
なら、彼の研究は大衆小説をテクストの次元において定義するための厳密な分
析ツールを提供してくれるからだ。本書第 2 章「大衆小説の〈詩学〉—〈犠牲
者小説〉を中心に —」は、クエニャの「二次文学モデル」を参照にして大衆
小説の語りの手法を具体的に紹介しながら、このモデルの有効性と限界につい
て言及している。

---

[44] 物語における「描写」の機能については、例えば、以下の著作が参考になる。André Petitjean et
Jean-Michel Adam, *Le Texte descriptif*, Paris, Armand Colin, « fac », 2005.
[45] 例えば、ジャック・ミゴジは、「二次文学モデル」の厳密さと有効性を認めつつも、こうしたモデ
ルが大衆小説のすべての作品はステレオタイプ化された鋳型から製造される、という 19 紀以来共有さ
れてきた偏見を想起される危険性を指摘している（Jacques Migozzi, « Postface. Mauvais genres et bons
livres : ce n'est qu'un début, continuons le débat », in *Le Roman populaire 1836-1960, op.cit.*, p.167.）。ダニ
エル・コンペールは、大衆小説と文学的小説を区別する規準は、批評や教育などの「文学的価値の認
定機関 instances littéraires」によって定められるものであって、そうした基準はテクストの内部には存
在しないと明言し、ダニエル・クエニャの「二次文学モデル」を否定している（ダニエル・コンペール、
前掲書、p.130. ならびに pp.209-235. [Daniel Compère, *op.cit.*, p.72. et pp.113-121.]）。

最近では、19 世紀や 20 世紀の大衆小説だけではなく、12 世紀の『狐物語 *Roman de Renard*[46]』、ルネサンス期（1494年-1598年）の悲劇もの histoires tragiques[47]、17 世紀から 18 世紀にかけて最盛期を迎えた「青表紙本 bibliothèque bleue」から刊行された騎士道物語 roman de chevalerie[48]に、「二次文学モデル」を適用し、これらの作品群と大衆小説の類似性を見いだす試みも行われている。大衆小説の起源を探求しようというのが、これらの研究の目的である。

　この観点からすると、クエニャの研究に基づいて、一般的に文学的小説とみなされている作品を分析することは興味深いだろう。フランス文学史においてその「文学性 littéralité」が認定された作品のなかに「二次文学性 paralittérarité」を測定することができるかもしれない。エミール・ゾラ Émile Zola（1840-1902）の『マルセイユの秘密 *Les Mystères de Marseille*』（1867）を分析する本書第 3 章は、こうした研究に位置づけられる。

5. 大衆小説とイデオロギー

　大衆小説は、娯楽のために生産されたにせよ、非イデオロギー的な気晴らし文学ではない。1840 年代の、いわゆる「新聞小説論争 querelle du roman-feuilleton」以来、カトリックや保守ブルジョワジーなどの右派や、社会主義者や政教分離主義者などの左派が大衆小説を「精神にとっての毒 poison pour les âmes」あるいは「大衆のアヘン opium du peuple」として糾弾した[49]のは、そのためである。

　スーザン・スレイマンが分析した、プロパガンダや宣伝を目的とする「テーマ小説 roman à thèse[50]」や、ジャン＝クロード・ヴァレイユが論じた、共和主義的な原則とモラルを叩き込む第三共和政前半期の学校教科書[51]、あるいはジャン＝イヴ・モリエが調査した、ドレフュス事件をめぐる世論操作に関与した「路上文学 littérature du trottoir[52]」とは異なり、大衆小説はイデオロギー性をあらわ

---

[46] Emmanuelle Poulain-Gautret, « Renard est-il un héros de littérature populaire ? », in *Fictions populaires, op.cit.*, pp.151-162.

[47] Nicolas Cremona, « Les histoires tragiques, fictions populaires ? », *ibid*., pp.99-109.

[48] Lise Andries, « Les romans de chevalerie de la bibliothèque bleue », *ibid*., pp. 85-98.

[49] 注 27 を参照のこと。

[50] Susan Suleiman, *Le Roman à thèse ou l'autorité fictive*, Paris, PUF, « Écriture », 1983.

[51] Jean-Claude Vareille, « Pédagogie, éthique et rhétorique », *Tapis-franc*, n° 4 automne 1991, pp.100-127.

[52] Jean-Yves Mollier, *Le Camelot et la rue. Politique et démocratie au tournant des XIXe et XXe siècles*, Paris, Fayard, 2004.

にすることはない。不特定多数の読者層をターゲットとし、商業性を重視する大衆小説にとって、ある特定の主義や主張をあからさまに提示することは好ましくないからだ。したがって、大衆小説のイデオロギー性は、控えめなかたちで作用するという特徴がある。だからこそ、大衆小説は読者の心性や感性や思考を知らず知らずのうちに画一化する、危険な表現形式とみなされた。

　大衆小説のイデオロギー性をめぐる、1960年代から1980年代の研究は、こうした19世紀の知識人による「産業的文学」批判によって規定されたと言っていいだろう。例えば、1979年の著作においてウンベルト・エーコは、1848年2月のバリケードで共和政のために戦った闘士の多くがウジェーヌ・シューの『パリの秘密 Les Mystères de Paris』（1842-1843）の熱心な読者だったと述べている[53]。他方で、1967年のスリジーのコロックにおいてジャン・トルテルは、19世紀の大衆小説がプロレタリア階級を手なずけるための有効な手段として機能したと明言した[54]。同じように、1973年の著作において1870年から1880年にかけて生産された小説全般を分析したシャルル・グリヴェルは、これらの作品が既存秩序を正統化する役割を担ったと想定している[55]。1983年にナンシー大学で行われたコロックにおいてミシェル・ナタンもまた、大衆小説の教化的側面を強調した。

　　大衆小説は教育し、そして楽しませようとする。たとえ著者やコレクションによってどちらかを優先することがあっても、一方がなければ他方だけで成り立つことはない。大衆を退廃させる方法たる大衆小説がその教育に奉仕しえると認識されるとき、教育的なものからプロパガンダまで、そこにはやすやすと乗り越えられるわずかな距離しかない。

　　Le roman populaire cherche à instruire et à distraire. L'un ne va pas sans l'autre même si, selon les auteurs et les collections, c'est l'un ou l'autre qui domine. De la didactique à la propagande il n'y a qu'un pas qui fut aisément franchi lorsqu'on s'aperçut que le

---

[53] ウンベルト・エーコ『物語における読書』、篠原資明訳、青士社、2003年、pp.90-91. ［イタリア語原典からのフランス語訳は、Umberto Eco, *Lector in fabula. Le rôle du lecteur ou la Coopération interprétative dans les textes narratifs* (1979), Paris, Grasset, « biblio essais » 1985 pour la traduction française. 篠原訳からの引用に該当する箇所は pp.70-71.]

[54] Jean Tortel, « Le roman populaire », in *Entretiens sur la paralittérature, op.cit.*, p.61.

[55] Charles Grivel, *Production de l'intérêt romanesque. Un état du texte (1870-1880), un essai de sa théorie*, La Haye-Paris, Mouton, 1973.

roman populaire, moyen de corruption des masses, pouvait servir à leur édification[56].

　しかしながら、大衆小説が読者を教化する性質をそなえているにしても、そのメッセージがいかなる抵抗もなしに読者の精神に入り込み、その行動様式を条件づけるとは限らない。1990 年代以降の研究では、大衆小説のイデオロギー的な営みに対して読者がどのように反応するか、その受容のあり方が議論の中心に据えられた。こうした議論の支点となったのは、カルチュラル・スタディーズにおいてすでに古典的研究となったリチャード・ホガートの『読み書き能力の効用[57]』（1957）だった。

　1950 年代のバーミンガムの労働者階級に属する女性読者における新聞小説の受容を調査したホガートは、これらの読者が、物語へ没入すると同時に、その内容に対して距離をとるような読みを実践していたことを明らかにした。こうした社会学の研究成果を踏まえた大衆小説研究は、作品と読者の力関係を慎重に見極めようとする。例えば、ジャン＝クロード・ヴァレイユは1994 年に大衆小説の読書を次のように特徴づけている。

　　［…］もし読者が〈信じる〉のであれば、まさにそれに同意したことになるのであり、もし読者が信じていると〈信じる〉のであれば、まさにそれは信じることを＜欲している＞からであり、そしてそれを欲するのであれば、それはゲームに身を投じゲームをするためである。［…］読書とは、信じるか、あるいは距離をとるか、ということではない。それは信じることであると同時に距離をとることなのだ。

　　［…］si le lecteur *croit*, c'est bien qu'il y consent ; s'il *croit* croire c'est qu'il *veut* croire, et, s'il le veut, c'est pour entrer dans le jeu et jouer le jeu. […] La lecture n'est pas croyance *ou* distinction. Elle est croyance *et* distanciation[58].

---

[56] Michel Nathan, « Le ressassement, ou que peut le roman populaire ? », in *Richesses du roman populaire, op.cit.*, p. 95.
[57] リチャード・ホガート『読み書き能力の効用』、香内三郎訳、晶文社、1974 年。［英語原典からのフランス語訳は、Richard Hoggart, *La Culture du pauvre*, Paris, Seuil, « Le sens commun », 1970.］
[58] Jean-Claude Vareille, *Le Roman populaire français, op.cit.*, pp.195-196.

2008 年に刊行された論文集の総括においてジャック・ミゴジは大衆小説の読みに関する同様の結論を提案している。

　大衆小説の読者は、たとえミシェル・ド・セルトーが価値を置く「密猟としての読書」にいつも没頭するわけではないにしても、だからと言って、すべてをうのみにし、そして根っからの信じやすさに身を任せ、テクストのイデオロギー的な前提事項のすべてを、眉をひそめることなく受け入れ、社会的な現実についてひどい思い違いをするほど、テクストと語りの魔法に絡めとられるわけではない。

Le lecteur de roman populaire, même s'il ne se livre pas toujours à la « lecture comme braconnage » chère à Michel de Certeau, n'est pas pour autant en effet si vampé par le texte et ses sortilèges narratifs qu'il gobe tout et se laisse mener par le bout du nez, acceptant sans sourciller dans sa crédulité foncière tous les présupposés idéologiques du texte, et prenant des vessies fictionnelles pour des lanternes de la réalité sociale[59].

　大衆小説の読者は、必ずしもテクストに支配され、操作される、軟弱な受容者ではない。ジュディト・リヨン＝カーンは、ウジェーヌ・シューの読者が作家に書き送った書簡を分析し、彼らが小説をとおしてみずからの運命の意味を発見しようとしたことを明らかにしている[60]。このことは、それまであまり指摘されることがなかった、大衆小説の受容の積極的で創造的な側面の１つを示している。すなわち、大衆小説の読者は作品で語られることを、ロジェ・シャルチエの用語を借りれば、主体的に「領有 appropriation」し、大衆小説の「読書がテクストの理解を通じて自己に関する知識を媒介する[61]」役割を担ったということである。

　最後に、2007 年に刊行されたクリスティアン・サルモンの『ストーリーテリング 物語生産と精神の画一化 Storytelling. La machine à fabriquer des histoires

---

[59] Jacques Migozzi, « Postface. Mauvais genres et bons livres : ce n'est qu'un début, continuons le débat », in Le Roman populaire 1836-1960, op.cit., p.168.

[60] Judith Lyon-Caen, op.cit.

[61] ロジェ・シャルチエ「テクスト・印刷物・読書」、リン・ハント編『文化の新しい歴史学』、筒井清訳、岩波書店、1993 年、pp.242-243.［Roger Chartier, « Texts, Printing, Readings », in Linn Hunt (dir.), The New Cultural History, University of California Press, 1989, p.157.］

et à formater les esprits[62]』が、大衆小説とイデオロギーをめぐる問題に関する議論をさらに活性化させたことを付言しておく。さまざまなタイプの大衆的読みものや見せものを分析したサルモンは、「物語る行為 storytelling」を、その著作のタイトルが明示しているように、受容者の精神や思考を画一化する技術として定義した。「精神にとっての毒」や「大衆のアヘン」としての大衆小説のイメージを想起させると同時に、大衆文化の消費のあり方を受動性の一点において捉えるサルモンの結論に対して、ジャック・ミゴジ[63]やマルク・リッツ[64]といった研究者は、例えばジャン＝マリ・シェフェールらのフィクション論[65]を援用しながら、「物語る行為」の意味や虚構世界における読者の経験についての考察を展開している。

6. 媒体と生産

19世紀の印刷史・書物史を専門とする歴史家が明らかにしたように、1860年代から大衆小説の媒体が多様化し、いわゆる「メディア文化」が到来した[66]。1997年以降の研究は、大衆的テクストをこのような媒体の多様化との関連で捉え、その生産様式や流通形態、あるいは消費のありようを検討するようになる。

2000年にリモージュ大学で行われた『大衆的なものの生産 *Production(s) du populaire*[67]』と題されたコロックは、作品の生産についての問題を扱った、もっとも体系的な試みである。そこでは、小説のみならず、映画やテレビ・ドラマな

---

[62] Christian Salmon, *Storytelling. La machine à fabriquer des histoires et à formater les esprits*, Paris, La Découverte, 2007.

[63] Jacques Migozzi, « *Storyplaying*. La machine à fabriquer ses histoires et à apaiser son esprit », in Diana Holmes, David Platten, Loïc Artiaga et Jacques Migozzi (dir.), *Finding the Plot : Storytelling in Popular Fictions*, Cambridge, Cambridge Scholars Publishing, 2013, pp.32-44.

[64] Marc Lits, « Storytelling : réévaluation d'un succès éditorial », in Marc Larti et Nicolas Pélissier (dir.), *Le Storytelling. Succès des histoires, histoire d'un succès*. Paris, L'Harmattan, « Communication et Civilisation », 2012, pp.23-38.

[65] Jean-Marie Schaeffer, *Pourquoi la fiction ?* Paris, Seuil, « Poétique », 1990.

[66] 「メディア文化」の到来の時期については意見が分かれている。歴史家ドミニク・カリファは1860年代に「メディア文化」が到来したと考えている（Dominique Kalifa, « L'entrée de la France en régime "médiatique" : l'étape des années 1860 », in Jacques Migozzi (dir.), *De l'écrit à l'écran. Littératures populaires : mutations génériques, mutations médiatiques*, Limoges, PULIM, « Littératures en marge », 2000, pp.39-51.）。他方で歴史家ジャン＝イヴ・モリエは「メディア文化」の到来をベル・エポックに想定している（Jean-Yves Mollier, « La naissance de la culture médiatique à la Belle Époque. Mise en place des structures de diffusion de masse », *Études littéraires*, *op.cit.*, pp.15-26.）。

[67] Jacques Migozzi et Philippe Le Guern (dir.), *Production(s) du populaire*, Limoges, PULIM, « Médiatextes », 2002.

どを取り上げ、こうした「メディア文化」産業における出版社や配給業者が演じる役割、作家の創作活動に課される制約などについての議論が行われた。

　他方で、2008年の総括的な論文においてサラ・モンベールは、産業化された小説生産について論じている。彼女は、創作活動における合作や分業制の導入といった既知の事実を整理しつつ、大衆作家の文体が「期待の地平」の変容と出版社の要請によって変化する事例について言及した。

　　戦間期から、社会についての主題系とその一大絵巻の壮大さのせいで、ロマン主義的な連載小説のモデルは古臭いばかりでなく読むに耐えないものとされた。そして、短い小説とシネ・ロマンの影響のもと、著者たちは、より簡潔で、速いリズムのテクストを書くよう促されていった。ロマン主義の末裔たちの、散漫で感情移入しやすく、冗長な物語はもはや好まれない。あるいは、少なくとも作家は出版社に要請されて、映画、続いてテレビによって読者が慣れ親しんだ、せわしいリズムに範をとる、緊迫し、省略的な、「生き生きとした」物語形式を採用するように、駆り立てられる。つまり、小説家兼脚本家となるのだ。

　À partir de l'entre-deux-guerres, le modèle du roman-feuilleton romantique, avec ses thématiques sociales et son ampleur de fresque, est perçu non seulement comme vieillot, mais aussi comme illisible, et, sous l'influence combinée des collections de petits romans et du récit cinématographique, les auteurs sont incités à écrire des textes plus brefs, au rythme plus rapide. Le récit diffus, volontiers emphatique et prolixe des héritiers du romantisme ne plaît plus autant, ou du moins la demande éditoriale pousse les écrivains à adopter le récit tendu, elliptique, « monté » selon un rythme haletant auquel le cinéma, puis la télévision ont habitué les lecteurs : ils deviennent des romanciers-scénaristes[68].

　すでに、第一次世界大戦以前に活躍した大衆作家のなかには、例えばミシェル・ゼヴァコ Michel Zévaco（1860-1918）がそうだったように、みずからの作品が

---

[68] Sarah Mombert, « Profession : romancier populaire », in *Le Roman populaire 1836-1960. op.cit.*, p.60.

小説として発表されたあと、シネ・ロマン ciné-roman[69]化されることを念頭に
おいて、次々とテンポよく場面が転換する引き締まった物語を綴る作家も現れ
た。これは、発表媒体が作家の創作活動や文体を規定する1つの例である。

　作品と媒体の関係をめぐる研究の一環として、マリ＝エヴ・テランティーが
2009年に提案した「媒体の詩学 poétique du support」に言及しておこう。

> 作家が自分の作品の出版を望む瞬間から、作家の想像力は、自分の作品の
> ものとして思い描く物質的形態と出版上の制約によって、方向づけられる。
> この強制から作家は何を生み出すのか？　それをどのように適用し、そこ
> からどのようにして詩学的な効果を生み出すのか？　このようなことが、
> 媒体の詩学の一般的な研究対象になるであろう。
>
> À partir du moment où l'écrivain prétend être publié, son imaginaire est orienté
> par la forme matérielle qu'il voit pour son œuvre et par la contrainte éditoriale.
> Qu'est-ce que l'écrivain fait de cette contrainte ? Comment se l'approprie-t-il et
> en tire-t-il des effets poétiques ? Tel pourrait être l'objet général de cette poétique
> du support[70].

　ジャック・ゴワマール[71]やルネ・ギーズ[72]といった研究者は、出版媒体が大衆
作家の文体に及ぼす影響に関する研究の基礎を築いている。「媒体の詩学」の観
点から、これら2人の先駆者の研究を発展させるのはきわめて重要だろう。大
衆作家の創作活動は、正統な文学の書き手のそれ以上に、新聞社や出版社によっ
て課される製作マニュアルや作品が発表される媒体の性質に拘束されたからだ。

7. 媒体と受容

　「テクストの社会学 sociologie des textes」を提唱し、新たな書誌学 bibliographie

---

[69]　シネ・ロマンとは、作品を定期刊行物と映画で同時に発表する形式で、1915年以降に普及した。

[70]　Marie-Ève Thérenty, « Pour une poétique historique du support », *Romantisme*, n° 143, 1er trimestre 2009,
« Histoire culturelle/Histoire littéraire », p.112.

[71]　Jacques Goimard, « Quelques structures formelles du roman populaire », *Europe*, n° 542, juin1974, « Le
roman feuilleton », pp.19-30.

[72]　René Guise, *Tapis-franc*, n° 6, 1993-1994, « Recherches en littérature populaire ».

を構想したドナルド・F・マッケンジーの研究[73]を論理的支柱としたロジェ・シャルチエは、1990 年代に発表した一連の論文において作品受容における媒体の担う役割について考察することの重要性を繰り返し述べていた[74]。こうした観点は、ジャック・ミゴジを筆頭とする大衆小説の専門家や、19 世紀の印刷史・書物史を専門とする歴史家によって、大衆小説研究にも導入されることになる。

ジャン＝イヴ・モリエは、ピエール・ロチ Pierre Loti（1850-1923）の『氷島の漁夫 Pêcheur d'Islande』（1886）を例に、作品の成功と媒体が密接に結びついていることを明らかにしている[75]。『氷島の漁夫』は、それが刊行された 1886 年から 1892 年までに総発行部数を 58,000 部重ねたに過ぎなかった（当時としては、この発行部数は作品を成功させるために十分な数字である）。しかし、同作品が 1 巻 95 サンチームで販売される、カルマン＝レヴィ社の《挿絵つき新コレクション Nouvelle collection illustrée》（1912 年創刊）で再版されると、1919 年までの総発行部数が 500,000 部を超えたという。

この事例は、作品の成功のカギを握るのは、その内容だけではなく、それを出版する媒体であることを示している。この観点からすると、ダニエル・クエニャの「二次文学モデル」に基づいて作品が大衆的 populaire かどうかを分析するだけではなく、ジャック・ミゴジが指摘したように、作品の大衆化に貢献する媒体 supports popularisants についてもまた考えるべきだろう[76]。当然のことながら、この場合、発表媒体だけでなく、出版社や新聞社の販売戦略を視野に入れなければならない。

ベル・エポックの「新聞小説」を分析したアンヌ＝マリ・ティエスは、日刊紙に掲載された、新作を紹介する短い文を分析し、このパラテクストが読者を拡大するうえで重要な役割を果たしたと述べている[77]。マルク・マルタン[78]やブ

---

[73] D.F. McKenzie, *La Bibliographie et la sociologie des textes*, Paris, Éditions du Cercle de la Librairie, 1991.

[74] ロジェ・シャルチエの理論的考察については、例えば、次の著作が参考になる。Roger Chartier, *Culture écrite et société : l'ordre des livres XIVe-XVIIIe siècle*, Albin Michel, « bibliothèque Albin Michel Histoire », 1996.

[75] Jean-Yves Mollier, *L'Argent et les lettres. Histoire du capitalisme d'édition. 1880-1920*, Paris, Fayard, 1988, pp.472-478.

[76] Jacques Migozzi, *Boulevards du populaire, op.cit.*, p.47.

[77] Anne-Marie Thiesse, *Le Roman du quotidien, op.cit.*, pp.96-104.

[78] Marc Martin, *Médias et journalistes de la République*, Paris, Odile Jacob, 1997, pp.39-44.

ノワ・ルノーブル[79]は、『プティ・ジュルナル *Le Petit Journal*』（1863 年創刊）や『ジュルナル *Le Journal*』（1892 年創刊）が、新作を連載する前に、最初の章を印刷した小さな冊子を無料で配り、読者の拡大を試みていることを明らかにした。出版社の販売戦略について言えば、例えば「配本方式」で作品を刊行するとき、最初の分冊を半額や無料で提供している。

　カミーユ・ウォルフは、20 世紀初頭における、作品をコレクションで刊行する営みに注目している[80]。ファイヤール社やタランディエ社などの出版社は、コレクションで刊行する巻にすでに出版された作品のカタログを挿入した。そうすることで、読者はコレクションのすべての巻をそろえたいという誘惑に駆られ、作品の売り上げが伸びるというわけである。

　印刷史・書物史の専門家はまた、作品の販売網や形態について調査している。鉄道網が拡大整備される第二帝政期においてアシェット社は、イギリスのスミス書店の営みに触発されてフランスの主要駅にキオスクを設け、そこで《鉄道文庫 Bibliothèques des chemins de fer》（1852 年創刊）と呼ばれるコレクションを販売した[81]。『プティ・ジュルナル』やファイヤール社などもまた、自社の出版物の普及を円滑に行うために、独自の流通網を開拓した[82]。それから、大衆小説が書物（廉価本）のかたちで刊行されたとき、新聞や日用品を扱う雑貨屋で販売された。伝統的な書店に足を踏み入れることにためらいを感じていた、19 世紀から 20 世紀初頭の庶民階層が容易に商品（作品）にアクセスできるようにするためである[83]。あるいはまた、店頭で販売されるとき、本を平積みにしたり、「配本方式」の分冊のように、薄い冊子である場合は、それを天井から吊るしたりと、とにかく購買者の目に触れるような販売方法が取られてい

---

[79] Benoît Lenoble, *Presse, feuilleton et publicité au début du XXe siècle. Les campagnes de lancement du Journal*, mémoire de Maîtrise, Dominique Kalifa (dir.), Université Paris-7 Denis Diderot, 2000, p.24.
[80] Camille Wolf, « Rééditions contemporaines de littérature populaire », in *Fictions populaires, op.cit.*, p.113.
[81] ルイ・アシェットの代表的な自伝的研究として以下の著作を挙げておく。Jean-Yves Mollier, *Louis Hachette (1800–1864). Le fondateur d'un empire*, Paris, Fayard, 1999.
[82] 19 世紀におけるフランスの出版社のさまざまな営みについては、例えば、以下の著作が参考になる。Jean-Yves Mollier (dir.), *Le Commerce de la librairie en France au XIXe siècle 1789–1914*, Paris, IMEC, 1997.
[83] 19 世紀後半の庶民階層における印刷物との関係については、例えば、以下の論文を参照のこと。Anne-Marie Thiesse, « Mutations et permanences de la culture populaire : la lecture à la Belle Époque », *Annales. Économies, Sociétés, Civilisations*, 39e année, n° 1, 1984, pp.70–91.

た[84]ことなど、歴史家たちはさまざまな事実を明らかにしてくれた。

　発表媒体の研究が重要なのは、以上のように、それが作品の広範な流通を可能にし、作品の成功を条件づけるからだけではない。それはまた、発表媒体が作家や作品のイメージを変容させるからでもある。ジャン＝イヴ・モリエが分析した、ピエール・ロチの事例を再び取り上げるならば、《挿絵付き新コレクション》という廉価本コレクションからその作品が刊行されることで、ピエール・ロチ自身が教養あるブルジョワジーのための作家を自認していたとしても、彼は通俗的な作家の範疇に「格下げ」される[85]。コレクションという出版形式や挿絵というパラテクストが大衆向け印刷物を象徴する要素だからだ。1857 年にミシェル・レヴィ社のコレクションで出版された、ギュスターヴ・フロベールGustave Flaubert（1821-1880）の『ボヴァリー夫人 Madame Bovary』もまた同様である。モリエによれば、ウジェーヌ・シューやアレクサンドル・デュマらの作品を刊行していた同コレクションで出版されることで、後のフランス文学史において特権的な地位を獲得することになるフロベールの革新的な試みは、19 世紀当時においては「典型的な作品 œuvre typique」として受容された[86]。反対に、その作品が権威ある叢書で刊行されることで、もともとは通俗的な作家が正統な文学者のカテゴリーに組み込まれることもある。こうした作家の代表は、プレイヤッド版でその作品が出版されたアレクサンドル・デュマ（とオーギュスト・マケ Auguste Maquet（1813-1888））の場合である[87]。

　媒体は、作品の流通や受容の面だけではなく、作家や作品のステータスに影響を及ぼすという点で、きわめて重要な要素である。作品の流通や受容における媒体の役割についての研究は行われている。だが、作家や作品のステータスと媒体の関係についての研究は、管見が及ぶ限りでは、ほとんど行われていな

---

[84] Laurent Séguin, *Les Collections de romans populaires et leur conservation dans les fonds patrimoniaux de la Bibliothèque nationale de France : l'exemple du « Livre populaire » de la Librairie Arthème Fayard*, mémoire pour le diplôme de conservateur de bibliothèque, Frédéric Barbier (dir.), École Nationale Supérieure des sciences de l'information et des bibliothèques, 2005.http://www.enssib.fr/bibliotheque-numerique/documents/652-les-collections-de-romans-populaires-et-leur-conservation-dans-les-fonds-patrimoniaux-de-la-bibliotheque-nationale-de-france.pdf

[85] Jean-Yves Mollier, « Histoire culturelle et histoire littéraire », *Revue d'histoire littéraire de la France*, 2003, nº 3, pp.609-610.

[86] Jean-Yves Mollier, *La lecture et ses publics à l'époque contemporain, op.cit.*, p.14.

[87] 例えば、Alexandre Dumas, *Les Trois Mousquetaires, Vingt ans après*, édition de Gilbert Sigaux, Paris, Gallimard, « Pléiade », 1962 ; *Le Comte de Monte-Cristo*, édition de Gilbert Sigaux, Gallimard, « Pléiade », 1981.

い。したがって大衆小説研究は、例えば、書物の文化史が提供してくれた知識を導入しながら、媒体の象徴的な機能についての考察を深めなければならない。

　媒体の研究はまた、それがテクストの生み出す効果にも影響を与える点で重要である。ダニエル・クエニャは、『二次文学入門』において、大衆小説が「レフェランスの幻想」を重視することを論証した。しかし、こうした効果の創出は語りそのものの手法（例えば語りの様式として「ミメーシス」を採用することなど）だけではなく、媒体との関係において論じられなければならない。

　ジュディト・リヨン＝カーンは、ウジェーヌ・シューの読者が新聞に連載された作品を小説ではなく、「記事 articles」とみなしていたことを明らかにした[88]。それは、本来的に現実のニュースを掲載するとされる新聞という媒体に小説が連載されたことと無関係ではない。

　この意味において、大衆小説と三面記事の類似はきわめて示唆的である。アンヌ＝マリ・ティエスが分析した[89]ように、大衆小説と三面記事は同じような文体や表現を利用し、同じようなテーマ（殺人、暴力、自殺など）を好んで話題にする。さらに、大衆小説と三面記事は、その発表形式においても類似している。例えば、殺人事件を報告する三面記事の多くは、数日間、あるいは数週間にわたって「連載」される場合がある。それぞれの記事は捜査の進展に応じて事件の経緯を報告するが、情報が尽きたとき、大衆小説の１回分の連載がドラマティックな山場で中断されるように、三面記事の事件の報告は中断され、事件の真相を知りたい読者は翌日の三面記事を待たなければならない。三面記事と小説が同じ紙面に印刷されることで、ジャン＝クロード・ヴァレイユが指摘した[90]ように、三面記事で報告される現実の世界はフィクション化され、小説で語られる虚構の世界は現実化されるという効果が生じる。

8.　戯曲、映画、テレビ・ドラマ

　大衆小説を「メディア文化」として捉える視点はまた、作品のリサイクルに関する考察を促した。大衆小説業界では、19 世紀であれば、小説が戯曲化さ

---

[88] Judith Lyon-Caen, *op.cit.*, pp.180–181.
[89] Anne-Marie Thiesse, *Le Roman du quotidien, op.cit.*, p.109.
[90] Jean-Claude Vareille, « Le roman, le manuel et le journal », in *L'Acte de lecture, op.cit.*, p.84.

れ（戯曲が小説化される場合もあった）、20世紀以降であれば、映画化、テレビ・ドラマ化、バンド・デシネ化される（これらの表現形式で発表された作品が小説化される場合もある）。現代のメディアミックス戦略の起源の1つをここに見ることもできるだろう。

こうしたさまざまな媒体におけるリサイクルは、当然のことながら、オリジナル作品の変容をもたらす。19世紀の大衆小説は、新聞に連載された場合、その連載は短くて3ヶ月、長くて6ヶ月以上続いた。また、「配本方式」で刊行されたテクストを合本した版（だいたい縦28ゼ×横20ゼ）の場合、1,000頁を超えることもある。言うまでもないことだが、こうした長編作品を、例えば、2時間から4時間の映画で再録するためには、オリジナル作品にかなりの手を入れなくてはならない。

一例を挙げれば、アレクサンドル・デュマの『モンテ・クリスト伯 *Le Comte de Monte-Cristo*』（1844-1846）が映画化されたとき、物語のプロットが組み替えられたり（小説ではファラオン号の描写で始まるが、1953年に製作された映画版ではシャトー・ディフとバルコニーでエドモン・ダンテスの帰りを待つメルセデスの描写で始まる、など）、小説で重要な役割を担う登場人物（ダングラールやマキシミリアン・モレルなど）が映画版やテレビ・ドラマ版では削除されたりした[91]。

原典を尊重する正統的文学の研究であるならば、映画化や戯曲化によってもたらされる、作品の本質や作者の意図の変質が白熱した議論の対象となるだろう。小説の作者と脚本家の意図がズレている、実は作者は戯曲化や映画化にはほとんど関与していなかったのではないか、いや、小説のこの箇所と戯曲や映画のあの箇所を比較するとやはり関与はしているのではないか、等々。

大衆小説研究では、そうしたことはほとんど問題になることがない。それは、大衆小説研究がオリジナル作品や作家の意図を度外視していることを意味するわけではない。そもそもは小説という形式で発表されることを念頭において綴られた作品がどのように他の表現形式に対応していくのか、あるいは作家が想定していなかった「期待の地平」にどのように応えるのか、そうしたプロセス

---

[91] Sylvie Milliard, « Monte Cristo à l'écran », in *De l'écrit à l'écran, op.cit.*, pp.633-644.

を見極めることが重要になる。1998年にリモージュ大学で行われた、『文章からスクリーンへ *De l'écrit à l'écran*[92]』と題されたコロックにおいて、大衆小説の「異なるメディアを横断する能力 transmédiaticité」が議論の的になったのは、そのためである。例えば、ポール・ブルトンは、大衆小説のこのような能力を精力的に探求している[93]。

　こうした研究の一環として、当初は戯曲やテレビ・ドラマ、映画で発表された作品を小説化する営みに関心を寄せる研究者もいる。つまり、『文章からスクリーンへ』の逆のパターンの研究だ。ヤン・バテンヌとマルク・リッツが2003年に行ったコロック[94]は、こうした研究のもっとも体系的な試みの1つである。

　視覚・音声媒体と大衆小説の関係をめぐる研究は、今後ますます活発になるだろう。かつて19世紀の大衆作家の多くは、アレクサンドル・デュマやアドルフ・デヌリ Adolphe d'Ennery（1811-1899）がそうだったように、戯曲と小説を同時に実践していた。また、エミール・リシュブール Émile Richebourg（1833-1898）のように、大衆歌謡「ロマンス romance」や「恋愛歌 chanson d'amour[95]」の作詞家を兼ねていた作家もいる（エミール・リシュブールは小説家として成功してからは作詞をやめている）。現代にあっては、19世紀以上に、1人の制作者が作家、脚本家、ミュージシャン、映画監督、演出家などを兼任し、さまざまな媒体で作品を発表することが可能になる。こうした媒体の多様化と作家の創作活動の関係を探求することなしに、現代の「メディア文化」を理解することはできないだろう。パトリック・ウドリーヌ Patrick Eudeline（1954-）とヴィルジニー・デパント Virginie Despentes（1969-）の作品と彼らの創作活動を分析する本書第4章は、このような研究の一例である。

---

[92] *De l'écrit à l'écran. ibid.*

[93] 最近の研究として以下の論文を挙げておく。Paul Bleton, « Les fortunes médiatiques du roman populaire », in *Le Roman populaire 1836-1960, op.cit.*, pp.137-156.

[94] Jan Baetens et Marc Lits (dir.), *La Novellisation. Du film au livre (Novelization : From Film to Novel)*, Louvain, Leuven University Press, 2004.

[95] エレン・コンスタンは「恋愛小説」と「恋愛歌」の類似を明らかにしている（Ellen Constans, « La vie en rose : Roman sentimental et chanson d'amour », in *De l'écrit à l'écran, op.cit.*, 219-234.）。

9. テクスト加工

　大衆小説はまた、さまざまな印刷媒体においてもリサイクルされた。19世紀においては、作品は「新聞小説」で発表されたあと、「配本方式」や「小説新聞」で再版された。他方で19世紀の人気作品の多くは、20世紀初頭になると、廉価本コレクションで再版される。そして、20世紀半ばには、こうした大衆小説の古典はリーヴル・ド・ポッシュなどの小型単行本や、ジャン＝クロード・ヴァレイユが大衆小説のプレイヤッド版と呼んだ、ロベール・ラフォン社の《ブカン Bouquins[96]》（1979年創刊）で再録された。

　こうした印刷媒体におけるリサイクルにおいてもまた、作品の変容がもたらされる。すでに1994年に、ルネ・ギーズはこうした再版にともなう作品の改変を研究するように勧めていた[97]が、それが実行されたのは2007年に刊行された『ロカンボール』第38号においてである[98]。

　作品の改変は、媒体の容量や出版社の計画に応じてテクストの分量を調整する目的で行われた。ダニエル・コンペールが分析した[99]ように、オリジナル作品を拡大するケースもあったが、縮小加工されるのが一般的だった。このような加工はいい加減に行われたわけではなく、ある一定の原則に基づいていた。

　19世紀イギリスの新聞小説を分析したウォルフガング・イーザーが述べているように、新聞に連載されることを想定して書かれた作品は、「ひと区切りごとに読んでこそ興味がつなげるが、本の形では読み通せるものではない[100]。」したがって出版社によるテクストの縮小加工の原則の1つは、物語の進行に関わりがないと判断された冗長な会話や描写や語り手の言説を連載用テクストから削除・削減することだった。そうすることで物語の進行を加速させ、本の

---

[96] Jean-Claude Vareille, *Le Roman populaire français, op.cit.*, p.25. 例えば、Eugène Sue, *Le Juif errant*, éd. Francis Lacassin, Paris, Robert Laffont, « Bouquins », 1983 ; Michel Zévaco, *Les Pardaillan*, 3 volumes, éd. Aline Démans, Paris, Robert Laffont, « Bouquins », 1988.［ミシェル・ゼヴァコ『パルダイヤン物語』、鈴木悌男訳、近代文芸社、2005年。］

[97] René Guise, *Tapis-franc, op.cit.*

[98] *Le Rocambole. Bulletin des amis du roman populaire*, n° 38, printemps 2007, Daniel Compère (dir.), « Les réducteurs de textes ».

[99] Daniel Compère, « Quelques remarques sur les éditions augmentées », *ibid.*, pp.105–108., et *Les Romans populaires, op.cit.*, p.75–76.

[100] ウォルフガング・イーザー『行為としての読書 美的作用の理論』、轡田収訳、岩波書店、2005年、p.328.［ドイツ語原典からのフランス語訳は、Wolfgang Iser, *L'Acte de lecture. Théorie de l'effet esthétique*, Bruxelles, Pierre Mardaga éditeur, « Philosophie et langage », 1985 pour la traduction française. 轡田訳からの引用に該当する箇所は p.333.］

かたちでも読みうるテクストに改変するのである[101]。

　また、想定される「期待の地平」に応じて作品が改変される場合もある。アレクサンドル・デュマ『モンテ・クリスト伯』が 1924 年にアシェット社のコレクション《緑文庫 Bibliothèque verte》（1924 年創刊）に再版されたとき、言葉や表現が簡略化されるとともに、例えば、「愛人 amant」という言葉が「婚約者 fiancé」という言葉に替えられた。このような改変は、このコレクションが少年少女をターゲットとしていたことに関係する[102]。同様に、ギュスターヴ・ル・ルージュの『国境の黒服女 La Dame noire des frontières』は 1914 年に出版されたあと、『女スパイの心情 Cœur d'espionne』とタイトルが変更されてシネ・ロマンのコレクション《週刊小説 Hebdo-Romans》（1956 年創刊）で再版された。このとき、オリジナル作品がそなえていたスパイ小説的な側面が削減され、恋愛小説的な側面が強調された。それは、この《週刊小説》は主として女性読者をターゲットとしていたからだ[103]。この事例は、「スパイ小説」から「恋愛小説」へという、作品の属するジャンルが出版社の介入によって変更されうることを示している。

　一般的にテクスト加工は、出版社の責任のもとに行われた。それは、1902 年に亡くなったグザヴィエ・ド・モンテパンの著作権保有者であるルシュール（Lesueur）夫人が《大衆の書》における故人の作品の出版に関してファイヤール社と 1905 年に結んだ契約書が示している通りである。

　　ファイヤール氏は、複数の巻にまたがる作品を 1 巻にして出版する権利を、長編小説が 2 巻あるいはそれ以上にわたっていようが、必要ならば、印刷の便宜を図るために決定されたページ数に合わせて、それらを短縮する権利を得るだろう。

---

[101]　Philippe Ethuin, « De l'art de la coupe en littérature populaire. Études de quelques cas », *ibid*., p.31-32 ; Takashi Yasukawa, *Poétique du support et captation romanesque : la « fabrique » de son lecteur par le roman de la victime de 1874 à 1914*, 2 vols, thèse, Jacques Migozzi (dir.), Université de Limoges, 2013, pp.378-381.

[102]　Guillemette Tison, « De grandes œuvres classiques en "Bibliothèque Verte" », *Le Rocambole, op.cit.*, p.77-88. 同様に、グザヴィエ・ド・モンテパン Xavier de Montépin (1823-1902) の『パン運びの女 La Porteuse de pain』（1884-1885）は、1907 年にファイヤール社の《大衆の書 Le Livre populaire》（1905 年創刊）で再版されたとき、テクストが世俗化された。例えば、登場人物が神に願い事をしたり、感謝したりする描写が検閲された（Takashi Yasukawa, *op.cit.*, pp.395-408.）。

[103]　Philippe Ethuin, « De l'art de la coupe en littérature populaire. Études de quelques cas », *op.cit.*, p.25.

Monsieur Fayard aura le droit pour ceux en plusieurs volumes de les publier en un seul, que le roman comprenne deux ou plusieurs volumes, de les raccourcir si besoin est pour les ramener à un nombre de pages déterminées pour facilité du tirage[104].

　しかしながら、このようなテクスト加工を実際に誰が行ったかは定かではない。『ロカンボール』第38号に寄稿した研究者もこの問題には触れてはいない。いずれにせよ、こうした営みが示すのは、作品の生命維持において出版社の担う役割の重要性である。ある作品が、新たな時代で新たな読者と出会い読み継がれるのは、「期待の地平」の変容に敏感な出版社の行うテクスト加工によるところが大きい。テクスト加工のプロセスを辿ることは、各時代の読者の好みや感性を探るうえでも興味深い研究テーマを提供するだろう。

　オリジナルのテクストが尊重される、正統的文学の領域とは異なり、大衆小説の分野では、テクストの縮小加工について読者に明かされることはほとんどない。縮小版であっても、その表紙には「完全版 texte intégral」と表記される場合もある。こうした慣例は大衆小説の出版業界を特徴づける要素の1つでもある。

　したがって大衆小説を学ぶときは、テクスト加工をつねに念頭においておかねばならない。20世紀初頭に相次いで創刊された、ファイヤール社の《大衆の書》、ルフ社の《挿絵本 Le Livre illustré》（1908年創刊）、あるいはタランディエ社の《国民の書 Le Livre national》（1908年創刊）は19世紀の大衆小説の古典を世に送り続けてきた。だが、エレン・コンスタンが指摘した[105]ように、これらのコレクションで再版された作品の多くはオリジナルのテクストではない。

　20世紀半ばから現在にいたるまでリーヴル・ド・ポッシュや《ブカン》、あるいはプレス・ド・ラ・シテ社の《オムニビュス Omnibus》（1992年創刊）から再版されている作品の多くもまた、程度の差こそあれ、縮小加工されたテクストが多い。例えば、1992年に《オムニビュス》から刊行されたグザヴィエ・

---

[104] Dossier de Xavier de Montépin, 454 AP 293, Archives de la Société des Gens de Lettres. 文芸家協会 Société des Gens de Lettres の資料は現在フランス国立文書館 Archives Nationales de France に保管されている。

[105] Ellen Constans, « L'évolution des contraintes sérielles du roman populaire de 1870 à 1914 », in *Amours, aventures et mystères, op.cit.*, p.29.

ド・モンテパンの『パン運びの女』は、《大衆の書》で 1907 年に再版された縮小版である。リーヴル・ド・ポッシュで流通している『モンテ・クリスト伯』も、マルセル・アラン Marcel Alain（1885-1969）とピエール・スーヴェストル Pierre Souvestre（1874-1914）の共作『ファントマス *Fantômas*』（1911-1913）シリーズも、ガストン・ルルー Gaston Leroux（1868-1927）の『黄色い部屋の秘密 *Le Mystère de la Chambre jaune*』（1907）もオリジナルではない[106]。

　こうした事情を考慮するならば、大衆小説の研究は、そのテクストの歴史を辿り、完全版と縮小版を見極めるところから始められなければならない。作家の意図を尊重するという倫理的な観点からではなく、同じ作品であっても、完全版から縮小版へのプロセスを経ることで、テクストにプログラムされた効果が変化してしまうからだ。

　例えば、完全版から縮小版へのプロセスにおいて、会話やモノローグが筋の展開に不要だと判断され、語り手の言説に組み込まれ要約されるとき、語りの様式が「ミメーシス」から「ディエゲーシス」へと変化するのは明らかである。あるいはまた、登場人物の内面に関する情報の量と、読者の感情移入の度合いは比例するという、文学研究者ヴァンサン・ジューヴの指摘[107]を踏まえるならば、作中人物の心理描写を削除・削減することは、登場人物の受容のありように変化をもたらすに違いない。

　要するに、とりわけ 19 世紀の大衆小説が問題となったとき、これらの作品は複数の版で流通しているがゆえに、完全版か縮小版かを特定せずに、1 つの版だけを分析することは、誤った結論に達してしまうという危険をはらんでいる。したがって、大衆小説研究においては、テクスト改変のプロセスを調査し、さまざまな版を比較検討することが不可欠な予備作業として求められるのだ。

10. 結びにかえて

　本章では、1990 年代を始点として大衆小説研究を振り返った。その際、今後なされるべき研究の展望を示したつもりである。しかし、ここで紹介した動

---

[106] Daniel Compère et Philippe Ethuin, « Au pays des réducteurs de textes », *Le Rocambole, op.cit.*, p.11.

[107] Vincent Jouve, *L'Effet-personnage dans le roman*, Paris, PUF, « Écriture », 1992.

向で大衆小説研究を代表させることはできないということを改めて強調したいと思う。それを踏まえたうえで、大衆小説を学ぶために有効だと思われるいくつかのアプローチについて簡単にまとめようと思う。

　まず、一般的な文学研究でよく見られるように、作品のなかに作家の主義や主張や思想を読み取ろうとするようなアプローチは、大衆小説が問題となったとき、ほとんど有効ではない。本章でも触れたように、たいていの場合、大衆作家は発行元から発せられる注文や「期待の地平」に応じて作品を製作する。ウジェーヌ・シューが『パリの秘密』を『ジュルナル・デ・デバ *Le Journal des Débats*』（1789 年創刊）に連載している最中に、ブルジョワジーの読者を楽しませるという当初の計画を変更して、作品に社会主義的なエピソードを盛り込まざるを得なかったのは、作品を読んでいる労働者の要求を考慮したからに他ならない。この意味において大衆小説は、小倉孝誠[108]やドミニック・カリファ[109]が指摘したように、作品が発行された当時の、社会的想像力、心性や感性を測定するための貴重な証言を提供してくれるだろう。

　次に、これもまた文学研究の定番の方法だが、作品の創作の秘密を作家の伝記的な事実や個人的な経験に探し求めることも生産的ではない。今しがた言及した理由のために、大衆作家はみずからの内面を作品で表現するよりは、想定する読者が好むような作品を生産する。作家の伝記的な事実や個人的な経験が有力な素材となるとすれば、ジェローム・メゾズが提案するような「文学的立場 postures littéraires[110]」研究かもしれない。この研究は、大雑把に言えば、作家が文学界においてみずからをいかに演出するか（メゾズは取り上げていないが、例えば、旧植民地出身の作家が西欧文明の「犠牲者」としてのイメージをいかに作り出すか）を検討することを目的としている。大衆作家の伝記や個人的な経験に注目しながら、彼が文学界と取り結んだ関係を検討することは有意義だろう。アンヌ＝マリ・ティエスの先駆的な調査[111]やダニエル・コンペール

---

[108] 小倉孝誠『歴史と表象 近代フランスの歴史小説を読む』、新曜社、1997 年、pp.105-106.

[109] Dominique Kalifa, « Le roman populaire peut-il être source d'histoire ? », in Jacques Migozzi (dir.), *Le Roman populaire en question(s)*, Limoges, PULIM, « Littératures en marge », pp.599-613.

[110] Jérôme Meizoz, *Postures littéraires. Mises en scène modernes de l'auteur*, Genève, Slatkine Érudition, 2007 ; *La Fabrique des singularités. Postures littéraires II*, Genève, Slatkine Érudition, 2011.

[111] Anne-Marie Thiesse, *Le Roman du quotidian, op.cit.*, pp.183-255.

の研究[112]は、こうした問題を論じるための導入となるはずだ。

　それから、大衆小説をテクストの次元で考察する場合は、ダニエル・クエニャやジャン＝クロード・ヴァレイユ[113]に代表される 1990 年代の研究を参照するのが適切だろう。それらに加えて物語論を援用するのも興味深い。ジェラール・ジュネットの先駆的な研究[114]はもとより、新たな世代の物語論者の研究は、大衆小説において採用される語りの手法を理解するための大きな助けとなる。なかでも、ローザンヌ大学のラファエル・バロニの研究は注目すべきである。彼は 2007 年に刊行した『物語の緊迫感 La Tension narrative』において、文学作品や映画、バンド・デシネや商業広告などのさまざまな分野のテクストの分析を通じて、「好奇心 curiosité」や「サスペンス suspense」などの効果が生み出される仕組みを理論化した[115]。ダニエル・クエニャの『二次文学入門』がそうであるように、『物語の緊迫感』はすでに大衆小説研究における必須参考文献になっている。2017 年に出版されたバロニの『筋立てのメカニズム Les Rouages de l'intrigue[116]』もまた参照すべきである。この著作においてバロニは、『物語の緊迫感』で構築した理論を駆使してロブ＝グリエやグラック、ラミュの作品を解析している。大衆的テクストを分析対象としているわけではないが、文学作品を現代の物語論の観点から分析するための画期的な方法を示してくれる点でも『筋立てのメカニズム』は刺激的な著作である。

　また、大衆小説とイデオロギーをめぐる問題を考察するのも有益だろう。作品が価値体系をテクスト化する手法を探求した、ヴァンサン・ジューヴの『価値の詩学 Poétique des valeurs[117]』（2001）や、読者の解釈を誘導する手法を分析する、言説分析研究者リュット・アモシーの『言説における論証 L'Argumentation dans le discours[118]』（2000）は、このタイプの検討をするうえで有効な分析ツー

---

[112] Daniel Compère, « Popularité et pérennité », in *Fictions populaires, op.cit.*, pp.125–134.

[113] Jean-Claude Vareille, *Le Roman populaire français, op.cit. ; L'Homme masqué. Le justicier et le détective*, Presses Universitaires de Lyon, 1989.

[114] Genette, Gérard, *Figure III*, Paris, Seuil, « Poétique », 1972.［ジェラール・ジュネット『フィギュールIII』、花輪光監修、矢橋透、天野利彦他訳、書肆風の薔薇社（水声社）、1987 年。ジェラール・ジュネット『物語のディスクール 方法論の試み』、花輪光、和泉涼訳、書肆風の薔薇（水声社）、1985 年。］

[115] Raphaël Baroni, *La Tension narrative. Suspense, curiosité et surprise*, Paris, Seuil, « Poétique », 2007.

[116] Raphaël Baroni, *Les Rouages de l'intrigue. Les outils de la narratologie postclassique pour l'analyse des textes littéraires*, Genève, Slatkine Érudition, 2017.

[117] Vincent Jouve, *Poétique des valeurs*, Paris, PUF, « Écriture », 2001.

[118] Ruth Amossy, *L'Argumentation dans le discours* (2000), Paris, Armand Colin, « Cursus », 2006.

ルを提供してくれるに違いない。

　しかし、こうした検討で明らかになるのは、テクスト戦略であって、そのメッセージが読者の感性や心性、思考を規定するプロセスではないということに注意すべきである。大衆小説が発するメッセージを読者がどのように「領有」するか、この過程を明らかにすることは容易ではない。ジュディト・リヨン＝カーンや小倉孝誠[119]は作家に書き送られた書簡を分析し、ウジェーヌ・シューの読者が作品内容を「領有」する様態を明らかにしたが、大多数の大衆作家が問題となった場合、このようなアプローチに頼ることはできない。文芸家協会の所蔵する史料においても、フランス国立文書館に保管される出版関係の文書（F18）においても、大衆小説の読者の手による作家への手紙はほとんど発見されていないからだ。今日のポピュラーカルチャーにおいては作家へのメールやさまざまなソーシャルメディアへの書き込みによって読みの実態の側面を知ることができるが、19世紀の大衆小説の読みの世界を復元することは史料が不足しているために難しいのである。

　それでもなお、大衆小説の受容の歴史は叙述されなければならない。大衆小説はそれを読む広範な読者層の存在を前提とした文学形式であり、この意味において、この文化現象を正しく理解するために、読者による作品の「領有」のプロセスが明らかにされなければならないからだ。

---

[119]　小倉孝誠『革命と反動の図像学』、前掲書、pp.71-90.

Ⅱ. 大衆小説の「詩学」
―「犠牲者小説」を中心に ―

安川　孝

1. はじめに

　大衆小説の「詩学 poétique」と言っても、この「産業的文学 littérature industrielle[1]」（サント＝ブーヴ）をいわゆる「詩」と捉えて分析することが本章の目的ではない。ここで用いる「詩学」とは、文学作品における語りの様式を明らかにする、アプローチとしての「詩学」であり、大衆小説で採用される物語の手法に焦点を当てることがねらいである。

　もっとも、ここですべての手法に言及することはしない。限られた紙面でそれらを網羅することは不可能だし、すでに、ダニエル・クエニャ[2]、エレン・コンスタン[3]、ジャン＝クロード・ヴァレイユ[4]、ジャック・ミゴジ[5]といった研究者や歴史家アンヌ＝マリ・ティエス[6]が体系的なテクスト分析を発表している。したがって本章では、これらの先行研究に学びながら、と同時に物語論 narratologie や言説分析 analyse du discours、読書理論 théorie de la lecture の成果を参照しながら、次の２つの手法に注目しようと思う。すなわち、読者を説話世界に引き込み、そこに没入させるための手法と、テクストもしくは語り手が読者の解釈を誘導する手法である。

---

[1] Sainte-Beuve, « De la littérature industrielle », *Revue des Deux Mondes*, 1ᵉʳ septembre 1839. [Lise Dumasy, *La Querelle du roman-feuilleton. Littérature, presse et politique, un débat précurseur (1836-1848)*, Grenoble, ELLUG, Université Stendhal, 1999, pp.25-45. に再録。]

[2] Daniel Couégnas, *Introduction à la paralittérature*, Paris, Seuil, « Poétique », 1992 ; *Fictions, énigmes, images. Lectures (para ?) littéraires*, Limoges, PULIM, « Médiatextes », 2001.

[3] Ellen Constans, *Parlez-moi d'Amour. Le roman sentimental. Des romans grecs aux collections de l'an 2000*, Limoges, PULIM, 1999 ; « L'évolution des contraintes sérielles du roman populaire de 1870 à 1914 », in Paul Bleton (dir.), *Amours, aventures et mystères, ou les romans qu'on ne peut pas lâcher*, Québec, Éditions Nota bene, 1998, pp.19-39.

[4] Jean-Claude Vareille, *Le Roman populaire français (1789-1914). Idéologies et pratiques*, Limoges, PULIM-Québec, Nuit blanche, « Littératures en marge », 1994.

[5] Jacques Migozzi, *Boulevards du populaire*, Limoges, PULIM, « Médiatextes », 2005.

[6] Anne-Marie Thiesse, *Le Roman du quotidien. Lecteurs et lectures populaires à la Belle Époque* (1984), Paris, Éditions du Seuil, « Points Histoire », 2000.

Ⅱ．大衆小説の「詩学」―「犠牲者小説」を中心に ―

　コーパスとして使用するのは、19世紀後半に活躍したアドルフ・デヌリ Adolphe d'Ennery（1811-1899）、グザヴィエ・ド・モンテパン Xavier de Montépin（1823-1902）、エミール・リシュブール Émile Richebourg（1833-1898）のいくつかの作品である。これらの作家の作品は、当時拡大しつつあった女性読者層をターゲットとした大衆小説のカテゴリーに分類され、「犠牲者小説 roman de la victime[7]」、あるいは「感傷的同時代風俗小説 roman de mœurs contemporaines à tendance sentimentale[8]」と呼ばれることもある。なんらかの不幸によって子どもや家族と生き別れたヒロイン（ほとんどつねに母親）が苦難や試練に耐え忍び、最後に愛する人びとと再会し、失われた幸せを取り戻す ―これが「犠牲者小説」に共通する基本的な構図である[9]。

　主に参照する版は、19世紀後半から20世紀初頭にかけて大衆小説出版に特化したルフ社やロワ社から「配本方式 livraison」で発表されたテクストの合本である。「配本方式」とは、1つの作品を分冊にして週に1回あるいは2回定期的に刊行する出版方法である。19世紀後半の大衆小説の多くは新聞で連載されたあと、この方法で再版された。「配本方式」で再版されたテクストは「新聞小説 roman feuilleton」で発表されたものと同一であり、出版社の判断で縮小加工は施されてはいない。

　以下で示すのは、「分析」とか「研究」とか、そうした仰々しいものではない。分かりきったことや言及するまでもないことにも触れながら、大衆小説の手法を「紹介」しようと思う。そうすることで、大衆的テクストの特徴の1つを提示することができると考えるからだ。検討項目とコーパスを限定するため、以下で示す例は、大衆小説全体を射程にしたものではない。

---

[7] Ellen Constans, « Victime et martyre ! Héroïne ? La Figure Féminine dans le roman de la victime », in Santa Angels (dir.), *Douleurs, souffrances et peines. Figures des héros populaires et médiatiques*, Lleida, L'Ull Critic 8, 2003, pp.15-31 ; « Le peuple sans mémoire du roman de la victime », in Roger Bellet et Philippe Régnier (dir.), *Problèmes de l'écriture populaire au XIXᵉ siècle*, Limoges PULIM, « Littératures en marge », 1997, pp.99-114.

[8] Daniel Couégnas, « Qu'est-ce que le roman populaire ? », in Loïc Artiaga (dir.), *Le Roman populaire 1836-1960. Des premiers feuilletons aux adaptations télévisuelles*, Paris, Éditions Autrement, « Mémoire/Culture », 2008, p.47.

[9] 「犠牲者小説」については以下の論文を参照のこと。Ellen Constans, « Victime et martyre ! Héroïne ? La Figure Féminine dans le roman de la victime », in *Douleurs, souffrances et peines, op.cit.* ; « Le peuple sans mémoire du roman de la victime », in *Problèmes de l'écriture populaire au XIXᵉ siècle, op.cit.* ; 拙稿「女性向け大衆文学〈犠牲者小説〉― 女性らしさ、道徳、社会的言説 ―」『明學佛文論争』49号、2016年3月、pp.49-76。

2.「緊迫感 tension」

ダニエル・クエニャが述べている[10]ように、大衆小説は波乱に富んだ筋を展開する。言うまでもなくそれは、大衆小説が商業性を追求する文学形式であり、つねに読書欲を刺激しなければならないからだ。語りのメカニズムの次元で言えば、読者の興味をかき立てるような読みを可能にするのは、ラファエル・バロニが『物語の緊迫感 *La Tension narrative*[11]』（2007）において理論化した「緊迫感」に他ならない。「緊迫感」は、「問題 nœud →遅延 retard →解決 dénouement」という3つの段階の循環運動によって創出される効果であり[12]、読者を物語に没入させるための不可欠な要素として重要な働きをする。

「問題」は読者に問いを発する段階である[13]。問いの性質に応じてテクストの引き起こす「緊張感」は、「好奇心 curiosité」と「サスペンス suspense」の2つに分類される。「好奇心」は、説話世界における過去や現在に関わる問いが提示されたときに、作り出される効果である[14]。例えば、物語の冒頭で殺人事件を謎に満ちたかたちで描く推理小説は、「好奇心」を特権化する典型的な例である。一方で「サスペンス」は、説話世界における未来に関わる問いが提示されたときに、作り出される効果である[15]。アドルフ・デヌリ『二人のみなしご *Les Deux Orphelines*』（1887-1889）の第1部6章の最後を見てみよう。

> アンリエットとルイーズは、もっとも尊く、もっとも価値あるものを失ったところだった、優しく、献身的で、忠実な、尽きせぬ宝、母というものを！
>
> 2人の姉妹は、いまや孤児であった！
>
> Henriette et Louise venaient de perdre ce qu'elles avaient de plus précieux et de plus cher, ce trésor inépuisable de tendresse, d'abnégation et de dévouement qu'on appelle une mère !

---

[10] Daniel Couégnas, « Qu'est-ce que le roman populaire ? », in *op.cit.*, p.39.
[11] Raphaël Baroni, *La Tension narrative. Suspense, curiosité et surprise*, Paris, Seuil, « Poétique », 2007.
[12] *Ibid.*, pp.121-141.
[13] *Ibid.*, p.122.
[14] *Ibid.*, pp.99-100.
[15] *Ibid.*, p.99.

Les deux sœurs étaient maintenant deux orphelines[16] ! (以下、特に断りが
ない場合、訳は引用者による)

　アンリエットとルイーズがみなしごとなったことを告げるこの章の最後が、彼女た
ちはこの先どうなってしまうのかという問いを読者に発しているのは明らかだろう。
　「遅延」は、読者に提示された問いの答えを先延ばしにする段階である[17]。答
えを先延ばしするための、もっとも初歩的で効果的なやり方は、19 世紀イギ
リスの新聞小説を分析したウォルフガング・イーザーが指摘したように、「突
如として新たな人物を登場させたり、全く別な筋の展開を始める[18]」ことであ
る。『二人のみなしご』をもう一度取り上げるならば、先に引用した 6 章に続
く 7 章では、別の登場人物のエピソードが開始される。

　　こうしてジェラール家を不幸が襲っていたあいだ、そして、テレーズが孤
　　児として残した 2 人の子どもが人生のあらゆる偶然に身を委ねていたあい
　　だ、またもう 1 人の人物が何年も前から、深い絶望に苛まれていた。
　　Pendant que le malheur s'abattait ainsi sur la famille Gérard, et que les deux
　　enfants, que Thérèse laissait orphelines, se trouvaient abandonnées à tous les
　　hasards de la vie, une autre personne subissait, elle aussi et depuis de longues
　　années, un profond désespoir[19].

　絶望に苛まれる「もう 1 人の人物」に焦点をあてることで第 7 章は、第 6 章で読
者に突きつけられた問い ―アンリエットとルイーズはこの先どうなってしまうの
か― の答えを先延ばしにしている。こうしてテクストは読者をジラし、結末を期
待させる。しかしながら、この「遅延」の段階において、読者は答えが提供される
のをただひたすら待つわけではない。ウンベルト・エーコが指摘しているように、

---

[16] Adolphe d'Ennery, *Les Deux Orphelines*, Paris, Rouff, sans date, p.59.
[17] Raphaël Baroni, *op.cit.*, pp.124-137.
[18] ウォルフガング・イーザー『行為としての読書 美的作用の理論』、轡田収訳、岩波書店、2005 年、p.328.
［ドイツ語原典からのフランス語訳は、Wolfgang Iser, *L'Acte de lecture. Théorie de l'effet esthétique*, Bruxelles,
Pierre Mardaga éditeur, « Philosophie et langage », 1985 pour la traduction française. 轡田訳からの引用に該
当する箇所は p.333.]
[19] Adolphe d'Ennery, *op.cit.*, pp.59-60.

「期待の状態に入るとは、予想すること」であり、「モデル読者は、相つぐ諸状態を先取りすることで、ファーブラの展開への共同作業を求められるのだ[20]。」

　読者の予測活動を叙述することは容易ではないが、それを支えるもっとも基本的な要素の1つは、さまざまな作品から得られる知識、ウンベルト・エーコの概念を借りれば、「テクスト相互的シナリオ scénarios intertexuels[21]」である。大衆小説の熱心な読者であれば、みなしごとなったアンリエットとルイーズは、例えば、意地悪な親戚にもらわれ、不幸な人生を送るのではないかといった予測を立てることも可能だろう（彼女らの運命は後に触れる）。

　いずれにせよ、「緊迫感」は「問題」で提示された問いの答えを先延ばしにするテクストと、それを先取りしようとする読者との相互作用のうちに生じる効果である。フアン・プリエト＝パブロス[22]を引用しながらラファエル・バロニが述べている[23]ように、「緊迫感」は、読者の予想の度合いに比例して、その強度を増すという性質をそなえている。したがって、読者の主体的な参加がなければ、テクストが創出する「緊迫感」が有効に作用することはない。

　「解決」は、「問題」で提示された問いの答えが与えられる段階である[24]。問いの答えを得たことで「緊迫感」は緩和されるが、物語全体の「解決」でない限り、読者はすぐさま次の「問題」に遭遇し、新たな問いを突きつけられる。テクストは、「問題→遅延→解決」という3つの段階から成り立つ、一連のシークェンスで構成されているからだ[25]。

---

[20] ウンベルト・エーコ『物語における読者』、篠原資明訳、青土社、2003年、p.177.［イタリア語原典からのフランス語訳は、Umberto Eco, *Lector in fabula. Le rôle du lecteur* (1979), Paris, Grasset, 1985 pour la traduction française. 篠原訳からの引用に該当する箇所は p.145.］

[21] ウンベルト・エーコは、読者の予測活動を支える要素として「テクスト相互的シナリオ」の他に、日常生活において人びとの行動を秩序立てる規範としての「共通シナリオ scénarios communs」を挙げている（同書、pp.122-129.［*Ibid.*, pp.99-105.］）。

[22] Juan Prieto-Pablos, « The paradox of suspense », *Poetics*, n° 26, 1998, p.103.

[23] Raphaël Baroni, *op.cit.*, p.130.

[24] *Ibid.*, pp.138-139.

[25] 本論では扱うことができなかったが、ラファエル・バロニは「緊迫感」を作用させる要素として「好奇心」と「サスペンス」の他に、「喚起 rappel」と「驚き surprise」を分析している。「喚起」とは、結末が分かりきった場合であっても、「緊迫感」が生じる現象を示している。大衆小説はきわめて定式化された文学であり、過去の読書経験のおかげで読者は、本筋の結末や副次的なエピソードの結末を容易に予想することができる。しかし、それは「緊迫感」が作用しないということを意味するわけではない。作品を読み始めるとすぐに、その結末が簡単に予想されたとしても、結末にいたるまでのプロセスは個々の作品によって異なり、いくつものバリエーションがある。それゆえ読者は、そのプロセスをめぐって自問するように導かれる。この結末へといたるプロセスに関わる問いこそが「緊迫感」を生じさせる原動力となる。こうした現象が「喚起」である。他方で「驚き」は、読者の予想が裏切られたときに生じる効果である。大衆小説は、たいていの場合、「期待の地平」の要求に忠実な文学形式であるから、「驚き」が生じるケースは稀である。ただし、副次的なエピソードのレベルでは、結末が読者の予想と反することがしばしばあるので「驚き」が生じることもある。

Ⅱ．大衆小説の「詩学」―「犠牲者小説」を中心に ―

　その結末を知るまでは手放すことのできない小説を生産することが、19 世紀の大衆文学業界で成功するカギだった。大衆小説の筋が強度の「緊迫感」を創出するように組み立てられるのは、そのためである。しかし他方で、大衆小説が長らく「文学」とはみなされなかった理由の 1 つが、「緊迫感」を過度に重視した結果であることを付言しなければならない。

　大衆小説の生命の源というべき「緊迫感」は、説話世界で起こる出来事について読者が何も知らないということを前提として生じる効果である。それゆえ、研究対象として読まれる場合を除いて、大衆小説は、書物史の用語を借りれば、「拡散型読書 lecture extensive」の消費対象となる、読み捨てられるテクストに過ぎない[26]。

　この観点からすると、大衆小説がいわゆる文学的小説と区別されるのは明らかだ。文学的小説は、大衆小説とは異なり、人間や社会をめぐる深い考察を展開する場合が多い[27]。それゆえ、「集中型読書 lecture intensive」に耐えうる持久力をそなえ、再読される度に読者に何らかの新たな発見をもたらすと考えられるからだ。

3.「緊迫感」の効力と出版媒体

　大衆作家は、「緊迫感」創出につながる「問題」を章の最後に配置する傾向がある。アレクサンドル・デュマ Alexandre Dumas（1802-1870）が戯曲作品における各「場」の終わりを新聞連載の終わりに対応させようと努力したのは周知である。だが、ダニエル・コンペールが述べているように、こうした作家の意図が尊重されるとは限らない。

　　広く行き渡っている考え方が主張することとは反対に、それぞれの回は物
　　語中の危機が高まった状態のままで終わっていないことを明言しておこ

---

[26] たしかに、アンヌ＝マリ・ティエスの調査が明らかにしたように、ベル・エポックの庶民階層の読者は、新聞に連載された小説を切り抜き、それを自分たちで製本し、大切に保管していた。この意味においては、彼らの読書を「集中型読書」とみなすことができるかもしれない。しかしながら、「新聞小説」を保管するという習慣は、友人に貸すためであり、また「本」を所有したいという欲求の表れであって、一度読んだ作品を再読するためのものではない（Anne-Marie Thiesse, *op.cit.*, pp.17-18.）。

[27] ただし、大衆小説とみなされる作品でも、例えば、ウジェーヌ・シュー Eugène Sue（1804-1857）の『パリの秘密 *Les Mystères de Paris*』（1842-1843）のように、「集中型読書」の対象となったものもある。この点に関しては次の著作を参照のこと。Judith Lyon-Caen, *La Lecture et la vie. Les usages du roman au temps de Balzac*, Paris, Tallandier, 2006；小倉孝誠『革命と反動の図像学』、白水社、2014、pp.71-90.

う。作者は、時によってはかなり前から必要なテクストの量を供給しているので、連載に予定されたスペースが埋まると、印刷業者は切ってしまうのだ。連載は、それゆえ、必ずしも章の切れ目に従っているわけではない。Précisons aussi que, contrairement à ce qu'affirme une idée très répandue, chaque épisode ne se termine pas par un suspens : l'auteur ayant fourni la quantité de texte nécessaire parfois longtemps à l'avance, l'imprimeur coupe quand l'espace prévu pour le feuilleton est rempli. Le feuilleton ne respecte donc pas nécessairement le découpage des chapitres[28].

　それでもなお大衆小説が、新聞連載において読者の関心を日々惹き付けたのはなぜだろうか。ウンベルト・エーコは、大衆的であろうとなかろうと、テクストはその内部のいたるところにおいて読者の問いかけを発動させる「蓋然性の離接」を生じさせると述べている。

　　確かに、蓋然性の離接は物語のどの時点でも生じうる。「侯爵夫人は五時に出かけた」、何をするために、どこに行くために、といった具合だ。しかしその種の蓋然性にかかわる離接は、単なる文の内部でも起こりうる。たとえば他動詞が現れるたびごとにだ（／ルイジは食べる／、何を、チキンか、サンドイッチか、宣教師か？）[29]。

　とは言っても、このようにして生じた「蓋然性の離接」が読者に問いを発したとしても、「緊迫感」が十分に発達することはない。エーコが指摘しているように、「モデル読者はひとつないしは複数の文の構造を一目で理解し、ルイジが何を食べるかと自問するひまなどない[30]」からだ。しかしながら、テクストを断片的に毎日供給する新聞連載という形式で作品が読まれるとき、読者には「自問する」ための十分な時間が与えられる。その場合、「緊迫感」が有効に作用すると想定できるだろう。

---

[28]　ダニエル・コンペール『大衆小説』、宮川朗子訳、国文社、2014年、pp.111-112. [Daniel Compère, *Les Romans populaires*, Presses Sorbonne Nouvelle, 2011, pp.62-63.]
[29]　ウンベルト・エーコ、前掲書、p.175. [Umberto Eco, *op.cit.*, p.143.]
[30]　同書。[*Ibid.*]

Ⅱ．大衆小説の「詩学」―「犠牲者小説」を中心に ―

　こうした現象[31]を観察するために、エミール・リシュブール『呪われた娘 La Fille maudite』（1876）の 1 つのシーンを見てみよう。これは、ある殺人事件を捜査していた警察が犯行に使われた鉄砲の薬莢を発見する場面である。この場面は、1876 年 3 月 11 日と 12 日にまたがって『プティ・ジュルナル Le Petit Journal』（1863 年創刊）に掲載された。11 日のテクストは次のように終わっている。引用は新聞に連載されたテクストからである。

　　左も右も、牧草地だった、ほんの 2、3 日前に牧草が刈られてしまっているから、殺人犯の足取りを見つけ出すことなど少しも望めないだろう。
　　いくばくかの悔しさを感じながら、治安判事はそんなことを考えていた、そのとき、突然、1 人の憲兵が叫び声を上げた。
（続きは明日）　　　　　　　　　　　　　　　　　　　　エミール・リシュブール
　À gauche comme à droite, c'était du pré, et l'herbe ayant été coupée depuis deux ou trois jours seulement, ils ne pouvaient guère espérer trouver la trace du passage de l'assassin.
　Le juge de paix faisait donc cette réflexion avec un certain dépit, lorsque le brigadier poussa tout à coup une exclamation.
（Suite à demain）　　　　　　　　　　　　　　Émile Richebourg[32]（強調は引用者）

　言うまでもなく、引用したテクストは章の最後ではない。それでもなお、下線で強調した、「そのとき、突然、1 人の憲兵が叫び声を上げた。」という描写が、なぜ憲兵は叫び声を上げたのか、何を発見したのかという問いを読者に突きつけるのは明らかだろう（ここでテクストがねらう効果は「好奇心」である）。この問いの答えは、次に引用する、翌日（12 日）の連載の下線で強調した部分で提示される。

---

[31] 出版媒体と「緊迫感」の関係についての分析は次の論文を参照のこと。Anaïs Goudmand, « Le roman-feuilleton ou l'écriture mercenaire : l'exemple des *Mystères de Paris* », Cahiers de Narratologie, Analyse et théorie narrative, n°31, 2016, « Sérialité narrative. Enjeux esthétiques et économiques » ; Takashi Yasukawa, *Poétique du support et captation romanesque : la « fabrique » de son lecteur par le roman de la victime de 1874-1914*, 2 vols, thèse, Jacques Migozzi (dir.), Université de Limoges, 2013.
[32] Émile Richebourg, *La Fille maudite*, 12ème feuilleton publié le 11 mars 1876 dans *Le Petit Journal*.

50

フレミクールの方の、血痕が発見されたところからすぐ近くで、半分燃え
た一片の紙を拾ったのだった。疑うべきものはなかった、この紙は鉄砲の
薬莢だった。憲兵は勝ち誇ったように治安判事にそれを渡し、判事はそれ
を急いで鞄にしまった。

Il venait de ramasser, à peu de distance de la tache de sang, du côté de Frémicourt,
un morceau de papier à moitié brûlé. Il n'y avait pas à en douter, ce papier était
la bourre de la balle. Le brigadier le remit triomphalement au juge de paix, qui
s'empressa de le serrer dans son portefeuille[33].　　　　（強調は引用者）

11 日に掲載されたテクストの最後で発せられた問いの答えが、12 日の連載ま
で引き延ばされることで、読者の予測活動が活性化される。言い換えれば、作
家によって「問題」が組み込まれた章の終わり以外のところでテクストが無造
作に切られたとしても、テクストは、その内部のいたるところに「問題」を織
り込んでいるがゆえに、つねに問いを発することができる。そして、問いの答
えは翌日の連載で与えられるが、この「遅延」の期間において読者は、答えが
供給されるのを辛抱強く待つと同時に、それを予測しようとする。このように
して、「新聞小説」という出版形式は、「緊迫感」の強度を高めることに貢献する。
　「緊迫感」の強度が「新聞小説」という出版形式によって左右されるとすれば、
同じ作品であっても異なる媒体で出版されたとき、この効果が変容するのは明
らかだろう。『プティ・ジュルナル』での連載が終了したあとの 1876 年 11 月
に出版された書籍版『呪われた娘』の同じ場面を見てみよう。

　　左も右も、牧草地だった、ほんの 2、3 日前に牧草が刈られてしまって
　いるから、殺人犯の足取りを見つけ出すことなど少しも望めないだろう。
　　いくばくかの悔しさを感じながら、治安判事はそんなことを考えていた、
　そのとき、突然、1 人の憲兵が叫び声を上げた。
　　フレミクールの方の、血痕が発見されたところからすぐ近くで、半分燃
　えた一片の紙を拾ったのだった。疑うべきものはなかった、この紙は鉄砲

---

[33] Émile Richebourg, *La Fille maudite*, 13ème feuilleton publié le 12 mars 1876 dans *Le Petit Journal*.

Ⅱ．大衆小説の「詩学」―「犠牲者小説」を中心に―

の薬莢だった。憲兵は勝ち誇ったように治安判事にそれを渡し、判事はそれを急いで鞄にしまった。

À gauche comme à droite, c'était du pré, et l'herbe ayant été coupée depuis deux ou trois jours seulement, ils ne pouvaient guère espérer trouver la trace du passage de l'assassin.

Le juge de paix faisait donc cette réflexion avec un certain dépit, lorsque le brigadier poussa tout à coup une exclamation.

<u>Il venait de ramasser, à peu de distance de la tache de sang, du côté de Frémicourt, un morceau de papier à moitié brûlé</u>. Il n'y avait pas à en douter, ce papier était la bourre de la balle. Le brigadier le remit triomphalement au juge de paix, qui s'empressa de le serrer dans son portefeuille[34].　　　（強調は引用者）

　書物出版の場合は、新聞連載の場合とは異なり、問い（なぜ憲兵は叫び声を上げたか）と答え（鉄砲の薬莢を発見したから）のあいだで「遅延」として機能するのは、下線で強調した短い描写だけである（「フレミクールの方の、血痕が発見されたところからすぐ近くで、半分燃えた一片の紙を拾ったのだった。」）。「遅延」の期間があまりにも短いので、読者の予測活動が活発化することはないだろう。それゆえ、「緊迫感」の強度が高まることはないと想定できる。

　新聞から書物へという発表媒体の交換が、「緊迫感」の効力に変容をもたらすことは明らかだ。新聞連載で読まれた場合と比べて、テクストが書物出版で読まれた場合、「緊迫感」は格段に弱まってしまう。1990年代後半の大衆小説研究は、テクストをその出版媒体との関係で分析するようになった。それは、出版媒体の物質的な制約が作家のエクリチュールを規定するからというだけではない。紹介した例が示すように、出版媒体の物質的な制約が、テクストそのものに組み込まれた効果を変容させるからだ。

---

[34] Émile Richebourg, *La Fille maudite*, Paris, Dentu, 1876, p.76.

4. 個性的なものから典型的なものへ

　他の小説と同様に、大衆小説においても登場人物がきわめて重要な役割を担う。読者は登場人物をとおして説話世界へ引き込まれ、ウジェーヌ・シューの読者がそうであったように、作中人物の運命をとおしてみずからの人生の指針を探し求めたりもする[35]。当然のことながら、こうしたプロセスは紙のうえの存在でしかない登場人物が本当らしさをともなって読者に受容されることを前提としている。

　登場人物に人間味を与えるための、もっとも初歩的な手法は、改めて指摘するまでもないが、作中人物に固有名を与えることだ。現実世界であろうと、説話世界であろうと、固有名が個人性を保証する本質的な要素であることに変わりはない[36]。イアン・ワットの研究[37]を参照しながらヴァンサン・ジューヴは、個性的な名前よりも、典型的な名前のほうが作中人物にリアリティーをもたせるためには好ましいと述べている[38]。それは大衆小説においても同様である。ジャンヌ・フォルチエ（グザヴィエ・ド・モンテパン『パン運びの女 *La Porteuse de pain*』（1884-1885））、ルイーズ・ヴェルディエ（エミール・リシュブール『二つのゆりかご *Les Deux Berceaux*』（1878））、アンリエット・ジェラール（アドルフ・デヌリ『二人のみなしご』）など、ありふれた名前が付けられることによって、登場人物は読者の慣れ親しんだ現実のなかに組み込まれる。

　個性的なものよりも典型的なものを ―こうした原則は、ダニエル・クエニャが述べている[39]ように、登場人物の容姿や性格の描写をも規定する。「犠牲者小説」に限れば、ヒロインは、それぞれ固有性をそなえているにしても、美しく、すらりとしていて背が高く、髪はブロンドで、誠実で、愛情深い点において共通している。こうした画一的なキャラクター化によって、ジャンヌ・フォルチエ、ルイーズ・ヴェルディエ、アンリエット・ジェラールという個性的なものが典型的なものへ、つまり「犠牲者小説」の作品群において慣例化されたヒロインのイメージへと還元される。こうしてヒロインはある種の実在性を獲得す

---

[35] Judith Lyon-Caen, *La Lecture et la vie, op.cit.*

[36] Vincent Jouve, *L'Effet-personnage dans le roman*, Paris, PUF, « Écriture », 1992. p.111.

[37] Ian Watt, « Réalisme et forme romanesque », in Roland Barthes *et al.*, *Littérature et réalité*, Paris, Seuil, « Points Essais », 1982, pp.24-27.

[38] Vincent Jouve, *op.cit.*, pp.110-111.

[39] Daniel Couégnas, *Introduction à la paralittérature, op.cit.*, pp.158-169.

Ⅱ．大衆小説の「詩学」―「犠牲者小説」を中心に ―

るが、それは現実との類似によってというよりは、他の作品のヒロインとの類似によるところが大きい。したがって、大衆小説のリアリズムとは、この文学領域の構成する作品群が織りなす間テクスト性 intertextualité に基づいている。

　個性的なものを典型的なものへ、というプロセスはまた、「un (une) de ces ～ qui/que/dont …（…するこれらの～の１人/１つ）」という表現の使用によっても可能になる。文学作品を含めたさまざまな種類の言説における紋切り型やステレオタイプの機能を分析したリュット・アモシーとエリシュヴァ・ロゼンは、この表現について次のように説明している。

　　予め想定された事項のうえに成立するこの表現形式は、諸々の個人、諸々の行為その他の先在を、参照テクスト外において、正当なものとして流布させ、結果的に、この表現形式が導き入れる事実あるいは存在が場合によっては本当にあると推論することを可能にする。

　　Fondée sur la pré-supposition, cette forme d'expression accrédite la préexistence d'une catégorie d'individus, d'actions, etc. dans un hors-texte de référence, et permet d'inférer *ipso facto*, l'éventuelle existence du fait ou de l'être qu'elle introduit[40].

　この種の表現は写実的な計画のもとで書かれた文学的小説でも用いられるが、それ以上に、大衆小説では多用される傾向がある。アドルフ・デヌリ『二人のみなしご』のマリアンヌ・ヴォチエの例を見てみよう。

　　彼女は、<u>頑丈な体格によっても損なわれることのない優雅さをそなえる、</u><u>場末のパリジェンヌの典型の１つ</u>で、大柄で美しい娘であった、

　　C'était une grande et belle fille, <u>un de ces types de parisienne des faubourgs,</u> <u>dont la stature vigoureuse n'exclut pas la grâce</u>[41]. 　　　　（強調は引用者）

　登場人物マリアンヌ・ヴォチエは「場末のパリジェンヌの典型の１つ」というカテゴリーとの関連で特徴づけられている。こうしたカテゴリーが実際に存在し

---

[40] Ruth Amossy et Elisheva Rosen, *Les Discours du cliché*, Paris, SEDES, 1982, p.53.
[41] Adolphe d'Ennery, *op.cit.*, p.92.

ているかどうかは問題ではない。重要なのは、「・・・するこれらの〜の１人／１つ」という表現が使用されることで、このようなカテゴリーが存在しうるものとして示されるということだ。こうしてマリアンヌ・ヴォチエは「場末のパリジェンヌの典型の１つ」という本当にありそうなカテゴリーに還元されることで、その実在性を獲得する。

　これまで紹介した例が示すように、大衆小説は、登場人物を個性的なものとしてというよりは典型的なものとして描く傾向がある。この点において大衆小説は、「髪や目のかたちと色、額、眉毛、鼻筋、口元、顎、首、うなじなど、人間の相貌をかたちづくるあらゆる要素[42]」を正確かつ詳細に描写することで登場人物の個人性を包括的に強調する19世紀の小説一般と明確に区別される。

5.「〈情報的〉同一化 identification d' « informationnelle »」

　大衆小説は作中人物の考えや思い、不安や恐怖といった内面を詳しくテクスト化する傾向がある[43]。それは、登場人物の写実性を高めるためでもあるし、読者の感情移入を引き起こすためでもある。心理学が定式化した、もっとも根本的な法則の１つ[44]によれば、誰かに対する関心はその誰かについての情報量に比例する。その人を知れば知るほど、その人の身の上に起こることが自分に関わりのあることだとますます感じるようになる。この法則は説話世界においても適用することが可能だ。登場人物の内面を深く知れば知るほど、読者は登場人物の人生や運命が自分に関わりのあることだと感じるようになる。

---

[42] 小倉孝誠『〈女らしさ〉の文化史 性・モード・風俗』、中公文庫、2006 年、p.129.
[43] ダニエル・クエニャは、大衆小説では物語の進行速度を遅らせたり、停止させたりするという理由で「描写 description」が可能な限り制限されると述べていた（Daniel Couégnas, *Introduction à la paralittérature*, *op.cit.*, p.108.）。クエニャがこのような結論に導かれたのは、彼の研究コーパスが 1905 年に創刊されたファイヤール社の《大衆の書 Le Livre populaire》から出版された作品で構成されていることに関係している。このコレクションから出版された作品の多くは、一部を除いて、すでに 19 世紀に刊行された「旧作」だった。そして、コレクションの出版条件に応じて、ほとんどの作品は縮小加工されたので、オリジナルではない。同一作品の２つの版を比較すると分かるように、完全版から縮小版へのテクスト改変のプロセスにおいては、心理描写もふくめてあらゆるタイプの描写が削減・削除されている。しかし実際のところ、完全版では「描写」に多くのスペースが割かれている。したがって、エレン・コンスタンが述べているように、大衆小説の特徴の1つとして「描写」の少なさを挙げることは必ずしも正しいとは言えない（« L'évolution des contraintes sérielles du roman populaire de 1870 à 1914 », in *Amours, aventures et mystères, op.cit.*, p.27.）。
[44] Vincent Jouve, *op.cit.*, pp.132-133.

Ⅱ. 大衆小説の「詩学」―「犠牲者小説」を中心に ―

　登場人物の詳細な心理描写だけが読者を説話世界に引き込む手法ではない。
それはまた、ヴァンサン・ジューヴの用語を借りれば、「〈情報的〉同一化[45]」
によっても可能になる。グザヴィエ・モンテパン『街角の歌い手 Chanteuse des
rues』（1902）を例に取り、こうした現象を観察してみよう。

　作品の第1部1章において、アルベールという男が殺される。流しの歌手パ
スカルが犯行を目撃したが、殺人犯の身元を確認するにはいたらない。ここで
テクストは情報の供給を制限することで、殺人犯の身元や殺人の動機をめぐる
一連の問いを読者に突きつける（テクストがねらう効果は「好奇心」である）。
「緊迫感」を維持するために、語り手はこうした問いへの答えを直ちに提示す
ることはない。読者が殺人犯の身元を知るには、第1部14章を待たなければ
ならない（殺人の動機はもっと先で明かされる）。

　この「遅延」の段階において、語り手は、警部アンドレ・ルシヨンとパスカ
ルによる捜査の行方を報告するにとどめる。したがって、説話世界に関する情
報量において、読者は、2人の登場人物と同じ地点に立たされる。登場人物と
同様に、読者は殺人事件の真実を知らない。語り手もまた、それを知らないか、
あるいは知らないフリをしているからだ。こうして殺人事件に関する、登場人
物（語り手も含めて）の無知は読者によって共有される。

　言い換えれば、アンドレ・ルシヨンとパスカルの、殺人事件への好奇心に、
読者の「好奇心」が融合する。登場人物が殺人犯の身元と殺人の動機を明らか
にしたいのと同じくらいに、あるいはそれ以上に、読者もまたそれを知りたい
からだ。ここで、読者に引き起こされた「好奇心」（誰が何のためにアルベー
ルを殺害したか）が、「サスペンス」と混ざり合うことを付言しなければなら
ない。アンドレ・ルシヨンとパスカルは殺人犯を突き止めることはできるのだ
ろうか―読者に突きつけられる問いは説話世界の未来に関わっている。

　以上に紹介した、読者と登場人物による無知の共有の効果についてウォルフ
ガング・イーザーは次のように述べている。

---

[45] *Ibid*., p.129.

読者は登場人物とともに生活をし、彼らが遭遇する事件に一喜一憂し始める。読者は物語の展開がどのようになるかわからないが、それは登場人物にとっての明日を定めぬ暮らしと同じことに思えてくる。こうして読者と小説の人物とは、いわば〈共通の〉空白地平によって連帯関係をもつようになる[46]。

　こうした経験は大衆小説の読書の最大の特徴である。大衆小説を読んで我を忘れるほどに説話世界へと没入することの危険性は、19世紀から20世紀にかけて「産業的文学」を批判的に論じた知識人が共通して指摘したことだった。物語論研究者の多くもまた、大衆小説に限らず、あらゆる物語が発揮する、読者の自己を喪失させるような効果 effets aliénants に対して警鐘を鳴らしていること[47]を付言しておこう。

6.「パテティックな効果 effet pathétique」

　大衆小説は、読者の心の琴線を震わせようとする。とりわけ「犠牲者小説」は、小倉孝誠が指摘したように、「女性読者の紅涙を絞ることをねらっていた[48]」だけに、こうした効果をもっとも重視した大衆小説だと言える。当然のことだが、ここで問題となるのは、「私は憤慨を表さずにはいられなかった」といった類いの、登場人物の描かれた感情ではなく、テクストが実際に読者に引き起こす感情である。

　たしかに、感情は捉えるのが難しい現象である。感情は、個人的な性向に応じて多様なかたちで表出するだろう。しかしながら、感情は、何かについての反応の結果である。この意味においてそれは、合理性をそなえた現象である。リュット・アモシーはこの点に関して次のように述べている。「[...] 諸々の感情は、ある価値体系に立脚した解釈と、より正確に言うならば、道徳的な命令による判断と切り離せないものである。[...] les émotions sont inséparables d'une interprétation s'appuyant sur des valeurs, ou plus précisément d'un jugement

---

[46] ウォルフガング・イーザー、前掲書、p.329.［Wolfgang Iser, *op.cit.*, p.333.］
[47] 大衆小説には限定されないが、文学とその受容者をめぐる問題に関しては次の著作が参考になる。Claude Lafarge, *La Valeur littéraire. Figuration littéraire et usages sociaux des fictions*, Paris, Fayard, 1983.
[48] 小倉孝誠『革命と反動の図像学』、前掲書、p.68.

d'ordre moral[49].」

　この観点からすれば、読者に引き起こされる感情もまた、登場人物の性格や行為に関する評価に結びついていると想定できる。アドルフ・デヌリ『二人のみなしご』の例を見てみよう。

　生後間もなく捨てられたルイーズは、貧しいが心優しいジェラール夫妻に拾われる。そしてルイーズは、彼らの1人娘アンリエットと姉妹同然に育てられる。両親が亡くなったあと、親戚を頼って2人はパリへ上京するが、到着するとすぐに、アンリエットはド・プレールという放蕩貴族に誘拐される。ルイーズは大都会に1人取り残されるが、それは大変に危険なことだった。というのも、彼女は、数年前に視力を完全に失っていたからだ。アンリエットがいなければ、彼女は身動きできない。

　そんなとき、ある物乞いがルイーズに声をかける。物乞いは、アンリエットを探し出すのを手伝うとルイーズに約束する。ところで、この物乞いはフロシャールという名前で、斬首刑に処された悪党の未亡人だった。ルイーズが盲目であることに目をつけたフロシャールは、路上で歌い、物乞いをすることをルイーズに強制する。彼女は、この物乞いの案内でパリのどこかでアンリエットと再会できると信じ、雨の日も雪の日も、町を彷徨いながら歌いつづける。

　こうしたエピソードがそれ自体で読者に何らかの感情を引き起こすことはできない。テクストが「パテティックな効果」を創出するためには、「ある価値体系に立脚した解釈」、あるいは「道徳的な命令による判断」が読者によって行われなければならない。

　周知のように、『二人のみなしご』が刊行された19世紀は視覚障害者の援助を目的とする慈善団体が設立された時代だった[50]。このことは、当時のフランス社会において、視覚障害者は援助されるべきだ、という考え方が慣例化していたことを示している。テクストは、こうした慣例的な考え方を喚起させることで、保護されるどころか虐待されるルイーズには同情し、視覚障害者の少女を保護するどころか虐待するフロシャールに対しては憤慨するように、読者を

[49]　Ruth Amossy, *L'Argumentation dans le discours* (2000), Paris, Armand Colin, « Cursus », 2006, p.186.
[50]　視覚障害者の歴史については、例えば、以下の著作が参考になる。Zina Weygand, *Vivre sans voir. Les Aveugles dans la société française, du Moyen Âge au siècle de Louis Braille*, Paris, Créaphis, 2003.［ジナ・ヴェイガン『盲人の歴史　中世から現代まで』、加納由起子訳、藤原書店、2013 年。]

誘導する。

　言い換えれば、同情や憤慨といった感情は、広く共有された道徳観に基づく読者による積極的な評価の1つの形式である。こうした読者の参加がなければ、テクストが登場人物の運命をいかに悲劇的に描いていようとも、あるいはその残虐性をいかに過度に強調しようとも、「パテティックな効果」が生み出されることはない。

7.「意味の最終解釈者 interprète ultime du sens」としての語り手

　大衆小説の説話世界は、善悪二元論の原理のうえに成り立っている。ある登場人物が「善」のカテゴリーに分類されるのか、「悪」のカテゴリーに分類されるのか、それを決定する基準は、すでに引用した、アドルフ・デヌリ『二人のみなしご』の例が示すように、作品が生産された時代で共有される価値観による場合もあれば、語り手のイデオロギーに基づく場合もある。

　スーザン・スレイマンは、説話世界の価値体系を秩序立てる語り手の機能を次のように説明している。

　　語り手は、みずからが語るストーリーの典拠として提示される限りにおいて、「作者」としてだけではなく、「権威」としてみなされる。というのも、その声こそが登場人物の行動や起こった出来事をわれわれに伝え、そして写実的小説において発信者と受容者とを結びつける形式的な約束事の名において、われわれはその声が語ったことを「真なるもの」としてみなさなければならないからだ。その結果として、語り手が説話世界の行動や出来事について話すことだけではなく、彼が価値判断や解釈として言表することをもまたわれわれが受け入れるという、横滑りの効果が生じるのである。こうして語り手はストーリーの典拠だけではなく、その意味の最終解釈者となる。

　　Dans la mesure où le narrateur se pose comme source de l'histoire qu'il raconte, il fait figure non seulement d'« auteur » mais aussi d'*autorité*. Puisque c'est sa voix qui nous informe des actions des personnages et des circonstances où celles-ci ont lieu, et puisque nous devons considérer – en vertu du pacte formel qui, dans le roman réaliste, lie le destinateur de l'histoire au destinataire – que ce que cette voix raconte est « vrai », il en résulte un effet de glissement qui fait que nous acceptons comme « vrai » non seulement ce que le narrateur nous dit des actions et des circonstances de l'univers diégétique, mais aussi tout ce qu'il énonce comme jugement et comme interprétation. Le narrateur devient ainsi non seulement source de l'histoire mais aussi interprète ultime du *sens* de celle-ci[51].

　スーザン・スレイマンの指摘はプロパガンダや宣伝を目的とする「テーマ小説 roman à thèse」の語り手を対象としているが、大衆小説の語り手にも該当するのは明らかだ。例えば、マルセル・アラン Marcel Alain（1885-1969）とピエール・スーヴェストル Pierre Souvestre（1874-1914）のシリーズ作『ファントマス *Fantômas*』（1911-1913）において、読者がしばしば犯罪者ファントマスにはシンパシーを、彼を取り締まろうとする警部ジューヴや新聞記者ジェローム・ファンドールにはアンチパシーを感じてしまうのは、語り手の「権威」によるところが大きい。ファントマスがどれほどの悪党であっても、語り手が彼を犯罪の天才として肯定的に解釈すれば、読者もまたファントマスを積極的に評価するだろう。

　語り手が読者の解釈を誘導する方法[52]はいくつかあるが、ここではその１つを紹介しよう。例として取り上げるのは、エミール・リシュブールの『黒服の貴婦人 *La Dame en noir*』（1899）である。作品の冒頭（第１部２章）で、主人公マリ・ソレルは、恋人リュシアン・ジェルヴォアから突然別れを告げられる。このとき、マリはリュシアンとのあいだの子どもを身ごもっていたが、リュシアンはサンクトペテルブルクに赴任になったと嘘をついて、姿をくらます。語り手は、マリについて次のようにコメントする。

　　彼女は長いあいだ泣いた。彼女の絶望は恐ろしいものだった。まったく望みはなく、そのすべての幸福な夢は破れ、その人生は打ち砕かれ、それは

---

[51] Susan Suleiman, *Le Roman à thèse ou l'autorité fictive*, Paris, PUF, « Écriture », 1983, p.90.
[52] この点については、以下の著作を参照のこと。Vincent Jouve, *Poétique des valeurs*, Paris, PUF, « Écriture », 2001.

おぞましいことだった。おまけに、彼女が生むかもしれない子ども、この子どもをどのように育てようというのだろうか、育てることすらできないかもしれない。

Elle pleura longtemps. Son désespoir était affreux. Plus rien à espérer, tous ses rêves de bonheur détruits, sa vie brisée, c'était épouvantable. Et cet enfant qu'elle mettrait au monde, comment l'élèverait-elle? Le pourrait-elle seulement[53]?

（強調は引用者）

　ここで、語り手は登場人物から「距離 distance」をとっていない[54]。語り手は、悲しみにうちひしがれたマリの内面を淡々と描写するだけで、彼女に対していかなる批判的なコメントもしていない。下線で強調した引用の最後の 2 文で、ドリット・コーンが言うところの、「叙述的モノローグ monologue narrativisé[55]」が使われていることに注目するならば、語り手の感情と登場人物の感情がほとんど同化しているとさえ言える。したがって、語り手がそう解釈したように、読者は「まったく望みはなく、そのすべての幸福な夢は破れ、その人生は打ち砕かれ」たマリ・ソレルの境遇を「おぞましいこと」だと解釈するように導かれる。

　しかし、第 1 部 8 章でマリがどのようにしてリュシアンと交際するようになったかを語る段階になると、読者の解釈は軌道修正されるだろう。なぜならば、以下の引用が示すように、語り手の態度が変化するからだ。

　夕方、そしてよく午前中に、大通りからプロヴァンス通りへ、あるいはその逆方向の道すがら、マリはリュシアンに出くわした。彼らは打ち解けて話をし、強く手を握り合った。リュシアンがマリに言ったことは、彼女の心を奪った、それは、彼女の心に下りてきた毒だったが、彼女には、それが甘くそして心地よいものに思われた、偽りの言葉で巧妙につくられたこの毒を。

---

[53] Émile Richebourg, *La Dame en noir*, Paris, Rouff, sans date, p.21.
[54] 語り手による登場人物の心理分析の様式とその効果については、以下の著作を参照のこと。Dorrit Cohn, *Transparence intérieure. Modes de représentation de la vie psychique dans le roman*, Paris, Seuil, « Poétique », 1981 pour la traduction française.
[55] *Ibid.*, p.122.

Ⅱ．大衆小説の「詩学」—「犠牲者小説」を中心に —

Le soir et souvent le matin, dans le trajet du boulevard à la rue de Provence *et vice versa*, Marie rencontrait Lucien ; ils causaient, se pressaient les mains. <u>Ce que Lucien disait à Marie la ravissait ; c'était un poison qui descendait dans son cœur, mais comme elle le trouvait doux et agréable, ce poison habilement distillé par de trompeuses paroles</u>[56] !　　　　　　　　　　　　　　（強調は引用者）

　ここで語り手は登場人物から「距離」をとることになる。下線で強調した箇所から分かるように、リュシアンがマリに語ったことは、彼女にとっては「甘くそして心地よい」ものであるが、語り手にとってそれは「偽りの言葉で巧妙につくられた［…］毒」である。引用からは、リュシアンの「偽り言葉」に「心を奪」われたマリに対する語り手の批判が透けて見える。それは、この引用のすぐ前の箇所で語り手が語っていたことを確認すれば、明らかだろう。

　　しかし<u>若い娘が美しさ、優美さ、気品さをそなえればそなえるほど、絶えず晒される危険はますます大きくなる</u>。彼女は大通りの女たらしどもに囲まれるが、もしまだ心が奪われていないのであれば、<u>これらの大胆な誘惑者の１人の甘い言葉に身を委ねないために、揺るぎない美徳をもたなくてはならない</u>。

　　Mais <u>plus la jeune fille a de beauté, de grâce, de distinction, plus sont grands les périls auxquels elle est sans cesse exposée</u>. Elle est assiégée par messieurs les don Juan du boulevard, et, si son cœur n'est déjà donné, <u>il faut qu'elle ait une vertu bien solide pour ne pas se laisser prendre aux belles paroles d'un de ces audacieux séducteurs</u>[57].　　　　　　　　　（強調は引用者）

　下線で強調した部分が示すように、語り手によれば、「若い娘が美しさ、優美さ、気品さをそなえればそなえるほど、絶えず晒される危険はますます大きくなる」。だから若い女性は「これらの大胆な誘惑者の１人の甘い言葉に身を委ねないために、揺るぎない美徳をもたなくてはならない」と語り手は述べて

---

[56] Émile Richebourg, *op.cit.*, pp.78-79.
[57] *Ibid.*, p.78.

いる。通常、登場人物のモノローグや会話場面を除いて、物語は過去時制で語られるが、この引用箇所において語り手が、いわゆる「格言的現在 présent gnomique」を使用していることに注目しよう。言い換えれば、ヴァンサン・ジューヴが述べているように、「格言的現在」が用いられることで、語り手の言説は「テクストの世界を超えて容認される普遍的な事実 des vérités générales valables au-delà de l'univers textuel[58]」として読者に提示される。

　したがって、語り手の解釈は次のようになるだろう。女たらしの誘惑に屈しないために「揺るぎない美徳をもたなくてはならない」という「普遍的事実」に背いたがために、マリ・ソレルはリュシアン・ジェルヴォアに騙され、身ごもり、棄てられたのだ、と。こうした語り手の批判的な論証は、読者の解釈を次のように方向づけるだろう。マリの不幸は、「揺るぎない美徳」を蔑ろにし、リュシアンに一目惚れしてしまった結果であり、自業自得である、と。

　このように読者の解釈は、語り手が登場人物に対してとる「距離」によって規定される。ダニエル・クエニャは『二次文学入門 Introduction à la paralittérature』において、「われわれが対象とする作品群においては、物語行為や登場人物について下すべき判断に関して読者がためらわざるを得ないのはきわめて稀である。Il est bien rare que, dans les œuvres qui nous occupent, le lecteur soit amené à hésiter quant au jugement à porter sur une action narrative ou un personnage[59].」と指摘した。それは、紹介した例が示すように、「意味の最終解釈者」としての語り手が読者の解釈を一義的な方向に導こうとするからである。

8. 「〈不確かな〉物語性 narrativité « problématique »」

　とは言っても、大衆的テクストの読みがつねに一義的な解釈に還元されるとは限らない。1996 年にリモージュ大学で行われたコロックにおいてリュット・アモシーは、グザヴィエ・ド・モンテパン『パン運びの女』のエピソードの1つを例に、登場人物の言動をめぐる評価について読者が迷うケースを観察して

---

[58] Vincent Jouve, *Poétique des valeurs, op.cit.*, p.93.
[59] Daniel Couégnas, *op.cit.*, p.113.

いる[60]。こうした現象が見られるのは、その先駆的な論文においてウンベルト・エーコが否定した「〈不確かな〉物語性[61]」が大衆小説においても組み込まれているからに他ならない。「〈不確かな〉物語性」は、「意味の最終解釈者」としての語り手が登場人物の言動に関する評価を放棄したときに顕在化する現象だと想定できる。エミール・リシュブール『呪われた娘』における１つのエピソードを見てみよう。

　農場主ジャック・メリエは、娘リュシールに恋人がいることに気づく。昔なじみの友人で農場の経営を任されているピエール・ルヴナの調査によって娘の不貞を確信したジャック・メリエは、娘の恋人エドモンを夜間に待ち伏せし、銃殺する。「彼は私の娘を誘惑し、私の名誉を汚したのだ。それは盗人だった、私は復讐し、彼を殺したのだ！ il a séduit ma fille, il m'a déshonoré ; c'était un voleur, je me suis vengé, je l'ai tué[62]！」とみずからの行為を説明しながら、ジャック・メリエはピエール・ルヴナにこう言い放つ。「私が自分の幸福を守るとき、私が自分の名誉のために復讐を遂げるとき、正義とは私自身なのだ！ La justice, c'est moi, quand je défends mon bien, quand je venge mon honneur[63]！」

　エドモン殺害を正当化するジャック・メリエに対し、ピエール・ルヴナはこう反論する。

　　[...] ジャック、君はおぞましい罪を犯した、もし君が露見したら、君はこの件について、情け容赦なく説明を求められるだろう。君は皆と同じように、君の下で働く最下層の労働者と同じように、法の罰を受けることになるだろう。法というものは、すべての人びとにとって平等で、人間の正義は容赦のないものだ、神の正義と同じように。「彼は私の娘を誘惑したのだ、私は自分の名誉に加えられた侮辱に復讐したのだ！」と君が、いくら大声をあげても無駄だろう。人は君に、なんぴとにも復讐の権利はな

---

[60] Ruth Amossy, « Les récits médiatiques de grande diffusion au prisme de l'argumentation dans le discours : le cas du roman-feuilleton », *Belphégor*, vol.09 ; n° 1, Février 2010, « Roman populaire et idéologie ». http//hdl.handle.net/10222/4777

[61] Umberto Eco, *De Superman au Surhomme* (1978), Paris, Grasset, « biblio essais », 1993 pour la traduction française, p.17.

[62] Émile Richebourg, *La Fille maudite*, Paris, Roy, sans date, p.30.

[63] *Ibid*.

いと応えるだろう。

[...] Jacques, tu as commis un crime épouvantable, et, si tu es découvert, on t'en demandera un compte terrible. Tu n'es pas plus qu'un autre, pas plus que le dernier de tes manœuvres, à l'abri des atteintes de la loi. Elle est égale pour tous, et la justice des hommes est impitoyable, comme celle de Dieu. Tu auras beau crier : « Il avait séduit ma fille, j'ai vengé l'outrage fait à mon honneur ! » on te répondra que nul n'a le droit de se faire justice soi-même[64].

　ジャック・メリエの主張する私的な「正義」に対して、ピエール・ルヴナは「すべての人びとにとって平等」な「法」を持ち出す。こうして2人の登場人物の価値観は相容れないものとして提示される。だが、語り手はそれらに判断を下すことはない。「意味の最終解釈者」が2人の登場人物のどちらの言い分が正しいのか、その評価を放棄するがゆえ、このエピソードの解釈は不安定になってしまう。

　ピエール・ルヴナの観点に立てば、たとえそれが名誉を守るための行いであったとしても、エドモンを殺害することは犯罪でしかない、と解釈することもできる。実際、ピエール・ルヴナが述べているように、「法」の下では「なんぴとにも復讐の権利はない」。それとは反対に、ジャック・メリエの観点に立って、名誉のための殺人は正当な行為だ、と解釈することもできる。実際、歴史家ミシェル・ペローが明らかにしたように、19世紀において不倫などの情痴犯罪に関しては私的な復讐の権利は相対的に認められていた[65]。たしかに、引用したエピソードでは不倫が問題になっているわけではない。しかし「名誉に関する問題に敏感な chatouilleux sur les questions d'honneur[66]」ジャック・メリエのような父親にとって、婚前の娘が密かに恋人をもつということは情痴犯罪と変わらない。

　このように、エドモン殺害をめぐるジャック・メリエとピエール・ルヴナのエピソードは、説話世界の出来事に関する評価をめぐって2つの解釈を可能にする。名誉のための殺人は、ジャック・メリエが主張するように、私的な「正

---

[64] *Ibid.*

[65] Michelle Perrot, « Drames et conflits familiaux », in Michelle Perrot (dir.), *Histoire de la vie privée. 4. De la Révolution à la Grande Guerre* (1987), Paris, Seuil, « Points Histoire », 1999, p.258.

[66] Émile Richebourg, *op.cit.*, p.4.

義」の名の下に許されるのか、それともピエール・ルヴナが述べているように、「すべての人びとにとって平等」な「法」の名のもとに裁かれるべきなのか、語り手はこうした問題に明確な答えを与えないからだ。その答えを補うのは読者に他ならない。

　ダニエル・クエニャが指摘したように、大衆的テクストが「完全なる意味体系 système pansémique[67]」を構築するにしても、ウォルフガング・イーザーの用語を借りれば、その構造のなかに「空所[68]」が組み込まれていることは明らかだろう。読者は、説話世界のなかで収集される情報を結びつけながら、あるいはまた、実生活で獲得される知識を頼りに、テクストには書かれていないことをみずから補い、作品の意味の生成に参加するように導かれる。『呪われた娘』の例で言えば、エドモン殺害の是非をめぐる判断は、語り手ではなく、読者に委ねられる。それゆえ、大衆的テクストは、「意味を〈承認〉する役割に専念させられる confiné dans un rôle de « reconnaissance » du sens[69]」受動的な読者を想定しているとは限らないのだ。

9. 結びにかえて

　本章を終えるにあたり、1992 年に刊行された『二次文学入門』においてダニエル・クエニャが主張した大衆小説と文学的小説を隔てるテクスト的な基準の妥当性について簡単に触れておく。ダニエル・コンペールが 2013 年に発表した『大衆小説 Les Romans populaires』において、クエニャの「二次文学モデル modèle paralittéraire」に異議を申し立て、次のように述べているからだ。

　　われわれはここで、ダニエル・クエニャがその『二次文学入門』のなかで論証した「二次文学的モデル」から離れることになる。このモデルは、手法やエクリチュールのテクニックや特異な語りの機能に基づいているからだ。実際、大衆小説と正統とみなされる文学との明確な違いを区別させる、テクストの内的な基準は存在しない。

---

[67] Daniel Couégnas, *op.cit.*, p.182.
[68] ウォルフガング・イーザー、前掲書、pp.312-313.［Wolfgang Iser, *op.cit.*, pp.323-324.］
[69] Daniel Couégnas, *op.cit*., p.182.

Nous nous éloignons ici du « modèle paralittéraire », établi par Daniel Couégnas dans son *Introduction à la paralittérature*, qui s'appuie sur des procédés, des techniques d'écriture et un fonctionnement narratif particulier. En fait, il n'existe pas de critères internes aux textes qui permettent d'établir une nette distinction entre les romans populaires et la littérature légitimée[70].

　コンペールにとって、大衆小説と文学的小説の区分は、批評や教育などの「文学的価値の認定機関 instances littéraires」によるところが大きい[71]。本章の範囲で言えば、コンペールの大胆な指摘を全面的に受け入れることはできないだろう。例えば、大衆小説は、わずかな例外を除いて、文学的小説で見られるような人間や社会をめぐる考察を展開することはほとんどない。商業性を追求する大衆小説は、難解な議論を読者に提示するよりは、強度の「緊迫感」を創出するための筋を組み立てること、つまり、ダニエル・クエニャが指摘したように、読者の即時的な興味をかき立てるために波乱に富んだ物語を組み立てることに労力をかける。同様に、容姿と性格において登場人物を個性的な人格として描こうとするのが写実的な小説の一般的な傾向であるならば、これもまたクエニャが述べているように、大衆小説は画一的にキャラクター化された、典型的な登場人物を好むという特徴をもっている。

　しかし他方で、ダニエル・クエニャの『二次文学入門』における結論のすべてを容認できないのも確かだ。とりわけ、彼が読者の役割を過小評価していることは再検討されるべきだろう。例えば、本章で述べたように、テクストにプログラムされた「パテティックな効果」や「緊迫感」は、読者の積極的な参加がなければ有効に機能することはない。また、大衆小説は必ずしも「完全なる意味体系」を構築しているわけではない。語り手が登場人物の言動や物語世界の出来事に対しての評価を怠ったとき、「空所」が出現し、読者はそれを埋め合わせ、作品の意味をみずから見いだすべく誘導される。こうしたことが示すのは、ダニエル・クエニャの指摘とは異なり、大衆小説が「独白的

---

[70] ダニエル・コンペール、前掲書、p.130.［Daniel Compère, *op.cit.*, p.72.］
[71] 同書、pp.217-226.［*Ibid.*, pp.117-122.］

Ⅱ．大衆小説の「詩学」―「犠牲者小説」を中心に―

monologique[72]」で閉ざされたテクスト空間ではないということだ。読むという行為を通じてはじめて作品が顕在化されるという点において、大衆小説は文学的小説と区別されるべきではない。

---

[72] Daniel Couégnas, *op.cit.*, pp.111-120.

Ⅲ. エミール・ゾラ
『マルセイユの秘密 *Les Mystères de Marseille*』
― 大衆性と文学的価値[1] ―

宮川　朗子

1. はじめに

　大衆小説という名で指されうるとらえどころのない総体を、ダニエル・コンペールは以下のように定義している。

> 大衆小説とは、フィクションであり、出版と同時に広い読者層を狙うが、正統な文学として必ずしも認定されることがないものである。
> UN ROMAN POPULAIRE EST UNE ŒUVRE DE FICTION QUI, DÈS SA PUBLICATION, VISE UN LARGE PUBLIC, MAIS QUI NE SERA PAS NÉCESSAIREMENT RECONNUE COMME LITTÉRATURE LÉGITIME[2].
> （以下、特に断りがない場合、訳は引用者による）

　この定義は、作家の出自もしくは題材や登場人物が庶民であるといった階級の概念に結びつける区分や、ジャンルのように、一見明確に見えるが、実際にはあまりにも多くの例外が挙げられる、もしくは境界線を引くことが困難な指標を基にする定義とは異なる。それは、単に多数の読者に向けられていることと、学校で教えられ、あるいは賞などによって聖別される文学の範疇に入るわけではないというもので、これに当てはまる小説、すなわち、デュマ、ウジェーヌ・シュー、ジュール・ヴェルヌの小説など、発表当時から今日まで多くの読者を獲得しながらも、文学研究の場で取り上げられてこなかった作品に再び注目を促し、その価値を再評価する近年の研究を方向づけるものであると言ってよいだろう。

---

[1] 本論は、2016 年 5 月 29 日に開催された日本フランス語フランス文学会春季大会ワークショップ 2「大衆小説研究の現在」で、宮川が担当した発表を基にしている。
[2] Daniel Compère, *Les Romans populaires*, Presses Sorbonne Nouvelle, 2011, p.13

Ⅲ．エミール・ゾラ『マルセイユの秘密 Les Mystères de Marseille』― 大衆性と文学的価値 ―

　ところで、文学者から高く評価され、文学史上に名を残すなど、正統な文学の場に位置づけられると同時に、多くの読者を獲得したために、まさに大衆的とみなされうる小説もある。ゾラの小説はその代表的な例である。そしてこの作家の小説の大衆性については、これまで多くの議論がされてきたが、決定的な見解にはいたっていない[3]。ただ、この作家の初期の小説『マルセイユの秘密 Les Mystères de Marseille』（1867-1868）については、大衆小説とみなすことに異議をはさむ意見はおそらくないだろう。そこで、この小説をめぐる問題について、新聞連載への発表とそれに関連するテクストを時系列順に検証することでその大衆性の意味を確認し、さらにこの小説の再評価も試みたい。

2. 大衆小説の王道

　『マルセイユの秘密』を具体的に検討する前に、この小説の大衆性とも関連する創作の起源と、執筆をめぐる状況をみておく。

2.1：創作の起源

　ゾラ研究において『マルセイユの秘密』の評価は低いが、それは、作者自身が低く評価していることにも起因する。それは、1884年のこの小説の再版の「序文」に認められる。

　　それは、1867年、私がデビューした厳しい時代のことだった。家には毎日パンがあるわけではなかった。さて、こんな赤貧を洗うような時に、マルセイユの小さな新聞『プロヴァンス通報』の編集長が仕事を持ちかけてきた。あるアイディアで、自分の新聞を売りだそうとしていたのだ。それは、『マルセイユの秘密』というタイトルで小説を書くことだったが、

---

[3] 例えばフランス大衆小説研究の主要な雑誌である Le Rocambole は、2002 年に「ゾラと大衆小説 Zola et le roman populaire」の特集を組んでいる。その他、代表的なものに以下の論考がある。Roger Ripoll, « La publication en feuilleton des Mystères de Marseille », Les Cahiers naturalistes, n° 37, 1969, pp. 20-28. Alain Pagès, « La lysogenèse du texte romanesque », Les Cahiers naturalistes, n° 59, 1985, pp. 127-134. Catherine Sanvert. « Des Mystères de Marseille à La Fortune des Rougon-Macquart ou du feuilleton ʻillusionʼ au roman ʻfondementʼ », in À la rencontre du populaire. Éd. A. Court. Université de Saint-Étienne, 1993, pp. 43-55. Sophie Spandonis, « Roman feuilleton et poétique naturaliste : une étude des Mystères de Marseille », in Jean-Pierre Leduc-Adine, et Henri Mitterand (éds). Lire/Dé-lire Zola. Paris, Nouveau Monde Éditions, 2004, pp. 97-115. Éléonore Reverzy. « Une journée particulière. Le premier feuilleton de Nana. 16 octobre 1879 », Le Magasin du XIXᵉ siècle, n° 4, 2014, pp. 281-289.

その題材になる史実は、彼自らマルセイユとエクスの裁判記録保管所を探して提供してくれることになっていた。こうして50年前からこれらの街を夢中にさせてきた地元の大事件の書類を写したのだった。ジャーナリストらしいこのアイディアは取り立てて馬鹿げたことではなかったのだが、不運だったとすれば、それは巨大な小説製造機器の才能がある連載小説作家に巡り合わなかったことかもしれなかった。

　私は提案を受け入れたのだが、面白味もこの仕事に対する適性も自分自身感じていなかった。当時、私は、ジャーナリズムの世界でほかにもうんざりするような仕事をしていた。私に1行あたり2スー払ってくれるということだったから、計算してみるとこの仕事は9カ月間、ひと月約200フランもたらしてくれることになるので、それは、結果的には、思いもよらないもうけ物だった。[...]
そして、この『マルセイユの秘密』という小説が、ほかの小説よりも先に滅びてゆくまでの間、それがあまりにも凡庸だとしても、この低俗な産物から『ルーゴン＝マッカール叢書』の文学的努力へと私を高めるために、どれだけの労力とやる気を注ぎこまなければならなかったかということを読者に考えていただくのも悪くない。

C'était en 1867, aux temps difficiles de mes débuts. Il n'y avait pas chez moi du pain tous les jours. Or, dans un de ces moments de misère noire, le directeur d'une petite feuille marseillaise : *Le Messager de Provence,* était venu me proposer une affaire, une idée à lui, sur laquelle il comptait pour lancer son journal. Il s'agissait d'écrire, sous ce titre : *Les Mystères de Marseille,* un roman dont il devait fournir les éléments historiques, en fouillant lui-même les greffes des tribunaux de Marseille et d'Aix, afin d'y copier les pièces des grandes affaires locales, qui avaient passionné ces villes depuis cinquante ans. Cette idée de journaliste n'était pas plus sotte qu'une autre, et le malheur a été sans doute qu'il ne fût pas tombé sur un fabricant de feuilletons, ayant le don des vastes machines romanesques.

J'acceptai la proposition, tout en ne me sentant ni le goût ni les aptitudes nécessaires. À cette époque-là, je faisais bien d'autres besognes rebutantes dans le journalisme. On devait me payer deux sous la ligne, et j'avais calculé que ce travail me rapporterait environ deux cents francs par mois, pendant neuf mois : c'était, en somme, une aubaine inespérée. [...]

Et, en attendant que ce roman des *Mystères de Marseille* périsse un des premiers parmi les autres, il ne me déplaît pas, s'il est d'une qualité si médiocre, qu'il fasse songer au lecteur quelle somme de volonté et de travail il m'a fallu dépenser, pour m'élever de cette basse production à l'effort littéraire des *Rougon-Macquart*[4].

　他者からのネタの提供という創作の起源、「面白味もこの仕事に対する適性も自分自身感じていなかった」という思い入れの低さ、収入の勘定という、おおよそ自発的創作とはかけ離れた要因がこの小説の誕生のきっかけであり、「低俗な産物」という自己評価も考慮するなら、ゾラの全作品のなかでも低く位置づけられるには十分だろう。加えて、依頼者の目的も、多くの新聞連載小説同様、新聞の販売促進であったことも明かされている。ただこの商業主義的な戦略は、大衆性の指標となる重要な性格の1つ、大多数（マス）に行きわたるという志向性にも一致していると捉えることもできよう。

2.2：広告のための広告

　連載小説が新聞を宣伝する役割を担う一方、新聞も連載する小説を宣伝する。つまり、近々連載する小説のタイトルや作家を事前に公表することで、購読者に期待をもたせようとする。『マルセイユの秘密』の場合、その宣伝には並々ならぬ力が入れられており、それは、ロジェ・リポールの論文やアンリ・ミトランが著したゾラの伝記、『マルセイユの秘密』の2018年版に付されたダニエル・コンペールの「序」Introduction の中ですでに紹介されているが[5]、ここでもこの小説のための宣伝活動の展開を確認しておく。それは、連載開始の2か月も前からはじめられる。まず、1867年1月1日に、小説のタイトル *Les Mystères de*

---

[4] Émile Zola, « Préface » , in *Les Mystères de Marseille,* Charpentier, 1884, p.V-VI, VIII.

[5] Cf. Roger Ripoll, « La publication en feuilleton des *Mystères de Marseille* », *Les Cahiers naturalistes,* n° 37, 1969, pp. 20-28. Henri Mitterand, *Zola,* I, Fayard, 1999, p. 557. Daniel Compère, « Introduction », dans Émile Zola, *Œuvres complètes Les Mystères de Marseille*, Édition critique par Daniel Compère, Classiques Garnier, 2018, pp. 20-27.

Marseille を大きな文字で配した以下の広告を載せる。

現在発表中の連載小説が終わり次第、『プロヴァンス通報』が連載を始めるのは、長期にわたる観察と手の込んだ調査の成果であり、マルセイユと南仏全体に大きなセンセーションを呼び起こすことが約束されている力作です。まさに歴史的な不朽の名作となろうこの力作のタイトルは、

『マルセイユの秘密』

であり、何か月も連載欄を占めることになるでしょう。

マルセイユの風俗のこの劇的かつ衝撃的な研究の作者が、その作品の最終章をわれわれに届けてくれるのを待ってから、実はすでに文学界では知られているその名を、読者の皆様にお伝え致します。

Le Messager de Provence commencera, dès la fin du feuilleton en cours de publication, un travail, fruit de longues observations et de laborieuses recherches et qui est appelé à produire à Marseille et dans tout le Midi une immense sensation. Ce travail, véritable monument historique, aura pour titre :

Les Mystères de Marseille

et occupera pendant plusieurs mois les colonnes du feuilleton.

Nous attendons que l'auteur de cette dramatique et saisissante étude des mœurs marseillaises nous ait fait parvenir les derniers chapitres de son œuvre, pour livrer au public son nom, déjà familier, d'ailleurs, au monde des lettres[6].

「南仏全体に大きなセンセーションを呼び起こす」や「劇的かつ衝撃的な」という形容は、アンヌ＝マリ・ティエスが新聞連載小説の広告に共通するステレオタイプとして挙げた「情熱 passion」、「感動 émouvant」、「胸が張り裂けるような poignant」といった「単純であると同時に激しく非合理的な感情の心理状態 une psychologie des sentiments tout à la fois simple, violente et irrationnelle[7]」に訴え

---

[6] *Le Messager de Provence*, 1er janvier, 1867, p.1. なお、この文献からの引用は、以後 *MP* と省略し、引用後に日付とページ番号のみ記す。また『マルセイユの秘密』の広告については、極力オリジナルの字体を再現する。

[7] Anne-Marie Thiesse, *Le Roman du quotidien : lecteurs et lectures populaires à la Belle Époque*, (1984), Paris, Seuil, « Points Histoire », 2000, pp. 97-98.

Ⅲ．エミール・ゾラ『マルセイユの秘密 Les Mystères de Marseille』— 大衆性と文学的価値 —

画像 1
3 列目まで、『マルセイユの秘密』とゾラの紹介で占められている。（*MP,* 1867 年 2 月 14 日、1 面）。
Bibliothèque Méjane (Aix-en-Provence) 所蔵。

フランス大衆小説研究の現在

画像2
『マルセイユの秘密』、連載第1回目。上段2列目の上方まで、ゾラ自身による紹介文が掲載されている。(*MP*, 1867年3月2日、1面)。Bibliothèque Méjane (Aix-en-Provence) 所蔵。

Ⅲ．エミール・ゾラ『マルセイユの秘密 Les Mystères de Marseille』― 大衆性と文学的価値 ―

る語彙に相当するだろう。このように激しく感情に訴えると同時に、作者名を
まだ伏せておくことによって一種のサスペンスを生みだし、読者の興味を次号
まで持続させようとしているといえよう。この広告は、1月3日、5日、8日にも
一部省略した形で再掲載されているが、連載開始が3月2日であることを考慮す
るなら、並々ならぬ力の入れようといえよう。また、一般的な連載小説の広
告[8]と異なる点として、作者紹介にも多くの紙面を割いていることも挙げられ
る。1月15日には、編集長レオポル・アルノー自らが「マルセイユの秘密」
と題した2列目までにまたがる紹介記事を1面に発表する。その後もアルノー
は、同程度の長さに及ぶこの小説の記事を数回発表、かつ再掲載すると同時に、
先に引用した広告も何度か再掲載している。同時に、ゾラが他紙に発表した時
評「雪 La Neige」や「すみれ　Les Violettes」（順に、*MP,* 31 janvier, p.2-3, 2
février, p. 3）も掲載する。さらに、2月14日、アルノーはこの小説に関する自
身の記事とゾラの友人ジョルジュ・パジョによる作者紹介も掲載するが、この
号の1面は、実に半分以上がこの小説に関する記事で埋められている。（画像
1参照）その後、14日の記事の続きを2月16日に発表し、そして3月2日、
ようやく連載を開始する。初回の号には、ゾラがアルノーに宛てた手紙も掲載
される。（画像2参照）この手紙は、小説と読者との関係を考える時、興味深
いものがあるが、それについては後述する。

　こうして『マルセイユの秘密』の連載は、まさに鳴物入で開始されるが、こ
の小説は、―『プロヴァンス通報』によるならば―　直ちに大きな反響を呼ぶ
ことになる。3月7日、以下のような記事が掲載される。

　「最初の話をください！」
　「最初の話をください！」
　　とは、3日前からプロヴァンスのあちらこちらからわれわれに届いてい
　る　―その数は膨大な―　手紙ですが、それは、
　　　　　　　　　　　『マルセイユの秘密』
　の発表によって、弊紙の予約購読者となった方々の数に相当するものです。

---

[8]　アンヌ＝マリ・ティエスは、新聞連載小説の広告においては、作者が紹介されることは稀であり、
名前すらあげられない場合も多々あることを指摘している。*Ibid.,* p. 103.

御安心ください！増刷は間もなく行われますし

新しく予約購読したすべての方は、

お求めがあれば、『マルセイユの秘密』第１話から、つまり３月２日から
お望みの号までお受け取りになれます。

Donnez-nous le commencement!

Donnez-nous le commencement!

Voilà ce que nous écrivent, depuis trois jours, des quatre coins de la Provence,

tous ceux – et le nombre en est considérable – que la publication des

MYSTÈRES DE MARSEILLE

vient de mettre spontanément au nombre de nos souscripteurs.

Qu'on se rassure! un nouveau tirage va voir lieu et

Tous les nouveaux abonnés

receveront, ainsi qu'ils le désirent, les MYSTÈRES DE MARSEILLE, DEPUIS
LE COMMENCEMENT, c'est-à-dire depuis le 2 mars jusqu'au jour de leur
demande. (*MP,* 7 mars, 1867, p.1)

連載開始後５日でこのような反響を呼んだというが、同時にこのプレゼントに
よって、さらに予約購読者を増やそうとする意図も窺えよう。この広告は３月
９日にも再掲載される。

　そんな折、ゾラには願ってもない議論がマルセイユで起こる。それは、港の
建設を巡る問題だが、それは自分の父親がかつて計画したものであるゆえ、そ
の計画の流れをくむ案を支持する記事を３月12日から書き始める。この港の
建設を巡るゾラの議論は、数回にわたって４月末まで掲載されることになる。
(cf. *MP,* 12, 23, 26, 28 et 30 mars, 4, 9, 20, 23-25 et 27 avril) それは、この年の２
月３日に『フィガロ *Le Figaro*』紙に掲載したプロヴァンス語表現の詩人フレ
デリック・ミストラルの詩集『カランダル　*Calandau*』(1867) の長い書評を
その４日後に再掲載した (*MP,* 7 février 1867, p.2) ことと併せて、自身がこの
地域にゆかりのものであることをアピールし、自分の名を違う角度からこの地
域において浸透させる機会であったと同時に、ゾラにとっては亡き父親の名声
を高める機会でもあったといえよう。

Ⅲ. エミール・ゾラ『マルセイユの秘密 Les Mystères de Marseille』― 大衆性と文学的価値 ―

小説に話を戻すなら、この連載について３月 28 日には、ある広告が掲載される。

> 『マルセイユの秘密』のヒットのために、２度の増刷分も数日で品切れとなったため、
>
> 〈この人気小説の発表されたもの〉
>
> つまり３月２日からご請求いただいた日までの分は、明後日以降にお受け取りになれますことを、新たな予約購読者の皆さまにお知らせいたします。
>
> Le succès des *Mystères de Marseille* ayant épuisé, en quelques jours, deux tirages supplémentaires, nous prévenons les nouveaux abonnés qu'ils ne pourront recevoir qu'après demain,
>
> *Ce qui a paru de ce roman populaire,*
>
> depuis le 2 mars jusqu'au jour de leur demande. (*MP,* 28 mars, 1867, p. 1)

初回の広告において、「歴史的不朽の名作」、「長期にわたる観察と手の込んだ調査の成果」、「マルセイユの風俗のこのドラマティックで衝撃的な研究」と予告されたこの小説が、ここにおいて「人気小説」として紹介されていることは興味深い。歴史に名が残る「不朽の名作」や真面目な「研究」は、「人気小説」と矛盾していないようだ。また、『マルセイユの秘密』の評判に話を戻すならば、新たな予約購読者の特典として受け取ることができる、この小説の第１回目からの号の発送の遅れは、―『プロヴァンス通報』によるならば ―大きな反響のためとされている。さらに、この反響は、作者ゾラにも及んだという。4 月 2 日の広告に、その様子が書かれている。

> 『マルセイユの秘密』の発表によって、毎日エミール・ゾラ氏宛ての数多くの手紙が弊社に寄せられております。[...]
>
> しかし、ゾラ氏は、御存じの通り、マルセイユにお住まいではありません。氏にとりたててお願いがある方々は、パリ、ヴォジラール通り 10 番地にお住まいのゾラ氏へ直接お送りになることをお勧め致します。ゾラ氏は、『クロードの告白 La Confession de Claude』、『ニノンへのコント Les Contes à Ninon』、『死女の願い Le Vœu d'une morte』など、文学界で注目を

集める多くの作品の著者であるゆえ、『マルセイユの秘密』の前例のない
成功は当然のことなのです。

De nombreuses lettres, provoquées par la publication des *Mystères de Marseille,*
nous arrivent journellement à l'adresse de M. Émile Zola. [...]

Mais M. Zola, on le sait, n'habite point Marseille. Nous engageons donc ceux
qui ont des réclamations à faire valoir auprès de lui, à s'adresser directement, à
Paris, rue de Vaugirard, 10, à l'auteur de la *Confession de Claude,* des *Contes à
Ninon,* du *Vœu d'une Morte* et d'une foule d'autres productions, remarquées
dans le monde des lettres, et qui expliquent si bien le succès sans précédent
des *Mystères de Marseille.* (*MP,* 2 avril, 1867, p.1)

読者が作家に宛てて手紙を書くという現象が、ウジェーヌ・シュー以来見ら
れるようになったことは、すでにジャン＝ピエール・ガルヴァンをはじめとす
る研究者が示す通りであるが[9]、―『プロヴァンス通報』によるならば ―同じ現
象がこの小説にも起こったという。また、わざわざ既刊の作品名を列挙してい
るのも、ゾラがすでに何冊もの著作を発表している話題の作家であるとアピー
ルすると同時に、当時、自分を売り出す広告が必要だと感じていた[10]ゾラの利
にもなったことだろう。

宣伝はさらに続けられる。この小説の第1部も終わりに近づく5月11日に、
書籍版第1巻の発売と予約受付が発表される[11]。連載は5月14日に終了するが、
16日には再び書籍版第1巻の発売予告が、18日には、書籍版の発売開始日と
第2部の新聞連載開始の予告が発表される。

そして、書籍版の発売日の5月23日に『マルセイユの秘密』第2部の連載
が開始されるが、書籍版第1巻の宣伝にも、より一層の熱が入れられる。6月
8日には、以下のような広告が掲載される。

---

[9] Cf. Jean-Pierre Galvan, Les Mystères de Paris *Eugène Sue et ses lecteurs,* 2 vols, L'Harmattan, 1998. 小倉孝
誠『革命と反動の図像学』、白水社、2014年（とりわけ「I. メディアと大衆　第3章 新たな読者の肖
像 ―シューに寄せられた手紙」)。

[10] 参照：アントニー・ヴァラブレーグに宛てた1867年4月4日付の手紙。Émile Zola, *Correspondance,*
I, B. H. Bakker (s.l.d.), Les Presses de l'Université de Montréal – Éditions du Centre National de la
Recherche Scientifique, 1978, p. 485.

[11] Voir *MP,* 11 mai 1867, p.1.

Ⅲ．エミール・ゾラ『マルセイユの秘密 Les Mystères de Marseille』― 大衆性と文学的価値 ―

『マルセイユの秘密』

第 1 部

（八つ折り版）

『プロヴァンス通報』印刷所と書店で発売中

価格：1 フラン　―　郵送代込価格：1.50 フラン

新たに予約購読を申し込まれた方は、1 フランの追加で、『マルセイユの秘密』第 1 部をお受け取りになれます。

Les Mystères de Marseille

Première partie

（**Un volume in octavo**）

Sont en vente à l'imprimerie du *Messager de Provence* et chez les librairies.

Prix : 1 franc – Par la poste : 1 fr. 50

Les nouveaux abonnés recevront la première partie des *Mystères de Marseille* en ajoutant 1 franc au prix de leur abonnement. (*MP*, 8 juin, 1867, p.1)

　連載 1 回目からの新聞をプレゼントすることにつづき、新たな予約購読特典（郵送代がかからないというだけの特典ではあるが）が提示される。それだけにとどまらず、書籍化されてもこの小説は新聞の宣伝をすることをやめない。『マルセイユの秘密』第 1 部の背表紙には、以下の広告が掲載される。

『マルセイユの秘密』

は、『プロヴァンス通報』に特別に書き下ろされ、毎号連載を続けている同紙からの抜粋です。

『プロヴァンス通報』

政治紙、マルセイユ、ヴァコン通り 21 番地のアンプリムリ・ヌーヴェルにて発行。

予約購読：1 年 26 フラン、6 カ月 14 フラン、3 カ月 8 フラン

フランス大衆小説研究の現在

Les Mystères de Marseille

sont extraits du *Messager de Provence* pour lequel ils ont été spécialement écrits, et qui en continue la publication dans tous ses numéros.

LE MESSAGER DE PROVENCE

journal politique, paraît à Marseille, rue Vacon, 21 Imprimerie Nouvelle.

Abonnements : Un an, 26 francs ; six mois, 14 francs ; trois mois, 8 francs[12]

また、書籍が新聞の広告の役割を担っていることは、書籍版の発行日によっても明らかになる。以下の表は、『マルセイユの秘密』の発表年月日を記したものである。

	新聞連載開始	新聞連載終了	書籍版刊行 *
第 1 部	1867 年 3 月 2 日	5 月 14 日	5 月 18 日 (6 月 29 日)
第 2 部	1867 年 5 月 23 日	8 月 29 日	9 月 28 日 (10 月 12 日)
第 3 部	1867 年 9 月 19 日	1868 年 2 月 1 日	(1868 年 7 月 11 日)

*『プロヴァンス通報』紙上に掲載された広告から確認できる年月日。丸括弧内は『フランス書誌 *Bibliographie de la France*』への掲載年月日（参照：Émile Zola, *Œuvres Complètes,* Cercle du livre précieux, I, 1962, p. 509.）

つまり、書籍は連載の次の部の発表直前か連載中に発売されており、途中から新聞連載を読み始めた読者に、彼らが読み始める以前に発表されたエピソードを提供できるようになっている。

以上のような『マルセイユの秘密』をめぐる宣伝活動をみると、作家、新聞連載、書籍の興味深い関係を読みとることができる。『プロヴァンス通報』は、パリの大新聞に倣い、小説を利用して予約購読者を増やそうとするが、「創作の起源」の節で引用したゾラの「序文」でほのめかされていることを信じるならば、この新聞は、当時の売れっ子作家に連載を依頼できなかったため、その

---

[12] Émile Zola, *Les Mystères de Marseille,* Première partie, Arnaud, 1867.

頃はまだ一般の読者にはそれほど知られていなかったゾラに依頼するのだが、小説に注目を集めるために、まずは作者を売り出す必要があった。そして、新聞は、自紙に小説を掲載するだけにとどまらず、連載をまとめて書籍を刊行し、そこでも新聞の宣伝をする。このような活動は、作家を商業主義的な活動に引き込むことでもあるのだが、それは作家にとって自分の知名度を高めるための機会でもあった。著者紹介や自身による『マルセイユの秘密』の紹介などの長い記事はいうまでもなく、この小説に関する広告は、すべて1面向かって左上という目につきやすい部分に掲載された。このような待遇は、知名度の上昇を望んでいた若いゾラにとっては願ってもない幸運だったといえよう。

2.3：再発見の楽しみ
2.3.1：題材

『マルセイユの秘密』をめぐる宣伝活動は、多くの人々の興味を掻き立てるためのものだったが、この小説自体もこの目的にかなうような方向性を示している。つまり、マルセイユの新しいイメージを描き出すのではなく、大多数の読者がなじんだイメージや既知の話を再発見できる楽しみを提供する。その企図は、なんといっても『パリの秘密』にあやかったこの小説のタイトルに表れており、読者にシューの小説のマルセイユ版、すなわちマルセイユの風俗を描いた小説を期待させている[13]。さらに、『プロヴァンス通報』の編集長が提供したという題材も、1823年にマルセイユで起こった、資産家の議員の娘が自由主義者で財産のない男に誘惑され、2人でかけおちを図った事件だった。ゾラのこの小説が発表される40年以上も前の出来事であるとはいえ、当時の地方紙にも報じられ、マルセイユを中心とする地域においては大きなスキャンダルとして扱われた事件であり[14]、かけおちした2人の間に生まれた子の誕生という史実とは異なる展開を組み入れたこと以外は、ゾラはほぼ忠実にこの事件の

---

[13] 大衆小説のタイトルが、その発表以前に成功した小説のタイトルに似たタイトルをつける傾向は、アンヌ＝マリ・ティエスが指摘しているが、ダニエル・クエニャは、この点を展開させ、その例として『パリの秘密』にあやかった、「〜の秘密」という表現を使った、ゾラのこの小説も含めた一連の小説を指摘している。Cf. Anne-Marie Thiesse, *op. cit.*, pp. 136-137. Daniel Couégnas, *Introduction à la paralittérature*, Paris, Seuil, « Poétique », 1992, pp. 43-44. ダニエル・コンペールも同様の指摘をしている。Cf. Compere, *Les Romans populaires, op. cit.*, pp. 28-29.
[14] Cf. Pierre Échinard, *Marseille à la Une L'Âge d'or de la presse au XIXᵉ siècle*, Autres Temps, 2007, pp.65-67.

展開を再現している。

　史実のほか、ゾラは既出の作品の影響力も利用する。それは、アレクサンド
ル・デュマの大人気連載小説『モンテ・クリスト伯 *Le Comte de Monte-Cristo*』（新
聞連載：1844-46）で描かれた、マルセイユを中心とする南仏のイメージであ
るが、実際、この小説において、『モンテ・クリスト伯』の痕跡は随所に認め
られる[15]。例えば、恋人のフィリップと熱烈に愛し合いながら、保護者である
伯父の権威に逆らえず、フィリップに不利な証言をしてしまうブランシュは、
エドモン・ダンテスと永遠の愛を誓った許嫁でありながら、ダンテスは死んだ
と聞かされ、そのダンテスを陥れた張本人であるフェルナンと、事実を知らぬ
まま結婚してしまうメルセデスを思わせるだろう。また、弟を救うためにマル
セイユのあらゆる業界の主要人物と接触する主人公マリウスの活動は、復讐す
る相手と関係があるあらゆる人物に次から次へと接触しながら、復讐の準備を
着々と進めるエドモン・ダンテスを思わせないこともない。もっとあからさま
な例がドゥグラス Douglas で、まずその名のつづり字が、『モンテ・クリスト伯』
のダングラール Danglars と酷似している。モレル商会の会計士ダングラール
は、ダンテスに不正が暴かれそうになったために、ダンテス投獄に手を貸し、
後にスペインに渡って銀行家となり、数々の不正や違法取引を繰り返しながら
フランス有数の銀行家にまで成り上がり、男爵の地位を得た人物である。一方
ドゥグラスは、マルセイユでも指折りの公証人だが、それは傍らで銀行業や不
動産業のようなことも行って築いた財産によるところが大きく、主人公マリウ
スを騙して不正取引をさせようとする。どちらも金融関係の不正な取引によっ
て社会的地位を高めている点や、主人公を貶めるといった点で共通し、さまざ
まな取引によって人生が浮き沈みする商業都市マルセイユのイメージを表現し
ている。このように、この小説において、マルセイユという街のイメージは、
実在の事件と既出の小説の要素を組み合わせながら再生産されている。これも
また、過去のヒット作や読者に知られた事件を、批判的分析やパロディといっ
たレフェランスと距離をおくやりかたではなく、飽くこともなくそのままなぞ

---

[15]　この点については、本論で挙げた登場人物以外の類似点も、ダニエル・コンペールは指摘している。
Voir Compère, « Introduction » *op.cit.*, pp. 29-30.

Ⅲ．エミール・ゾラ『マルセイユの秘密 Les Mystères de Marseille』― 大衆性と文学的価値 ―

らえるという、ダニエル・クエニャが「二次文学モデル」の2番目に挙げた基準[16]
にうまく当てはまってしまうと言えよう。

2.3.2：筋立て

この小説の筋立ては、これらの資料が主な題材となって練り上げられている
ように思われるが、それは、人気を博した数多くの19世紀のフランス大衆小
説のような、主要な筋立てからエピソードが次々に枝分かれしながらも、最終
的にはすべて統合されてゆくようなスタイルをとっているのだろうか。そこで
まず、人気を博した新聞連載小説の筋立てを確認しておきたい。

まず、新聞連載小説の筋立ての1つの典型として、ジャン＝クロード・ヴァレ
イユは、ポール・フェヴァルの『悪魔の息子 Le Fils du Diable 』（1846）の例を
とり、この小説において、登場人物は、犠牲者、加害者、正義の味方という3
つのグループにほぼ振り分けられ、物語は、それぞれを代表する人物のエピソー
ドが枝分かれし、そして最終的にはそれらが統合されるという図式を示した[17]。
また、その図中に示された人物は、「またの名 alias 」を持つものが多く、ある
エピソードから新たなエピソードに枝分かれする際に、しばしば偽の身分が使
われることも、19世紀の多くの大衆小説に認められる。これもまた代表的な
例として『モンテ・クリスト伯』が挙げられるだろう。エドモン・ダンテスは、
脱獄後モンテ＝クリスト伯として復讐する相手に近づくが、標的のひとり、モル
セールに近づくために、船乗りシンドバッドとなって、まずはその息子の友人フ
ランツ・デピネに近づく。あるいは、イタリアの僧、ブソーニ神父となり、自
分が投獄された理由を知るカドルッスに近づき、さらに、復讐の対象となる3
人の家庭にも入り込む。また、イギリスの銀行家ウィルモア卿となり、自分に
対して寛容で好意的だったモレル家を救う。

このほかにも、エピソードの枝別れや偽の身分を使用するといった特徴は、
物語の性格が異なるように見える、モンテパンの『パン運びの女 La Porteuse
de pain』（1884-1885）においても認められるだろう[18]。

---

[16] Cf. Daniel Couégnas, *op. cit.,* p.182.

[17] Jean-Claude Vareille, *L'Homme masqué Le Justicier et le détective,* PU de Lyon, 1989, pp. 73-104.

[18] Cf. Anne-Marie Thiesse, « Annexe Une classique du roman populaire : *La Porteuse de pain* de Xavier de Montépin », *op. cit.,* pp. 161-179.

84

このような物語の展開は突拍子もないが、それが魅力でもあり、ゾラ自身も、1866 年 9 月 11 日『サリュ・ピュブリック *Le Salut public*』紙に掲載された文芸時評において評価している。

> 数えきれぬ波乱、事件だらけで、章が変わる度に新しい登場人物が出てくる話を思い浮かべてごらんなさい。最も長い段落でも 10 行にはならない。物語は、全く常軌を逸した出来事の中で、確かにまごつきはするが、突き進み、登場人物とともに読者をその中に巻き込むのだ。ばかばかしいと肩をすくめてはみるが、次に何が起こるのかどうしようもなく知りたくなってしまう。もちろん何も起こりはしないのだが、それこそが、すべてのページをめくってしまうもうひとつの理由となっている。
>
> Imaginez une histoire aux mille péripéties, toute de faits, dans laquelle à chaque chapitre surgissent de nouveaux personnages. Les plus longs alinéas n'ont pas dix lignes. Le récit court, pataugeant, il est vrai, en pleine déraison, mais vous entraînant avec lui. On hausse les épaules, et pourtant on a une envie furieuse de savoir ce qu'il va arriver. Il n'arrive jamais rien, bien entendu, et c'est une raison de plus pour qu'on feuillette toutes les pages[19].

　このように新聞連載小説の魅力を理解しているにもかかわらず、ゾラは『マルセイユの秘密』においてこのようなスタイルをとっているようには思われない。例えば、第 1 部 9 章で、ド・ジルッス氏がマリウスにフィリップの裁判の陪審員たちに関する数多くのエピソードを語る場面を見ると明らかだ。

> 　「アンベールは」と彼は言った。「マルセイユの卸売商、油商人の弟だ。ある年 […] 寒気がオリーヴの木を直撃し、収穫はなかった。彼の同業者たちが、良い商品を赤字をだしてまで売ったのに、彼は見つかる限りのあらゆる痛んだ油や酸化した油を買い、注文通りに納品した。[…]
> 　「ゴーチエ…、マルセイユのもう一人の卸売商だ。こいつには、ポール・

---

[19] Émile Zola, *Œuvres Complètes*, Cercle du livre précieux, X, 1968, p. 617.

ベルトランという大規模な詐欺を働いた甥がいる。[...]

- Humbert, dit-il, le frère d'un négociant de Marseille, d'un marchand d'huile [...] Une année, [...] le froid tue les oliviers, la récolte est perdue. Tandis que ses confrères livrent à perte de bonne marchandise, il achète toutes les huiles gâtées, toutes les huiles rances qu'il peut trouver et il fait les livraisons promises [...]

- Gautier... autre négociant de Marseille. Celui-là a un neveu, Paul Bertrand, qui a escroqué en grand. [...]　(*MP,* 6 avril, 1876, p.1.)

さらに、ド・ジルッス氏は、その娘婿があるスキャンダルを握りつぶした小麦商のデュタイー、その従弟のミルが下劣な行為を働いたデロルム、その母の再婚相手であるシャブランが、虚偽の損失を訴えて借金を帳消しにさせた船主で割引銀行業者のフェーヴルのエピソードを続け、最後にジェロミノのエピソードを語る。

　　ジェロミノは…　賭博場の長で、そこで内輪だけの夜を過ごしているが、最悪の類の高利貸だ。聞くところによると、奴はその稼業でちょっとした財産を築いたようだが、それで自分の娘を財界の大物に嫁がせることができた。相手の名はペルティニというが、手元に 30 万フランの資本を残した破産以来、自分をフェリックスと呼ばせている。

　　この巧妙な悪党は、40 年前に最初の破産をしたが、それで家を一軒買うことができた。それで債権者は、その 15 パーセントを受け取ったのさ。その 10 年後の 2 度目の破産では、見事な別荘を買うことができた。債権者は 10 パーセント受け取った。今から 15 年前にもならない頃、彼は 30 万を得た 3 度目の破産をして、5 パーセントを提供したのさ。

- Gerominot... Le président du cercle où il passe ses soirées intimes, est un usurier de la pire espèce. Il a gagné, dit-on, à ce métier là, un petit million, ce qui lui a permis de marier sa fille à un gros bonnet de la finance. Son nom est Pertigny. Mais, depuis la faillite, qui lui laissa dans les mains un capital de trois cent mille francs, il se fait appeler Félix.

Cet adroit coquin avait fait, il y a 40 ans, une première faillite qui lui permit d'acheter une maison. Les créanciers reçurent le 15 pour cent. Dix ans plus tard, une seconde faillite lui permit d'acheter une superbe villa. Ses créanciers reçurent le 10 pour cent. Il y a quinze ans à peine, il fit une troisième faillite de 300,000 francs et offrit le 5 pour cent. (*MP*, 6 avril, 1876, p.2)

　偽装破産を繰り返して財をなすジェロミノのこのエピソードが、第1部13章における、マリウスの親の財産を預けた銀行家ベラールの偽装破産のエピソードの布石にかろうじてなっている程度で、その他のエピソードは、物語の主要な筋立てにかかわることはない。また、ここに挙げたすべてのエピソードに登場する人物は、その後、再登場しない。同様の語り方で、第1部16章における借金をめぐる数々のエピソードは、高利貸ロスタンとその仲間が交わす月間の業務報告に盛り込まれる。

　また、エピソードを枝分かれさせる際にしばしば使われる偽の身分やそれに伴う変装に関しては、この小説においてはわずかに2点認められるのみである。

　1点目は、ドナデイ神父に誘惑されそうになるマリウスの雇い主マルテリーの妹クレールを救うべく、マリウスが娼婦クレロンに頼んでクレールに扮してもらい、神父を陥れるエピソードである（第2部18章）。このいたずらのエピソードは、主要な物語から一見脱線しているかのように見えるが、この一件によって、マルテリーがマリウスに金銭の援助を申し出るため、主要な物語の展開にかかわっているとも解釈できる。

　2点目は、ド・カザリスに雇われたマテウスが、共和派の集会に紛れ込むため赤毛の鬘をつけて別人になりすまし、フィリップ殺害を試みるエピソード（第3部17章）で、この時のマテウスは、主要な人物の運命にかかわるとはいえ、その正体が共和派の蜂起のいざこざの中で明かされてしまい、その試みも失敗に終わってしまうため、結果的に、共和派蜂起という第3部の主要な物語の展開に影響することはない。

　このように見てゆくと、『マルセイユの秘密』におけるエピソードの配置や他のエピソードとの関係性は、19世紀に人気を博した他の新聞連載小説と大分異なる。確かにマルセイユの金融取引をめぐる数々の小さなエピソードは、

Ⅲ. エミール・ゾラ『マルセイユの秘密 Les Mystères de Marseille』— 大衆性と文学的価値 —

金融の街のイメージの強化には役立つものの、主要な筋立ての展開を促すようなものではない。一方、偽の身分を使うエピソードは、主要な筋立てに関わってくるものもあるという点で、他の新聞連載小説のそれらに対応する役割を担っているものもあるとはいえるが、2 例とその数が少ないのに加え、そのうちの1つは、主要な筋立てに影響しないことを考慮するなら、典型的かつ成功した新聞連載小説の場合と比べ、かなり控えめな役割しか果たしていない。筋立てのこのような特徴は、初出から18年後に再版されたこの小説の序で当時を振り返ったゾラ自身が吐露していた危惧、連載小説家としての「適性」の欠如のせいだろうか。しかしながらここで、前節で検討した、この小説における読者になじんだ話やイメージの繰り返しという特徴を考慮するなら、小さなエピソードは局所にまとめて紹介して、1823 年の恋愛事件を小説に移し替えた主な筋立ての展開を複雑化させないでおくことも、読者にこの事件を再確認させる楽しみがあるといえるのではないだろうか。実際、物語の構成とは別の次元で、モデルが明瞭に見える単純な筋立ては、有効に働いているように思われる。次の節で、その点を詳しく考察する。

2.3.3 :（擬似）インタラクティヴ性と遊戯性

　新聞は、本来、現実世界で起こったことを伝える媒体だが、19 世紀のフランスにおいて、そこに文学作品が占める割合も多い。新聞連載小説はもちろんのこと、エッセイ、旅行記、短篇小説、詩なども掲載される。それゆえ新聞は、フィクションと現実世界の情報が共存する雑多な様相を呈しているが、アンヌ＝マリ・ティエスやジャン＝クロード・ヴァレイユが指摘するように[20]、連載小説と三面記事とが類似したり、果ては、現実と虚構との境界が曖昧になる現象も認められるようになる。

　そしてゾラも、新聞のこの性格を把握し、利用さえしているようにも思えるのだが、それは、先に言及した、『マルセイユの秘密』の初回に同時掲載された手紙（編集長アルノーに、1867 年 2 月 27 日に宛てた手紙）に窺える。

---

[20] Thiesse, Anne-Marie, *op. cit.*, p. 109. Jean-Claude Vareille, « Le Roman, le manuel et le journal », in Denis Saint-Jacques (s.l.d.), *Acte de lecture,* Québec, Nota Bene, 1998, p. 84.

『マルセイユの秘密』は、現代史小説で、この意味で、私はこの小説に
込めたあらゆる事実を現実の生活の中から取りました。つまり、必要な資
料をあちらこちらから選んだのです。私は、たった1つの物語の中に、出
所も性格も異なる20もの物語を集め、1人の登場人物に、知り、研究す
ることが可能だった何人もの人々の特徴を与えました。ですから、すべて
が本当で、すべてが実物に基づいて観察された作品を書くことができたの
です。

　しかし、私は歴史を一歩一歩追うようなことは全く考えていませんでし
た。私はなんといっても小説家です。私は、誹謗家の恐ろしい非難から免
れるために、事実を曲げたり性格を変えることもできないような歴史家の
重い責任は引き受けません。

　Les Mystères de Marseille sont un roman historique contemporain, en ce sens,
que j'ai pris dans la vie réelle tous les faits qu'ils contiennent ; j'ai choisi çà et là
les documents nécessaires j'ai rassemblé en une seule histoire vingt histoires de
source et de nature différentes, j'ai donné à un personnage les traits de plusieurs
individus qu'il m'a été permis de connaître et d'étudier.　C'est ainsi que j'ai pu
écrire un ouvrage où tout est vrai, où tout a été observé sur nature.

　Mais je n'ai jamais eu la pensée de suivre l'histoire pas à pas.　Je suis romancier
avant tout, je n'accepte pas la grave responsabilité de l'historien, qui ne peut
déranger un fait ni changer un caractère, sans encourir le terrible reproche de
calomniateur.　(*MP,* 2 mars 1867, p. 1[21])

　確かな資料を基に書いたすべて本当の話だとする一方、歴史を逐一追ってい
ないので、歴史家のような責任は負わない、私は小説家だという一種アンビヴァ
レントな態度である。それは、先に紹介したこの小説の広告中の、「長期にわ
たる観察と手の込んだ調査の成果」が、次の広告で「人気小説」に言い換えら
れたことに対応している。
　だから、この小説をマルセイユの歴史と解した読者が、この物語中の出来事

---

[21]　この手紙は次の文献にも収録されている。Émile Zola, *Correspondance,* I, *op. cit.,* pp. 475-476.

Ⅲ．エミール・ゾラ『マルセイユの秘密 Les Mystères de Marseille』― 大衆性と文学的価値 ―

を現実だと捉えても不思議はない。実際、小説中のブランシュ・ド・カザリス
とフィリップ・ケイヨルは、1823 年の恋愛事件の当事者の 2 人、フランソワーズ・
ド・ルーとジャック・ダニャンに難なく対応させることができるだろう。また、
少なくとも、先に挙げたドゥグラスについては、1832 年から 1839 年の間にあ
らゆる不正を働き、終身強制労働と晒し刑の判決が下ったアルノー・ド・ファー
ブルをモデルとしていることも指摘されている[22]。この 2 つの事件の時代の違
いにもかかわらず、ゾラはこの二つとも七月王政期に展開させているゆえ、ア
ナクロニズムは否めないが、読者はその点はとりたてて気にもしなかったらし
く、―『プロヴァンス通報』によるならば― これらの他にも、発表当時の読
者もよく知る人物がモデルとなっている登場人物がいると噂しあったようだ。
そのため、連載が始まった約一か月後に、この新聞はゾラの以下のような手紙
を掲載する。

　　私が『プロヴァンス通報』紙上で発表している小説に関する〈鍵〉とや
　らがマルセイユで出回っていると、ある人が知らせてくれた。ひとかどの
　創意の才のある人が躍起になって、仮面の下に隠れた顔を見つけたと断言
　しているらしい。[...]
　　私の意向に反して、『マルセイユの秘密』の中に、けしからん意図を何
　としてでも見つけ出そうとしているので、私はいかなる似顔絵も描いてい
　ないと、またしても声高に言わなければならない。そして、有名人の顔を
　描きたいという考えが私にあったなどという人々に対しては、断固として
　それを否定する。

　　On me prévient qu'il circule, à Marseille, de prétendues *clefs,* relatives au
　roman que je publie dans *Le Messager de Provence.* Certains esprits ingénieux
　se seraient mis à la torture et affirmeraient avoir trouvé des visages sous les
　masques. [...]

　　Puisque, malgré mes désirs, on veut absolument trouver des intentions
　scandaleuses dans *Les Mystères de Marseille,* je dois déclarer de nouveau que je

---

[22] Cf. Émile Zola, *Œuvres Complètes,* Cercle du livre précieux, I, 1962, p. 507.

n'ai entendu faire aucun portrait, et je donne le démenti le plus formel à ceux qui me prêtent la pensée d'avoir voulu peindre certains visages connus.

（*MP*, 11 avril, 1867, p.1[23]）

　表向きは怒っているように見えるとはいえ、わざわざ自分の小説の登場人物にモデルがいるという噂をここで繰り返しているところなど、書簡集の編者も指摘する通り[24]、読者の興味が高まった状態を維持しようとしているようにも読めるだろう。そして、小説と現実世界を参照させることによって、いわばモデル探しとも呼べそうなゲームを成立させる。この点から考えるなら、前節で指摘したモデルが透けて見えるような物語を書くことの利点がわかる。つまり、いくつもの筋立てを絡み合わせながら展開させる物語よりも、地元になじみの話を再現したほうが、容易に人々の噂になることが見込めるというものだ。それは、できるだけ多くの人々の興味を引きつけるという目的にも適うことになる。
　こうしてこの小説は、読者に虚構を現実へと参照させながら、新聞と読者との間にインタラクティヴな関係を築き、小説に対する読者の反応への対処によって、さらにその関係を激化させようとしているようにも見える。ただ、このインタラクティヴ性は、あくまでもこの新聞の記述を信じるという条件の下で成立することも指摘しておこう。われわれはこれまで―『プロヴァンス通報』によるならば ―という但書をしばしば入れてきたが、読者の要望や質問、反響は、すべてこの新聞を通して紹介されている。それゆえ、これらの読者の声は、新聞社によって作られたものであることも十分想定できるのだが、この章の意図は、『マルセイユの秘密』の反響の実態を知ることではない。むしろ、新聞社によって作られた反響というものも注目すべきで、これもまた、できるだけ多くの人々の興味を引きつけるための操作と考えられよう。そして、こういった「反響」のみならず、これまで紹介してきた広告、作品と作者の紹介、作者自身の解説などもまた、この目的のためであるとも考えられる。『マルセイユの秘密』は、連載欄で展開された物語とこの欄以外で発表されたテクストとを連動させ、さらに読者に虚構と現実との対応関係を見出させるゲームへ参

---

[23] この手紙は次の文献にも収録されている。Émile Zola, *Correspondance, I, op. cit.,* p. 489

[24] Voir *ibid.,* p. 490.

加を促すことによって展開された、大がかりな人寄せ装置であった。このように考えると、この小説の反響を過小評価することになるが、逆に、『プロヴァンス通報』が報じる通り、その反響の大きさを評価することも可能で、それは、『マルセイユの秘密』が演劇化され、他の新聞に転載され、さらにこの新聞社以外でも再版された事実[25]によって評価できるだろう。その反響の大小はともかく、『マルセイユの秘密』の大衆性は、小説とその関連テクストとの連動性に認められるといえよう。

3. シャルパンチエ版『マルセイユの秘密』：自然主義小説としての再生

　『マルセイユの秘密』は、初版から18年も経てからシャルパンチエ社から再版されるが、その理由をゾラは、この再版の「序文」で次のように説明する。

　　私は、自分に関して作り上げられた伝説のひとつをつぶそうと思っている。人々は、私が初期作品を恥じているということにしたのだ。そして、このことに関して、マルセイユの書籍商たちが私に話すところでは、私の同業者の何人かが　──ここでそれが誰なのかを名指ししても無駄だが──彼らの店をひっかきまわし、今やとても珍しくなった初版を1部発見したという。[...] 私には隠すべき死体があるという見解があまりにも広まってしまったため、今日でもまだ、時おり、1部見つけたら大金を払いますよと私に持ち掛けてくるマルセイユの古書店の手紙を私は受け取っている。そんな提案にはまず返事はしないのだが。

　　この伝説をつぶす最も簡単なやり方は、だから、この小説を再版することなのだ。

　　J'entends détruire une des légendes qui se sont formées sur mon compte. Des gens ont inventé que j'avais à rougir de mes premiers travaux. Et, à ce propos, des libraires de Marseille m'ont raconté que certains de mes confrères,

---

[25] この小説の演劇への翻案、転載、再版については、以下の文献を参照のこと。Émile Zola, *Œuvres Complètes, op. cit.*, pp.507-508. また、ここで紹介されているタイトルと作者名が異なる版 Agrippa, *Un duel social,* I Paris, Aux bureaux du Corsaire, 1872. に挿入された手書きのメモも興味深い。それによるならば、この小説を作者の許可を得ずに転載した新聞もあったようだ。
Voir http://gallica.bnf.fr/ark:/12148/bpt6k1040606t/f10.image.r=agrippa%20un%20duel%20social

qu'il est inutile de nommer ici, ont fouillé leurs boutiques, pour découvrir un des exemplaires de la première édition, devenus très rares. 　[...] Cette idée que j'avais un cadavre à cacher s'est tellement répandue, qu'aujourd'hui encore, de loin en loin, je reçois une lettre d'un bouquiniste marseillais, qui m'offre à prix d'or un exemplaire retrouvé, offre à laquelle je m'empresse de ne pas répondre.

La plus simple façon de détruire la légende est donc de réimprimer ce roman[26].

やはりここにも、連載小説を書いたことを「恥」ととらえる偏見が垣間見られるが、果たしてこの小説それ自体は、恥じるほど質の悪い作品だろうか。ゾラ自身がこの小説を低く評価していることはすでに述べたが、一方でこの作品は、ゾラが創作法の基礎を築いた作品でもある。それは、作家自身が次のように述べるとおりである。

資料、それは膨大な数に上る巨大なファイルであったが、それを手に入れると、私は仕事にとりかかった。中心的な筋立てとして、最も反響のあった裁判のひとつをとりあげるのにとどめ、その周辺に他の裁判を分類してつなぎ入れ、ひとつの話にしようとした。確かに、その手法は大雑把なものだが、校正刷りを読みながら、最近、ある偶然に私ははっとさせられた。それは、まだ自分というものを模索していた時に、全くの生業から、しかも悪い生業から、この正確な資料全体を包括する作品を書かせたという偶然だった。後になっても、文学作品を書くために、私はほかの方法に従ったことはなかった。

Dès que j'eus les documents, un nombre considérable d'énormes dossiers, je me mis à la besogne, en me contentant de prendre, pour intrigue centrale, un des procès les plus retentissants, et en m'efforçant de grouper et de rattacher les autres autour de celui-là, dans une histoire unique. Certes, le procédé y est gros ; mais, comme je relisais les épreuves, ces jours-ci, j'ai été frappé du hasard, qui,

---

[26] Émile Zola, « Préface » in, *Les Mystères de Marseille, op. cit.*, pp.VI-VII.

Ⅲ．エミール・ゾラ『マルセイユの秘密 Les Mystères de Marseille』― 大衆性と文学的価値 ―

à un moment où je me cherchais encore, m'a fait écrire cette œuvre de pur métier, et de mauvais métier, sur tout un ensemble de documents exacts. Plus tard, pour mes œuvres littéraires, je n'ai pas suivi d'autre méthode[27].

　依頼されるがままに引き受けた仕事ではあったが、それが、膨大な資料を使って進めるゾラの創作法を確立するきっかけになったと述べている。そして、この創作法と作品の性格などから、エメ・ゲージュのように、『マルセイユの秘密』を「自然主義の出生証明書」と評価する研究者もいる[28]。

　それゆえに、この小説を自然主義小説として読むことは十分に可能であるが、「恥じてはいない」というこの小説を 1884 年に再版する際、ゾラ（そしてシャルパンチエ）は、新聞連載からの異同がほとんどない初版をそのまま出版しなかった。当時ゾラは、既に『居酒屋』、『実験小説論』によって、自然主義の主導者としての地位を築きあげており、シャルパンチエも、自然主義文学を擁護する出版社としての評判があった。そのためか、『マルセイユの秘密』も、自然主義小説として整えられているような形跡が見られる[29]。その顕著な点は、とりわけ削除された部分から窺える。

　まず目立つところでは、神への祈りや感謝などがある。この点に関して注意しておきたいのは、『ルーゴン＝マッカール叢書』の場合と異なり、『マルセイユの秘密』においては、共和主義的でリベラルな人物が、必ずしも信仰に対して否定的で、教会勢力に対して批判的だったり無関心だったりしないことだ。それゆえ、連載における以下の一節は、特に不自然とは言えない。

　　彼［＝マリウス］は、ドナデイとマルテリー氏の妹との間に自分を介入させ、
　　彼女にこんな恥ずべきものを読ませないようにさせてくれたことを天に感
　　謝した。彼は、その職に値しない僧侶を追いこみ、純潔の誓いを破るこの
　　司祭を教会から追い出す務めを自分に任せてくれたことを天に感謝した。

---

[27] *Ibid.,* p. VI.
[28] Aimé Guedj, « *Les Mystères de Marseille* ou l'acte de naissance du naturalisme de Zola », *Les Cahiers naturalistes,* n° 35, 1968, pp.1-19. また、ダニエル・コンペールも、この作品から、資料に基づいて書くというゾラの方法が始まったことを指摘している。Voir Compère, « Introduction » *op.cit.*, p. 17.
[29] 自然主義の立場に関連づけられてはいないが、1884 年版における修正には、ダニエル・コンペールも注目している。Voir Compère, « Introduction » *op.cit.*, pp. 39-40.

Il〔=Marius〕remercia le ciel de l'avoir mis entre Donadéi et la sœur de M. Martelly pour épargner à cette dernière une lecture honteuse ; il remercia le ciel de lui confier le soin de confondre le prêtre indigne et de chasser de l'Église ce ministre qui manquait à son serment de chasteté. (*MP*, 13 août, p.1)

このように、ややリベラルな傾向のマリウスでも神に感謝しているゆえ、保守的な家庭に育ち、幼いころから教会へも通っていたブランシュが、修道院に入った後、しばらくしてコレラが流行したために患者の看病をする中、決闘に倒れて偶然運び込まれてきたフィリップと再会し、以下のように感じたとしても不思議はない。

[...] 彼女は地上に戻ってきていた。天に、絶対的な献身を考えている限りは、彼女は強い自分でいることができた。今は、彼女は女性に戻っていた。弱くおびやかされているように感じていた。

[...] elle redescendait sur la terre. Tant qu'elle était restée au ciel, dans des pensées de dévouement absolu, elle avait pu être forte ; maintenant, elle redevenait femme, elle se sentait faible et terrifiée. (*MP*, 21 janvier 1868, p.1)

しかし、好意的に描かれる人物が天の力を信じたり、人間的な感情を弱いものとし、絶対的な神に献身する者を強い人間とすることは自然主義の立場にとっては都合が悪いのか、シャルパンチエ版では、これらのくだりは削除されている。

さらに奇跡に関する記述も削除される。1848 年の蜂起のいざこざの中で、マテウスに誘拐されたジョセフを奇跡的に取り戻したときの、マリウスの「天はわれわれをお守りくださった。天がおまえの手を導いたのだ！ le ciel nous a protégés, le ciel a conduit ta main! (*MP*, 11 janvier 1868, p.1)」という叫びや、瀕死のフィリップの横に、コレラに感染したド・カザリスが運び込まれてくる以下の場面がある。

Ⅲ．エミール・ゾラ『マルセイユの秘密 Les Mystères de Marseille』― 大衆性と文学的価値 ―

彼ら［＝マリウスとマルテリー］は、天の裁きが下ったのを見たかのようだった。彼らは、サン＝ジョゼフで復讐の喜びの中で倒れたと思っていたこの瀕死の人の存在を理解しようとはしなかった。神が奇跡を起こしたところだと単に考えた。だいたい彼らは、心のうちでは何の憎しみも感じていなかったのだ。深刻な面持ちで微動だにせず、隣り合わせで死んでゆくという、2人の敵に下った究極の罰に、彼らは黙って立ち会っていた。

ブランシュは伯父に気づき、立ち上がった。彼女の女性としての弱さは消えた。彼女は2台のベッドの間に、勇気をもって毅然として身を置いた。彼女には使命があったのだ。

Il leur ［=à Marius et Martelly］ sembla voir passer la justice du ciel. Ils ne cherchèrent pas à s'expliquer la présence de cet agonisant, qu'ils croyaient à Saint-Joseph, vautré dans les voluptés de sa vengaeance ; ils pensèrent simplement que Dieu venait de faire un miracle. Ils ne sentaient d'ailleurs aucune haine au fond de leur cœur ; graves et immobiles, ils assistaient en silence à ce châtiment suprême qui condamnait les deux ennemis à mourir côte à côte.

Dès que Blanche eut aperçu son oncle, elle se redressa ; toute sa faiblesse de femme disparut ; elle vint se placer entre les deux lits, courageuse et forte. Elle avait une mission . 〔*MP,* 25 janvier 1868, p.1〕

　憎しみ合う2人が死の床で隣り合わせるという偶然を、「神が奇跡を起こした」とし、おじを恐れ、かつてはおじの目を盗んでフィリップと会っていたかよわいブランシュが、毅然とした態度で2人を和解させるような行動に出るのもあたかも神の奇跡の影響であるかのように描いている。そしてフィリップもド・カザリスも死の床で相変わらずいがみ合う中、この2人を見守るマリウスとマルテリーは、「天から降りてきたような声 une voix qui semblait descendre du ciel」を聞き、「彼女［＝ブランシュ］の頭上に金の輪が見えるように思えた。ils crurent voir autour de sa ［=de Blanche］ tête une auréole d'or.」〔*MP,* 25 janvier 1868, p.1〕のである。しかしながら、以上に挙げた宗教的な奇跡を思わせる記述も、シャルパンチエ版ではやはり削除されている。

残るは文体的な理由からと思われる削除の例である。デュマやバルザックの小説によくある、読者への直接的な語りかけ、つまり「以下は階下で起こったことである。Voici ce qui se passait en bas.（*MP*, 7 novembre 1867, p.1)」、「以下がたった今起こった出来事である。Voici ce qui venait de se passer.（*MP*, 7 décembre 1867, p.1)」、「血にまみれたこの1日の物語を閉じるために、蜂起した人々がカステラン広場に設けたバリケードについて少し話しておくのが良いだろう。Pour finir le récit de cette journée sanglante, il convient de parler en quelques mots des barricades que les insurgés construisirent sur la place Castellane.（*MP*, 11 janvier 1868, p.2)」といった語りは、3か所だけとはいえ、すべて削除されている。また、われわれがこれまで『テレーズ・ラカン』、『ルーゴン家の運命』、『プラッサン征服』、『居酒屋』の連載版と書籍版を比較して、導き出した傾向[30]、すなわち、書籍版においては、連載版から接続詞、なかでも et を削除してシンメトリックな構造の文を少なくする傾向や文を短くする傾向も、この『マルセイユの秘密』のシャルパンチエ版には認められる。これらの修正によって、この小説の文体は、書籍版『ルーゴン＝マッカール叢書』のそれに、より近づいている。

　文体の問題は、自然主義の理論と必ずしも関係するとは限らないが、そのほかの例、神への感謝や奇跡の場面の削除は、このシャルパンチエ版の出版当時ゾラが主張していた、実証主義に裏づけられた自然主義の理論を考慮するなら理解できるだろう。ゾラあるいはシャルパンチエ社によって施されたこれらの修正によって、『マルセイユの秘密』の自然主義的傾向は一層強化されたのである。

　ただ、これらの問題とは別に、『マルセイユの秘密』には再評価すべき点も認められうる。それは、とりわけ第3部で描かれた、1848年の二月革命や1849年のコレラの流行などの大事件で大きく揺れるマルセイユ社会を描き出

---

[30]　宮川朗子「小説の技 ― ゾラ『プラッサン征服』の連載版と初版から ―」、『広島大学大学院文学研究科論集』、第74巻、2014年、15-31頁。宮川朗子「連載から書籍へ ― 連載版『ルーゴン家の運命』(1870-1871) の校正からの考察 ―」、『広島大学フランス文学研究会』、第33号、2014年、12-25頁。宮川朗子「媒体と文体 ― ゾラ『恋愛結婚 *Un mariage d'amour*』(1867) と『テレーズ・ラカン *Thérèse Raquin*』第二版 (1868) からの考察 ―」、『表現技術研究』、第10号、2015年、21-52頁。宮川朗子「商業的成功と文学的成功 ゾラ『居酒屋』(1876-1877) の連載と書籍版の出版をめぐって」、『表現技術研究』、第12号、2017年、1-16頁。

Ⅲ．エミール・ゾラ『マルセイユの秘密 Les Mystères de Marseille』 ― 大衆性と文学的価値 ―

したことである。そして、この点に関する記述の削除からも、ゾラの歴史の書き方が推察される。それが顕著に表れているのが、以下の一節である。

　血にまみれたこの１日の物語を閉じるために、蜂起した人々がカステラン広場に設けたバリケードについて少し話しておくのがよいだろう。一部の労働者たちが、旧市街で闘い、敗れた時、もうひとつの反乱の群れが、ローマ通りの上方に向かい、守りの準備をしていた。しかしこの地点まで伸びたバリケードは、この日攻撃されなかった。容易にここを制圧したのは、その翌日になってからのことだった。

　このようなことが、嘆くべき確執の結果であった。マルセイユはいまだに恐ろしい事件の思い出を抱えている。それは、6月22日と23日の間、その通りを血まみれにしたのだ。そして、あらゆる党派がこの仲間内の戦いを悔やんでいる。1年後、グルノーブルで、この事件にかかわった民主主義者たちに判決が言い渡された。137人の被告人のうち、80人が無罪となり、57人に有罪が言い渡された。何人かは流刑となったが、大半は禁錮刑であった。

Pour finir le récit de cette journée sanglante, il convient de parler en quelques mots des barricades que les insurgés construisirent sur la place Castellane. Pendant qu'une partie des ouvriers se battait et était vaincue dans la vieille ville, une autre bande de rebelles se portait au haut de la rue de Rome et s'y préparait à la défense. Mais les barricades qui s'élevèrent sur ce point, ne furent pas attaquées ce jour-là. Ce ne fut que le lendemain matin qu'on s'en rendit maître avec une grande facilité.

Tels furent les résultats d'un malentendu déplorable. Marseille conserve encore le souvenir des événements terribles qui ensanglantèrent les rues, pendant les journées des 22 et 23 juin, et tous les partis regrettent cette lutte fratricide. Une année plus tard, on jugea à Grenoble les démocrates impliqués dans cette affaire ; sur cent trente-sept accusés, quatre-vingt furent acquités et cinquante-sept condamnés, quelques-uns à la déportation, le plus grand nombre à la prison. (*MP*, 11 janvier 1868, p.2)

読者への直接的な語りかけによって導入されるこのくだりには、日付や場所、裁判の結果など具体的なデータを含んだ史実が含まれる。事実を伝えるという新聞の性格を考えるならば、過去の現実の記録を引用したこの一節は、現実の情報を伝える他の欄との性格の落差をむしろ縮めさえするだろう。それゆえ、このデータを削除したのは、文学作品を収める書籍による発表を意識したと言えるかもしれない。あるいは、先に挙げたような、ゾラが歴史家の責任を負わないと明言したことや、アナクロニズムをいとわなかったことを考慮するなら、ゾラの歴史の記述の特徴を表わしているとも言えるだろう。つまり、この一節の削除から窺われるのは、事実としての正確さを求めず、むしろ事件のもつ雰囲気や精神性を表現する志向性だ。そしてまさにそういったゾラの歴史の記述を歴史家たちは評価してきたのである[31]。

　二月革命から六月蜂起、1849 年のコレラの流行に至るまでの動乱の時代のマルセイユを描いたこの小説の第 3 部は、蜂起の際の各陣営を構成する主要な人々の性格や情報戦、中央政府の動向と地方の動向とのずれなど、『ルーゴン家の運命』や『プラッサン征服』において描かれ、チボーデが評価したゾラの地方政治に対する見解[32]に匹敵するものとして評価されるべきであろう。また、政治的な不安と伝染病への恐れとがほぼ同時期に広まる、不安定な状態のマルセイユの街やマテウスというスパイを蜂起したグループの中に投入することによって（マテウスの役割は、筋立てを枝分かれさせるよりも、むしろこの蜂起を内側から描き出させることにあった！）、このグループの寄せ集め的な性格、激しさと危うさを内部から描き出したことなど、ゾラが『マルセイユの秘密』において描いたこの時代のマルセイユを評価する点はいくつも挙げられるだろう。しかし、この小説の社会史的な側面を評価するロベール・アビラシェッドが、「1840 年から 1848 年の間のマルセイユの歴史的社会的、そして政治的真実のタブロー（なぜならそれらすべては、完璧に年代が分かるからだ）を大衆小説の中に見出すとはなんという驚きだろう！ quelle surprise de découvrir dans un roman populaire un tableau de la réalité historique, sociale et politique de

---

[31] 例えば次の論集に収められた研究。Michèle Saquin (s.l.d.), *Zola et les historiens*, Bibliothèque nationale de France, 2004.
[32] Albert Thibaudet, *Histoire de la littérature française, de 1789 à nos jours*, Stock, 1936, p. 373

Marseille, entre 1840 et 1848（car tout cela, de plus est parfaitement daté）[33]！」と
いみじくも指摘したように、まさか新聞小説に、しかも注目されなくなりつつ
あったその第3部に「マルセイユの歴史的社会的、そして政治的真実のタブ
ロー」があると気づく者は少なかったのだろう。

4．おわりに

　『マルセイユの秘密』は、ゾラが稼ぎを得る目的で引き受けた仕事にすぎな
かったものであるが、その発表や売り出し方を追うと、いくつものおもしろい
仕掛けに気づかされる。多くの読者の興味を引き続けるためには紋切り型のイ
メージが功を奏すこと、モデルが透けて見えるような物語を書くことで、読者
の反応を起こしやすくすること、小説は新聞を売るためのものだが、新聞は小
説家を売り出すものでもあることなどである。これらはすべて、商業主義と切
り捨てることもできるだろう。しかしながら、大多数の興味を引く技というも
のも、作家の技として評価できるのではないだろうか。その時には、編集者や
発行人の役割も無視できなくなるだろう。

　また、場外乱闘とも呼べそうな、編集者による小説や小説家に関する紹介や
宣伝、読者への回答、さらにこの小説以外のゾラの記事の掲載も、その作品自
体がもつ価値を偏見なく評価することを妨げたかもしれない。しかし、時に戯
画的にすらなるこの街のイメージを再生産しながらも、裁判や公的な記録から
は窺い知れないマルセイユの歴史の真実をゾラは描き出していた。そして、こ
のようなマルセイユの街の描き方ゆえに、ゾラのこの作品が、1990年代に興
隆する「マルセイユ推理物 Polar marseillais」と呼ばれるジャンルの1つの源
泉として捉えられているということも鑑みるなら[34]、その価値もあながち無視
できないだろう。

---

[33] Émile Zola, *Œuvres Complètes,* Cercle du livre précieux, I, 1962, p. 222.

[34] Cf. Hervé Lucien, « Marseille dans le cercle «polar» Partie 1», My Provence, Janvier 2017, https://www.
myprovence.fr/inspirations/marseille-dans-le-cercle-polar ; Alain Nicolas, « Marseille, l'œuvre au noir du
polar », L'Humanité, 26 juin 2014, https://www.humanite.fr/marseille-loeuvre-au-noir-du-polar-545700 なお、
このジャンルに属すると目される小説を発表しているジャン・コントリュッチは、ゾラのこの小説の
タイトルを受け継いだ「新マルセイユの秘密　Les Nouveaux mystères de Marseille」と題したシリーズ
を発表している。参照：この作家のパーソナル・サイト：http://jeancontrucci.free.fr/html/les_nouveaux_
mysteres.html

サント＝ブーヴは、新聞連載小説について、「文体は、目一杯引っ張られた布のように、あらゆる方向に〈引き伸ばされる〉le style s'est *étiré* dans tous ses fils comme les étoffes trop tendues[35].」と批判したが、新聞連載小説は、はたして、量的に伸縮自在というだけにすぎないものだろうか。『マルセイユの秘密』は、この小説自体の長さのみならず、新聞連載欄以外の場においても展開したことまで考慮するなら、量的に目一杯拡大されたことは、なるほど確認できるが、それはマルセイユを中心とする地域の人々を楽しませた作品であると同時に、七月王政期のこの街の歴史を適切に評価した研究でもあったという点で、質的にも幅のある作品である。多くの読者の興味を引く技と作品自体が持つ価値とは、しばしばそれぞれ異なる次元で評価されるが、この双方を併せ持つ作品もあるのだ。

---

[35] Sainte-Beuve, « De la littérature industrielle », *Revue des Deux Mondes*, 1ᵉʳ septembre 1839, [Lise Dumasy (textes réunis et présentés par), *La Querelle du roman-feuilleton Littérature, presse et politique un débat précurseur (1836-1848)*, Grenoble, ELLUG, 1999, p.35. に再録]

IV. 大衆小説とパンクロック・カルチャー
— パトリック・ウドリーヌとヴィルジニー・デパントの場合 —

市川　裕史

1. イントロ

　言うまでもなくオレたちの課題は「大衆小説研究の現在」なのだが、オレは「現在の大衆小説」を射程に入れないと不充分だと思った。大衆小説研究を閉じたものとみなさないため。もっとも、今日の大衆小説を厳密に輪郭づけるのは困難であり、それがなされるのは（おそらく素材の半分以上が忘れ去られた）未来においてであろう。研究とはつねに時代遅れなのだから。しかし、容易に予想されるのは、今日のフランス語表現大衆小説が、1840 年代のそれがフイユトンという媒体と結びつけられたように、（ケータイ小説論のように）インターネットという媒体と結びつけられるよりも、ポピュラーミュージック、BD ／マンガ、映画、ヴィデオゲームなどポピュラーカルチャーの多様な実質と結びつけられるようになるだろうこと。そのほうがぜったい面白い。浅薄な進歩主義者に呪いあれ。

　2017 年に今日のフランス語表現大衆小説について語ろうとすると、ピエール・ルメートル（1951-）『アレックス[1]』（2011）は無視できない。レイプ犯に自ら復讐する女性。日本でもよく売れたし、著者が『天国でまた会おう[2]』で 2013 年ゴンクール賞を獲ったことによって大衆小説とインテリ小説の境界の曖昧さがあらためて話題になりもした。とはいえ、ピエール・ルメートルの場合、小説の成功後しばらくしてからの映画化・BD 化という点でポピュラーカルチャーとの関連はまったく古典的である。オレは小説家が積極的にポピュラーカルチャーに関与している場合こそが今日的であると思う。例えば、ジョアン・スファール（1971-）が BD と映画に加えて、第 1 次大戦中に吸血鬼になったユダヤ系ウクライナ人の物語『永遠なる者[3]』（2013）、人食い鬼グランクラピエ

---

[1] Pierre Lemaitre, *Alex*, Albin Michel, 2011 ［ピエール・ルメートル／橘明美訳『その女アレックス』文藝春秋社，2014］.
[2] Pierre Lemaitre, *Au revoir là-haut*, Albin Michel, 2013 ［ピエール・ルメートル／平岡敦訳『天国でまた会おう』早川書房，2015］.
[3] Joann Sfar, *L'Éternel*, Albin Michel, 2013.

が太古の南仏で大暴れする物語『グランクラピエ[4]』（2014）などの小説を発表している。また、マティアス・マルジウ（1974-）が、ディオニゾス（ロックバンド）の歌手・作詞家としての活動に加えて数冊の小説を書いており、とりわけ、凍りついた心臓の代わりに時計を移植された少年が初めての恋と嫉妬に苦しむ物語『機械じかけの心臓[5]』を 2007 年に小説とロックバンドの CD の形で発表し、それを 2014 年に自ら監督してアニメ映画化している。ロックシンガーが小説を書くケースとして他に、ヘヴィメタル系グループ、トリュストのベルニー・ボンヴォワザン（1956-）、パンク／歌謡曲系グループ、スターシューターのケント（1957-）、ラガマフィン系グループ、ゼブダのマジッド・シェルフィ（1962-）など（日本では大槻ケンヂ、町田康、辻仁成など）。

　ここではパンクロック・カルチャーと大衆小説の関連に着目し、パトリック・ウドリーヌ Patrick Eudeline（1954-）とヴィルジニー・デパント Virginie Despentes（1969-）の場合を考察する[6]。後者は 2000 年の映画『ベーズ・モワ』事件の後、フェミニズム批評によって高く評価され、2010 年ルノドー賞獲得、2016 年アカデミーゴンクール会員選出など、今日の（フランス語表現大衆小説のみならず）フランス文壇の重要作家のひとりとみなされるに至っている、という点で、大衆小説家とみなしにくくなりつつある。一方、15 歳年長の前者は、伝説のパンクバンド、アスファルトジャングル（1976-1978）の歌手・作詞家であり、ロック評論家としては権威とみなされているが、数編の小説は今のところ権威ある文学賞とは無縁。いかにもフェミニストから嫌われそうな世紀末ダンディのポーズを取る。しかし、2 人には個人的接点があり、パンクロック・カルチャーに由来する多くの要素を共有している。まず 2 人の小説に見られる大衆小説的要素を概観し、次に 2 人に共通する物語的モティーフを分析する。

---

[4]　Joann Sfar, *Grandclapier : un roman de l'ancien temps*［avec les illustrations de l'auteur］, Gallimard, 2014.
[5]　Mathias Malzieu, *La mécanique du cœur*, Flammarion, 2007 ; Dionysos, *La mécanique du cœur*, CD, Barclay, 2007 ; Mathias Malzieu & Stéphane Berla, *Jack et la mécanique du cœur*, DVD, Eurocorp, 2014.
[6]　オレは 2007 〜 2008 年にデパントとウドリーヌについて書いたことがある。「フランスのパンク文学①：ヴィルジニー・デパントの場合」『津田塾大学国際関係研究所報』第 42 号 , 2007 年 , pp.1-7.「フランスのパンク文学②：パトリック・ウドリーヌの場合」『津田塾大学国際関係研究所報』第 43 号 , 2008 年 , pp.1-12. また、2009 年 6 月一橋大学哲学・社会思想学会で「フランスのパンク文学について」と題してこの 2 人の作家を結びつけて口頭発表したことがある。そして、日本フランス語フランス文学会 2016 年春季大会ワークショップ 2 ：宮川朗子・安川孝・市川裕史「大衆小説研究の現在」の中で、2009 年以降の作品を含めて大衆小説という観点から考察した。本論はワークショップの市川パートを（デパント&ウドリーヌ関連年表を外して）まとめ直したものである。機会を与えて下さった方々に感謝申し上げる。

とりあえず見取り図として2人の長編小説を年代順に挙げておく。

1993 年：デパント『ベーズ・モワ』*Baise-moi*［稲松三千野訳『バカなヤツらは皆殺し』原書房、2000 年］

1996 年：デパント『曲芸する雌犬たち』*Les chiennes savantes*

1997 年：ウドリーヌ『おまえは今世紀とともにくたばる』*Ce siècle aura ta peau*

1998 年：デパント『かわいいこと』*Les jolies choses*

2002 年 3 月：ウドリーヌ『爆弾の降りしきる下で踊ろう』*Dansons sous les bombes*

2002 年 4 月：デパント『ティーンスピリット』*Teen spirit*

2004 年 4 月：ウドリーヌ『空飛ぶ暴力円盤』*Les soucoupes violentes*

2004 年 8 月：デパント『バイバイ、ブロンディ』*Bye Bye Blondie*

2009 年：ウドリーヌ『マルティール通り』*Rue des Martyrs*

2010 年：デパント『少女的黙示録』*Apocalypse bébé*

2013 年：ウドリーヌ『毒の女』*Vénéneuse*

2015 年 1 月：デパント『ヴェルノン・シュビュテクス 1』*Vernon Subutex 1*

2015 年 6 月：デパント『ヴェルノン・シュビュテクス 2』*Vernon Subutex 2*

2017 年 5 月：デパント『ヴェルノン・シュビュテクス 3』*Vernon Subutex 3*

2. ウドリーヌとデパントに見られる大衆小説的要素

2.1：物語の重要性とポルノ的要素、推理小説的要素、ユークロニー的要素

　上に挙げた作品は表題の下に「小説／長編小説 roman」と記されており、たいてい 200 ～ 250 ページ。『少女的黙示録』は 400 ページ弱。『ヴェルノン・シュビュテクス』は 400 ページ弱が 3 冊で計 1200 ページ弱（3 巻本として予告されながら最終巻の刊行が遅れて完結が危ぶまれた）。2 人は「短編小説 nouvelle」も書いているが[7]、ここでは長編小説を資料体とする。デパント『かわいいこと』

---

[7] 例えば、ヴュイトン社のトランクをテーマにした 2013 年の短編小説アンソロジーにおいて、ウドリーヌ「ソフィー・ジョコンド」の直後にデパント「一等船室」が置かれている。[Collectif,] *La Malle*, Gallimard, 2013 ; Patrick Eudeline, «Sophie Joconde», pp.73–105 ; Virginie Despentes, «Première classe», pp.107–126. また、2016 年 11 月に出た、ウドリーヌ『床を転げ回る小男［ジョニー・アリデー］』は単行本だが 100 ページ弱なので短編小説とみなす。Patrick Eudeline, *Le petit gars qui se roulait par terre*, Steikis Groupe / Prisma Media, «Incipit», 2016.

IV. 大衆小説とパンクロック・カルチャー ― パトリック・ウドリーヌとヴィルジニー・デパントの場合 ―

『ティーンスピリット』が1人称の主人公＝語り手を設定している以外、3人称の主人公ひとりが物語のおもな視点になっている。ただし、長尺の『ヴェルノン・シュビュテクス』は複数の視点のある群像劇。ウドリーヌとデパントの長編小説は、ポピュラーカルチャー批評の要素（ひいては現代文明・現代社会批評の要素）もあるが、大筋においてスピード感のあるエンタメ読みものである。そして、大衆小説のジャンルに結びつく、ポルノ的要素、推理小説的要素、ユークロニー的要素が認められる。

2.1.1：ポルノ的要素

今日の小説においてファックシーンはありふれたものになっているが、デパントは『ベーズ・モワ』以来、それに並々ならぬ重要性を付与している。『ベーズ・モワ』の女主人公のひとりマニュが3人組のクソ野郎にレイプされ、抵抗した友人カルラが殺される、胸糞悪いシーン。レイプそのものが胸糞悪いのだから、その文学的表象が胸糞悪いのも当然なのだが、デパントはそこから出発してポルノ禁止派になる代わりに、2006年の論説『キングコング理論』や2009年のドキュメンタリー映画『変異する女たち[8]』で「ポルノ賛成フェミニズム féminisme pro-porno」を標榜するに到る。お為ごかしのポルノ反対派を攻撃する。

> 階級闘争だ。[...] ジスカールデスタンが1970年代に映画館でのポルノ上映を禁止した時、大衆の抗議に従ってそうしたわけではない。[...] 守られたモラルは、支配階層の人々だけが遊びとしてのセックスを経験できるというモラル。過度の淫欲が勤労意欲を削ぐかもしれないから大衆はおとなしくしてろ、ってわけ。／エリートをむかつかせるのはポルノではなくて、ポルノの民主化なのだ。（以下、特に断りがない場合、訳は引用者による）
>
> C'est la lutte des classes. [...] Quand Valéry Giscard d'Estaing interdit le porno sur grand écran, dans les années 70, il ne le fait pas suite à un tollé populaire. [...] La morale protégée est celle qui veut que seuls les dirigeants fassent l'expérience d'une sexualité ludique. Le peuple, lui, va rester bien tranquille,

---

[8] Virginie Despentes, *Mutantes : Féminisme porno punk*, DVD, Blaq Out, 2009.

trop de luxure dérangerait sans doute son application au travail. / Ça n'est pas la pornographie qui émeut les élites, c'est sa démocratisation[9].

　このように『キングコング理論』は、ポルノ禁止が富裕階層には治外法権を与えながら民衆階層からエンタメを奪うものであるとして批判する。ポルノは、財産や家名を継承するためのファックに失敗した人々にとって、セラピーやアイデンティティ表明になりえる。

　一方、ウドリーヌにおいて、『おまえは今世紀とともにくたばる』のエンディングで男主人公ヴァンサンが女主人公マリーの死体とファックするシーンが印象的だ。彼女が生きている時は勃起しなかったのに。「今日の芸術は、［...］死者の爪のようなもの。死んだ後も伸び続ける。Et l'Art, aujourd'hui [...], c'était bel et bien comme les ongles d'un mort. Qui poussent encore – et au-delà de la mort[10]。」また、『毒の女』では、オスカー・ワイルドぶった（しかしゲイではない）男性作家「オレ」アントワーヌ（40歳代）と若い頃のブリジット・バルドーそっくりの金髪美女カミーユ（23歳）がファックしまくる。家族との関係で人格崩壊したカミーユはファックしている時しか自信を持てない。

2.1.2：推理小説的要素

　ウドリーヌにおいては見出しにくい。例えば、『おまえは今世紀とともにくたばる』の最初の方、女主人公マリーの同棲相手ジャン＝クロードが男主人公ヴァンサンの拳銃を使って自殺するが、警察の捜査はまったく言及されない[11]。デパントにおいても警察の存在は無意味である。『ベーズ・モワ』の2人の主人公のうちマニュはレイプ被害について警察に訴えてもムダだと判断する。警察は金持ちの味方だから[12]。物語の最後、もう1人の主人公ナディーヌが拳銃自殺しようとした瞬間、今さらのように登場した警官隊が彼女を逮捕す

9　Virginie Despentes, *King-kong théorie*, Grasset, 2006, pp.105–106.
10　Patrick Eudeline, *Ce siècle aura ta peau*, Florent-Massot, 1997, p.154.［rééd. Le Mot et le Reste, 2014, p.173.］
11　ウドリーヌは2013年の短編小説「ソフィー・ジョコンド」で1911年のモナ・リザ盗難事件を扱っているが、推理小説仕立てではない。アンチモダン派の画家ルイが本物を盗み、乱暴な恋人ソフィーが模写だと思い込んでそれを破壊する。ルイは自分の描いた模写を本物として大富豪に売り、その後、ルーヴル美術館は別の（下手くそな）模写を取り戻した本物として展示する。芸術が死んで商品だけが残る。
12　『ヴェルノン・シュビュテクス3』でレイプされるセレストに関しても同じ論理が展開されるが、彼女の父親が警官であるという要素が付け加わる。

IV. 大衆小説とパンクロック・カルチャー — パトリック・ウドリーヌとヴィルジニー・デパントの場合 —

る。しかし、デパントは物語のバネとして推理小説的要素を積極的に利用している。『曲芸する雌犬たち』においては誰がストリッパーを惨殺したのか、『少女的黙示録』においては家出少女がどこに行ったのか、『ヴェルノン・シュビュテクス』においてはロックスターの遺言ヴィデオカセットの行方と内容がミステリーをなしている。そして『少女的黙示録』と『ヴェルノン・シュビュテクス』の双方に、「ハイエナ La Hyène」と名乗る私立探偵が登場する。彼女は『ヴェルノン・シュビュテクス 3』で死亡するが、時代を遡ったりパラレルワールドを設定すれば、いかにも大衆小説的な（例えばレオ・マレ《ネストル・ビュルマ》シリーズのような）私立探偵シリーズになりえるだろう。現状においては、少なくともバルザックのヴォートランのような人物再登場、ゾラ 3 都市シリーズのピエール・フロマンのような連続群像劇の視点ではある。

2.1.3：ユークロニー的要素

歴史の歯車がずれることによって史実が変容したり近未来が思わぬ方向に展開したりする、SF サブジャンルとしてのユークロニー。ウドリーヌ『空飛ぶ暴力円盤』では、（主人公ランスロの予知した）ローマ教皇ヨハネパウロ 2 世暗殺やジョニー・アリデー薬物中毒死が予兆となって 2004 年 5 月 12 日 22 時に人類の文明が終焉を迎える。デパント『少女的黙示録』では、女子中学生ヴァランティーヌが超強力爆弾で自爆テロを行ってパリ中心地を吹き飛ばし、その跡地がパリ・グラウンド・ゼロとして新たな観光名所になる[13]。『ヴェルノン・シュビュテクス』のエピローグでは、21 世紀末から 22 世紀にかけてヴェルノン教という新興宗教が音楽とダンスを守るため、それらを禁止した文明社会に抵抗する。

2.2：一方では「共感」empathie を、他方では「反感」antipathie を感じ　　させる登場人物たち

2.2.1：「共感」的登場人物

2 人の小説で大衆的読者による「共感」「感情移入」を想定している登場人物は民衆階層出身が多い。物語的要素は 3-2 の「共通するモティーフ」で扱う

---

[13] 『少女的黙示録』と『ヴェルノン・シュビュテクス』が「ハイエナ」という登場人物を共有するものの、『ヴェルノン・シュビュテクス』はパリ・グラウンド・ゼロに言及しない。

ので、ここでは登場作品と登場人物名を挙げるにとどめる。

2.2.1.1：ストリッパー、コールガール、（元）ポルノ女優

　ウドリーヌにおいて、『おまえは今世紀とともにくたばる』のマリーがピガール地区のストリッパー。

　デパントにおいて、『ベーズ・モワ』のマニュが元ポルノ女優、ナディーヌが老人相手のコールガール、『曲芸する雌犬たち』の「あたし」ルイーズがリヨンのストリッパー、『ヴェルノン・シュビュテクス』のパメラ・カント、ファイザ／ウォッカ・サタナ、デボラ／ダニエルの3人が（元）ポルノ女優。パメラ・カントとウォッカ・サタナがかつてポルノクイーンの座を争った。

2.2.1.2：（元）パンクロッカー、（元）ロックシンガー

　ウドリーヌにおいて、『おまえは今世紀とともにくたばる』のヴァンサンと『爆弾の降りしきる下で踊ろう』のジュリアンが作者と多少重なる元パンクロッカー。『マルティール通り』が、作者よりも10歳くらい年長のロックシンガーの生涯を描く[14]。

　デパントにおいて、『かわいいこと』のポリーヌがロックバンドをやりたいのにアイドル歌手としてデビューさせられる。『ティーンスピリット』の元パンクロッカー、「オレ」ブリュノがウドリーヌを10歳若返らせた肖像のように見える。『ヴェルノン・シュビュテクス』のアレックス・ブリーチはロックスターとして栄華を極めながら生きる希望を失う。

2.2.1.3：失業保険で暮らす人々 RMIstes や路上生活者 SDF

　失業保険で暮らしていて、ふとしたことで家賃が払えなくなったり恋人宅から追い出されたりすると、路上生活に陥る。ウドリーヌにおいて、『おまえは今世紀とともにくたばる』のヴァンサンが恋人のアパルトマンから追い出されてパリを放浪し（同書にはペール＝ラ＝シェーズ墓地に住むキリストの風貌の路上生活者も登場する）、『マルティール通り』のジェロームがロックスターから失業保険生活に転落する。

---

[14] ウドリーヌはこのタイプを売れない映画監督（『空飛ぶ暴力円盤』のランスロ）、売れない作家（『毒の女』の「オレ」アントワーヌ）として延長している。2013年の短編小説「ソフィー・ジョコンド」の売れない画家ルイを付け加えることもできる。インテリ的職業であっても、売れないことによって民衆階層の登場人物とみなせるだろうか。

デパントにおいて、『ティーンスピリット』の「オレ」ブリュノと『バイバイ、ブロンディ』のグロリアが恋人宅から追い出されて知人宅に居候。『ヴェルノン・シュビュテクス』のヴェルノンが強制執行の結果、先ず知人宅に居候、次いで路上生活になって赤毛の大女オルガ（元・写真屋店員）ら路上生活者の仲間を得る。そのオルガは、(2016年春、労働法改悪に反対するデモから派生した)「寝ないで議論 Nuit Debout」において反資本主義的演説で人気を集める。

2.2.1.4：（とりわけデパントにおける）不良少女

ウドリーヌにおいて、『毒の女』のカミーユがロックスターと交際したり年上の作家（語り手・主人公アントワーヌ）の愛人になったりするが、つねに両親と連絡をとっており、結局、両親の意向に沿って闘牛士と結婚するので、むしろ（メリメ『カルメン』をなぞった）運命の女タイプだと言えよう。

デパントにおいて、『ティーンスピリット』のナンシー（13歳）がビジネスウーマンの母親に反抗して（死んだと聞かされていた）元パンクロッカーの父親に会うことを望み、また、アラブ系不良少年とつるんで窃盗と麻薬所持で補導される。『バイバイ、ブロンディ』のグロリアが高校生の時、パンクロックにはまり、両親（ヨーロッパ系労働者階層）に反抗して精神病院に入院させられ、次いで家出する。『少女的黙示録』の女子中学生ヴァランティーヌが、先ずヘヴィメタル系バンドのグルーピーになり、次いで、離婚した母親を探すために家出する…。『ヴェルノン・シュビュテクス』のアイシャは法学部生、イスラムにはまって大学教員の父親と不和になり、（家出してポルノ女優になった）母親を殺したらしい映画プロデューサーを襲撃し、ギリシアでの亡命生活に入る。

2.2.1.5：（とりわけデパントにおける）多文化的パリ：アラブ系、アフリカ系、LGBT

『ベーズ・モワ』の中でナディーヌが、無差別殺人を推奨するマニュに対してアラブ人は殺さないという原則を主張し、その後、2人はファティマ、タレクというアラブ系姉弟と親しくなる。しばらく匿ってもらう。『少女的黙示録』のヴァランティーヌはヨーロッパ系大金持ちの父親とアラブ系美女の母親との間に生まれたハーフであり、その母親ルイザは娘が1～2歳の頃、姑による人種差別的いじめによって離婚させられた。『ヴェルノン・シュビュテクス』のロックスター、アレックス・ブリーチはアフリカ系・ヨーロッパ系ハーフであり、

法学部生アイシャとその両親（セリムとファイザ）はアラブ系である。

『ベーズ・モワ』の2人の女主人公はヘテロの男ひでりとして描かれていたが、『少女的黙示録』ではパリ在住の暴力的レズビアン私立探偵「ハイエナ」（40歳前後）だけでなくバルセロナのレズビアン・コミュニティが描かれ、物語の視点になる間抜けな興信所職員リュシー・トレド（35歳前後）がヘテロからレズビアンに変容する。「ハイエナ」は中学生の時、美少女同級生を苦しめるDVパパを殴り殺し（事件は迷宮入り）、レズビアンおよび暴力の主体として覚醒した。『ヴェルノン・シュビュテクス』には、「ハイエナ」らレズビアンたちに加えてトランスたちが登場する。ポルノ女優から男性実業家になったデボラ／ダニエル。男性として生まれ性適合手術は受けずに女性としてファッションモデルの仕事をしているマルシア[15]。

一方、出自を語るのはウドリーヌのダンディズムに反するらしく、彼の描く登場人物のほとんどが退廃的パリの住人でありヨーロッパ系らしいが、例外的に、『マルティール通り』で物語の視点をなすシュラキは、（パリで生まれ育った）チュニジア・ユダヤ系という出自が明示されている。同じく『マルティール通り』に登場するロックスター、ジェロームはヨーロッパ系だが、彼を認知した父親はアフリカ系でありDNA上の父親は不明。ジェロームがアフリカ系の父とヨーロッパ系の母に育てられたヨーロッパ系の息子、（デパントの描く）アレックス・ブリーチがヨーロッパ系の両親に育てられたヨーロッパ系・アフリカ系ハーフの息子であり、この2人のロックスターが対をなしていると言える。さらに『マルティール通り』のシュラキとジェロームの幼なじみギュデュールはレズビアン、スピードボール（コカインとヘロインの混合）を服用しアビルージュ（ゲルランの化粧水）を浴びながら美少女に首を絞めてもらうSMプレイで事故死する[16]。

---

[15] 同じく『ヴェルノン・シュビュテクス』に、ユダヤ系でゲイの登場人物レオナール／マックスが登場するが、ロラン・ドパレの指示のもと射撃のうまい田舎娘ソランジュを使ってヴェルノンの仲間を虐殺する（そしてソランジュも殺す）ので、「共感」的人物とはみなしがたい。

[16] ウドリーヌは、デヴィッド・ボウイの死を受けて書かれた（多少自伝的要素を含む）ロック評論の中でゲイとバイセクシャルの問題を扱っている。Patrick Eudeline, *Bowie : L'autre histoire*, La Martinière, 2016.

2.2.2：「反感」的登場人物

　大衆的読者が「反感」を抱くことが想定される登場人物は、エリート男性、とりわけ、両親に買ってもらったパリの高級アパルトマンに住み、たいした才能もないのに音楽業界や映画業界の大物ぶっている連中。芸術的価値を無視して収益だけを考えるスペクタクル業界のボス。

　ウドリーヌにおいて、『爆弾の降りしきる下で踊ろう』の悪辣な音楽プロデューサー、ジャッキーが、主人公ジュリアンのカムバックを阻止し、彼の作った曲を簒奪して別の歌手に歌わせる。

　デパントにおいて、『かわいいこと』に登場するスケベで悪辣な音楽プロデューサーが、自分の歌詞と友人の作曲によってロックバンドとしてデビューしたい女主人公をアイドル歌手としてデビューさせたうえに性的奉仕を強要する。『バイバイ、ブロンディ』に登場する拝金主義の映画プロデューサーはグロリアのシナリオを映画化する（そして勝手に改変できるという条項を含むらしい）契約を結んだ上で、グロリア自身を企画から排除する。『少女的黙示録』のヴァランティーヌの父親は名誉にこだわるインテリ二流作家であり、待ちに待った授賞式で娘の自爆テロによって木っ端微塵。『ヴェルノン・シュビュテクス』の悪辣な映画プロデューサー、ロラン・ドパレは、法学部生アイシャにとっては母親、セリムにとっては元妻、アレックス・ブリーチにとっては元恋人だったファイザ／ウォッカ・サタナをビッチ扱いして政界・財界の大物に性的奉仕をさせて自殺に追いやった。そして、レオナール／マックスを使ってヴェルノンの仲間たちを虐殺することによってアイシャたちの復讐を百倍返しにした上で、洗礼者ヨハネとしてのアレックス・ブリーチ、イエス・キリストとしてのヴェルノン・シュビュテクス、そしてその弟子たちの感動の物語を TV ドラマと漫画としてプロデュースして大儲け。

2.3：映画、音楽、BD、ロック評論との関連

2.3.1：映画

2.3.1.1：小説家が映画監督になる／小説家が映画俳優になる

　映画翻案は、大衆小説研究の重要トポスのひとつである[17]。デパントは、自分の小説を自分で映画翻案することにこだわりがあり、1993年の小説をもとに（1996年の短編映画「ロラのベッドで[18]」の後）元ポルノクイーン、コラリー・トリン＝ティと共同監督し、引退したポルノ女優であり知人だったラファエラ・アンデルソン（マニュ役）とカレン・バック（ナディーヌ役）を主演させて映画『ベーズ・モワ』を撮った。これが映画検閲とポルノ映画の規定をめぐって『ベーズ・モワ』事件／論争を起こした。多くのインクが流された話題だが、おもにクリストフ・ビエール編『フランス・ポルノグラフィック・エロティック映画事典[19]』に依拠して概観しておく。映画『ベーズ・モワ』が16禁として上映ヴィザを得た翌日、2000年6月23日にカトリック右派のアソシエーション《プロムヴワール》がいちゃもんをつけ、封切りの3日後、6月30日にコンセイユ・デタが上映ヴィザを取り消した。こうした（フランス映画界では珍しい）事実上の検閲に反発した、映画監督カトリーヌ・ブレイアら数人の知識人が『ベーズ・モワ』上映再開を求める運動をした。その結果、2001年8月、『ベーズ・モワ』が18禁（すなわちポルノ映画）として上映再開された…。同事典は映画『ベーズ・モワ』を「ポルノ映画」でも「エロティック映画」でもなく「（露骨なシーンのある）ドラマ Drame [avec scènes explicites]」とカテゴライズしている。

　小説家が映画監督として自作を翻案する場合、小説と映画の両方がオリジナルになるものであり、《不純な映画》をめぐってしばしば話題になる「忠実な映画化」とか「映画が原作を裏切っている」とかといった論評は無意味である。とは言え、映画『ベーズ・モワ』は、マニュがナディーヌと出会う前に射殺す

---

[17]　Voir Jacques Migozzi (dir.), *De l'écrit à l'écran*, PULIM, 2000.

[18]　«Dans le lit de Lola (court-métrage, env.10 min.)», repris comme bonus dans Virginie Despentes, *Bye Bye Blondie*, DVD, Happiness Distribution, 2011 [sic].

[19]　Christophe Bier (dir.), *Dictionnaire des films français pornographiques & érotiques 16 et 35 mm*, Serious Publishing, 2011, pp.74-75.『ベーズ・モワ』事件の余波として、主演女優ラファエラ・アンデルソンと共同監督コラリー・トリン＝ティがそれぞれ自伝を出版した（Raffaëla Anderson, *Hard*, Grasset, 2001 ; Coralie Trinh-Thi, *La voie humide*, Au Diable Vaubert, 2007)。前者はアラブ系・ヨーロッパ系ハーフとしての少女時代を回想した後、自らのポルノ出演時代を一種の地獄下りとして語っている。ポルノ産業を擁護する、後者は『ベーズ・モワ』撮影に関する興味深いエピソードを含んでいる。もう1人の主演カレン・バック Karen Bach は2005年に自殺した。デパント『ヴェルノン・シュビュテクス』の自殺したポルノ女優、ファイザ／ウォッカ・サタナのモデルなのだろうか。

るのが小説では警部と密売人の2人なのに映画では密売人のボス1人だけである点など小さな変更はあるものの[20]、ほぼ「忠実な映画化」と言えよう。一方、『バイバイ、ブロンディ』は「忠実な映画化」とは言えない。すなわち、デパントは、2002年の小説をもとにベアトリス・ダル（グロリア役）、エマニュエル・ベアール（フランセス役）、パスカル・グレゴリー（クロード役）ら有名俳優を使って自ら監督して映画『バイバイ、ブロンディ』を撮り、それが2012年3月にフランス公開された。興行的には失敗。その後、日本でも『嫉妬』というタイトルでDVD発売された。小説の主人公グロリアが精神病院で出会って20年後に再会するヘテロ初恋の相手は金持ち一家の息子エリックであるのに対して、映画の主人公グロリアが精神病院で出会って30年後（？）に再会するレズビアン初恋の相手は金持ち一家の娘フランセスであり、また、小説の(TVのスター司会者になった)エリックがモテモテなのに高級アパルトマンでひとり暮らししているのに対して、映画の（同様の）フランセスがレズビアンであることを隠すためゲイの作家クロードと偽装同棲しており、小説ではグロリアが担っている物語の視点をこの作家が担っているなど[21]、分析し甲斐のある相違点が多い…。

　ウドリーヌの小説は今のところ映画翻案されていないが、彼は俳優としてデパント原作・監督の『ベーズ・モワ』（2000）、そしてデパント『ティーンスピリット』を原作とする2007年の映画に参加している。映画『ベーズ・モワ』における、ナディーヌの親友フランシスは登場して数分後に死亡退場するものの、パンクでジャンキーで退廃的な雰囲気を醸し出す点で重要な役である。小説の記述を引用する。

　　システマティックな分離派、誇大妄想狂、怒りっぽく、無気力、よく盗み、
　　よくケンカする。どこに行っても非難の的になる。皆にとって耐えがたく、
　　とりわけ自分自身にとって耐えがたい。／人生を愛しているが、あまりに

---

[20] Virginie Despentes, Coralie Trinh-Thi, *Baise-moi*, DVD, Pan-Européenne Production, 2001. リドリー・スコット『テルマ＆ルイーズ』(1991) が『ベーズ・モワ』に影響を与えたかどうかという議論についてオレは2007年に、「最大の相違は、『テルマ＆ルイーズ』で主人公たちに同情する刑事ハルに相応する人物が『ベーズ・モワ』には全く存在しないこと」であると指摘した（「フランスのパンク文学①：ヴィルジニー・デパントの場合」『津田塾大学国際関係研究所報』第42号、2007年、p.3）。体制側の人間（しかも男性）がレイプされた女性に同情するという危うい設定は、ピエール・ルメートル『アレックス』にも見られる。『ベーズ・モワ』の映像の源泉を論じるなら、オレはむしろ、精神病院から逃亡した女性2人が警察と銃撃戦をする、ジャン・ロラン『逃走した少女たち』(1980) を挙げるべきだと思う (Jean Rollin, *Les échappées*, DVD, L.C.J. Éditions, s.d.)。
[21] Virginie Despentes, *Bye Bye Blondie*, DVD, Happiness Distribution, 2011 [sic] .

激しく愛しているために人生から分断されてしまう。いつか最悪の恐怖と
対峙することになるだろう。死の探求を諦めるよりも生きているうちから
死の苦しみを耐えるのを選ぶだろう。全ての教訓が自分の信じることと食
い違うので、いかなる教訓にも従わず、執拗に同じ間違いを繰り返す。

Dissident systématique, paranoïque et coléreux, veule, voleur, querelleur. Il
provoque les récriminations partout où il passe. Supportable pour personne,
surtout pas pour lui-même. / Il aime la vie avec une exigence qui le coupe de la
vie. Il affrontera les pires terreurs et endurera la mort de son vivant plutôt que
de renoncer à sa quête. Il ne retient aucune leçon puisqu'elles sont contraires
à ce en quoi il croit et, obsinément, refait les mêmes erreurs[22].

2.3.1.2：（デパントにおける）スター映画

『かわいいこと』(1998) は、ジル・パケ＝ブレネール監督『かわいいこと』
としてマリオン・コティヤール主演のスター映画になって 2001 年 11 月にフラ
ンス公開された[23]。その後、日本でも『美しい妹』のタイトルで DVD 発売された。
『ティーンスピリット』(2002) は、オリヴィエ・ド・プラース監督『この父に
してこの娘』としてヴァンサン・エルバズ主演のスター映画になって 2007 年
8 月にフランス公開された[24]。この 2 つのスター映画のうち前者において、小説
では典型的なクソ野郎であった音楽プロデューサーが（演じているパトリック・
ブリュエルのイメージに合わせて）結構いいヤツになっていたり、後者において、
元パンクロッカーが小説のラストシーンでは 9.11 のテレビ中継を見て人生に前
向きになるのに対して映画のラストシーンでは売れ線の歌手としてカムバック
したり、小説の雰囲気を再現しつつ見事に精神を裏切っている。それにしても
デパントの小説がポピュラーカルチャーにおいて大成功している証左ではある。

2016 年 4 月、カティ・ヴェルネー監督がデパント『ヴェルノン・シュビュ
テクス』を TV シリーズとして翻案することが有料チャンネル、カナル・プリュ
ス社によって発表された…。

---

[22] Virginie Despentes, *Baise-moi*, «J'ai lu», s.d., p.34.
[23] Gilles Paquet-Brenner, *Les jolies choses*, DVD, M6 Vidéo, 2007.
[24] Olivier de Plas, *Tel père telle fille*, DVD, M6 Vidéo, 2007

2.3.2：音楽

　小説家が作詞家としてポピュラーミュージックに歌詞を提供するのは珍しくないが、ウドリーヌの場合は、パンクロッカーとしての活動の後で小説家になった。1997年の小説家としてのデビュー以降は、断続的なライヴ活動はともかく、2006年にデパントの監督したヴィデオクリップと一緒に発表された『凶星[25]』というCDアルバムが例外的な創作だった。セルジュ・ガンズブール礼賛から出発した退廃的シャンソン志向によってオールド・パンクたちを当惑させている、と言わざるを得ない。

　デパントにおいては、彼女自身が1995～1996年にロックバンドの伴奏で朗読／ラップした散文詩的テクストが3篇、『その向こうに嚙みつく[26]』に収録されている。例えば、「出産予定日」で語り手「彼女」は、ホテルの部屋で独力で出産し、嬰児を一瞬抱き締め、洗面台に叩きつけて殺し、死体をビニール袋につめて父親（レイプ野郎？）宛ての小包にする。また、デパントは2005年、女性ヴォーカル、ナターシャを擁するオールタナティヴロック・グループ、A.S.ドラゴンのアルバムCDに3曲の歌詞を提供している[27]。

2.3.3：（デパントにおける）BD

　2002年、デパントがシナリオを書いてノラ・ハムディという女性イラストレーターが絵を描いた『3つの星』というBDが出版された。『ベーズ・モワ』に似た物語が（1993年の小説や2000年の映画のような2人のヘテロ女性ではなく）3人のレズビアンを主人公にして展開されている[28]。

2.3.4：（とりわけウドリーヌにおける）ロック評論

　ロック評論は二次文学／周辺文学paralittératureのひとつのジャンルであり、ウドリーヌはフランス語表現ロック評論の代表者のひとりである。ロック評論家としての彼の最近の著作から短い引用をひとつ。

---

[25] Patrick Eudeline, *Mauvaise étoile*, CD, Suave, 2006.

[26] Virginie Despentes, *Mordre au travers : nouvelles*, Librio, 1999, contenant «Lâcher l'affaire» (lecture avec le groupe Bastards !, avril 1995), «À terme» (lecture avec le groupe Bastards !, avril 1995), «Comme une bombe» (lecture avec le groupe Future Kill, 1996). 「出産予定日」には、後で引用するベリュリエノワール「エレーヌと血」の影響が見て取れる。

[27] A.S.Dragon, *Va chercher la police*, CD, Naïve, 2005, contenant 3 lyrics de Virginie Despentes : «Cher tueur», «Seules à Paris», «Cloue-moi au ciel».

[28] Nora Hamdi & Virginie Despentes, *Trois étoiles*, Au Diable Vauvert, 2002.

ロックはメジャー芸術へと成り上がった。それだけではない。ロックはとりわけポピュラー芸術とシリアス芸術との全ての距離を廃絶した。スパイダーマンとガブリエル・ロセッティ、シュトックハウゼンとブーレーズとチャック・ベリー、ウィリアム・バロウズと歌舞伎と神秘主義者アレイスター・クロウリーを並列させた。[...] ロックは死んで産業になった。自分の尻尾を噛む蛇になった。パンクが最後の輝き、白鳥の歌だった。

Le rock s'est élevé en un art majeur. Mieux, et surtout, il a aboli toute distance entre art populaire et art sérieux. Il a fait coexister Spider-Man avec Rosetti, Stockhausen et Boulez avec Chuck Berry, William Burroughs avec le théâtre kabuki et l'occultisme de Crowley. [...] le rock, mort, [est] devenu une industrie, un serpent se mordant la queue. Le punk a été le dernier saut, un chant de cygne[29].

　ここでウドリーヌは、デヴィッド・ボウイを観点にして 1970 年代のロックが「ポピュラー芸術」と「シリアス芸術」、換言するとポピュラーカルチャーとエリートカルチャーの垣根を壊したと論じ、パンク以降のロックが金儲けの道具に堕したという歴史観を示している。この見方を延長すると、今日、パンクスピリットは産業化したロックによっては表現できず、むしろ個人的芸術としての小説によって表現できる、ということになるだろうか。それはともかく、ウドリーヌの小説にはしばしばロックヒストリーの知識やロック批評の文体、ゴンゾ文体が応用されている。ロック批評の世界的権威レスター・バングスLester Bangs (USA 1948-1982) がビートニク文体から派生させたゴンゾ文体。
　一方、デパントの小説も、若い女性ロック評論家を登場人物にしたり(『ティーンスピリット』のサンドラ、『ヴェルノン・シュビュテクス』のリディア・バズーカ)、多くの登場人物の性格描写のためにそれぞれの音楽的趣味を重視したりして、しばしばロックヒストリーの知識を前提としている。『ベーズ・モワ』など初期の小説は「トラッシュ文体」と評されたが、それをゴンゾ文体のヴァリエーションとみなせたであろう。

---

[29] Patrick Eudeline, *Bowie : L'autre histoire*, La Martinière, 2016, pp.112-113.

3. ウドリーヌとデパントを結びつけるもの

2人を結びつけるものは、第1に作品外の要素、パンクロック・カルチャーとの関わり方であり、第2に作品内の要素、多くの物語的モティーフの共有である。

3.1：パンクロックとの関わり

1954年生まれのウドリーヌは、ロック評論家として1973年からロックンロール系やハードロック系のポピュラーミュージックを積極的に評価してきてパンクロックと出会った。すなわち、1976年9月、セックスピストルズがパリにコンサートしに来た際に案内役になり、すぐにアスファルトジャングルというフランス最初のパンクバンドのひとつを結成し『パンクの冒険』(1977) というエッセイを書いた。同書に含まれる「ポリー・マグー特殊部隊」の一部を引用する。これが1978年のシングル・レコード、アスファルトジャングル「ポリー・マグー」になり、歌詞がマイナーチェンジされる。カッコ内が1978年のヴァリアント。

> アッパーカットのように降り続ける
> 雨の中で立ちつくし、街では
> 不良少年たちがみんな
> 代わる代わるに自分こそ
> ブルース・リーの息子だと思い込む。
> > ビニール＝チューインガムでできた何かが
> > 永久にオレたちのユニフォームになる。
> > 奇妙な習慣［脈略のない習慣］。
> > ポリー・マグー特殊部隊［不良少女ポリー・マグー］。
> アッパーカットのように降り続ける
> 雨の中で立ちつくし、街では
> オレたちのトーキーウォーキーのなか
> ブルース・リーの息子のために
> ロックが競合する。
> Planté sous la pluie
> En uppercut : la ville

フランス大衆小説研究の現在

Tous les mauvais garçons
Tour à tour ils se prennent
Pour le fils de Bruce Lee
　Quelque chose vinyl-bubblegum
　À jamais nos uniformes
　Habitudes étranges [/Habitudes incohérentes]
　Commando Polly Magoo [/Poly Magoo bad girl]
Planté sous la pluie
En uppercut : la ville
Du rock en intérférences
Sur nos talkies-walkies
Pour le fils de Bruce Lee[30].

　ポリー・マグーとは、ウィリアム・クラインがファッション業界を風刺した1966 年の映画『ポリー・マグー、あなた誰』に登場する、着せられた服や付与されたイメージそのままの存在になってしまうスペクタクル美女、内面空疎なトップモデルの名前[31]。ブルース・リーやストリートファイティングも喚起されているものの、当時のウドリーヌがパンクに抱いていたファッショナブルな、「アーティー」な概念（後述）が見て取れる。男性 4 人組パンクバンドのマニフェストとしては、「不良少女ポリー・マグー」よりも「ポリー・マグー特殊部隊」の方が分かりやすかったかもしれない。それはともかく、アスファルトジャングルは間もなく消滅し、ウドリーヌはロック評論とソロ音楽活動を続けジャンキーな世紀末ダンディのオーラを身にまとうようになる。そして、1997 年から小説を発表し始める。
　一方、1969 年生まれのデパントは物心ついた頃からパンクロックを聞いた世代に属しており、（アスファルトジャングルはとっくに消滅していた）1985 年頃、ベリュリエノワールや O.T.H. など若い年代のパンクバンドのコンサートに行った。ベリュリエノワール「エレーヌと血」の歌詞の一部を引用する。

---

[30] Patrick Eudeline, « Commando Polly Magoo [sic] », *Aventure punk*, Grasset, 2004, p.26.
[31] William Klein, *Qui êtes-vous Polly Maggoo ?*, DVD, Arte Vidéo, 2005.

街を支配する恐怖、
おまえが標的になる。
いたいけな少女、エレーヌ、エレーヌ、
おまえは暗闇を走る。
ヤツらに追い詰められる。
ドアを叩け、もっと叩け。
でも誰も開けてくれない。
おまえは復讐を思う。エレーヌと血。
オレにはおまえの気持ちが分かる。エレーヌと血。
おまえはヤツらを探し出す。エレーヌと血。
飲み屋でレイプしたヤツら。エレーヌと血。

La peur sur la ville

Tu en es la cible

Toi petite fille, toi Hélène Hélène

Tu cours dans le noir

Ils te coincent là-bas

Frappe frappe encore

Personne t'ouvrira

Tu as l'esprit de vengeance, Hélène et le sang

Mais je sais à quoi tu penses, Hélène et le sang

Tu r'trouveras les salopards, Hélène et le sang

Qui t'ont violée dans un bar, Hélène et le sang[32]

これはデパントにとって、『キングコング理論』で回想される 1986 年のレイプ体験[33]によって重要性を増した曲である。次に、2006 年に出たベリュリエノワールの写真集にデパントが寄せた文章から、この曲をめぐる回想を引用する。

---

[32] Bérurier Noir, «Hélène et le sang», *Concerto pour détraqués* [1985], CD, Folklore de la Zone Mondiale, s.d. ちなみに、「黒い（服喪する）ベリュリエ」のベリュリエは、20 世紀フランス大衆小説史の最重要作品のひとつ、フレデリック・ダール《サン・アントニオ》シリーズに登場する、大食いでバカで暴力的な刑事の名前に由来する。voir 市川裕史「フランスのパンク文学⑥：ベリュリエとは誰か？」『津田塾大学国際関係研究所報』第 47 号、2012 年、pp.1-7.
[33] Virginie Despentes, *King-kong théorie*, Grasset, 2006, pp.35-39.

共済組合ホールでの満員のコンサート。私は女友だち2人と行った。その
うち1人はマニュで約10年後に『ベーズ・モワ』に登場することになる。
[...] 私はすでに『青春残酷物語[34]』という本に寄せた文章で、ベリュリエ
ノワールが女子にとってどれほど特別な存在だったか語った。とくに2人
の女性ダンサー、ティティーヌ姉妹のおかげ。エアロビクスの規則からほ
ど遠い、狂ったような荒々しいダンス。「エレーヌと血」という曲で2人
は壊れた人形を振りかざした。私たちは復讐を約束してもらえた。安全を
保証してもらえた。進むべき道を示してもらえた。追従者の道でも勝ち組
の道でもない。ゲーム的でデストロイな道。創造的で寛容で退廃的な道。

Concert à la Mutualité, salle pleine. J'y vais avec deux copines (dont la petite
Manu qui sera dans *Baise-moi*, quelque dix ans plus tard). [...] J'ai déjà essayé
de raconter dans le texte pour le livre *Conte cruel de la jeunesse* à quel point,
pour une fille, les Bérus étaient un cas particulier. Grâce aux Titines, surtout.
Danses déchaînées, épileptiques, loin des règles d'aérobic. Sur «Hélène et le
sang», elles brandissent des poupées cassées. On nous promet vengeance. On
nous propose protection et une marche à suivre, qui ne serait ni celle des
suiveurs ni celle des réusssisseurs, qui serait ludique et destroy à la fois, et
aussi inventive, généreuse et corrosive[35].

　デパントのこうしたパンク体験はとりわけ『バイバイ、ブロンディ』の回想
部分で作品に現れている。精神病院に入院させられたグロリアは、小説におい
てモーターヘッド（イギリスのヘヴィメタル系グループ）のカセットを取り上
げられそうになって暴れる一方、映画においてベリュリエノワールのカセット
を取り上げられそうになって暴れるなど、小説よりも映画の方がフランスのパ
ンクロックに特化しているかもしれない。
　パンクロック・カルチャーの共有を土台にして、デパントが1993年、小説『ベー
ズ・モワ』の一冊をウドリーヌに贈り、ウドリーヌがそれを高く評価し、2000年、

---

[34] É.Marcil, *Conte cruel de la jeunesse*, Camion blanc, 2000.
[35] Virginie Despentes, «Prologue», in Roland Cros, *Bérurier Noir : Ta rage n'est pas perdue*, Folklore de la
Zone Mondiale / Vade Retro, 2006, p.12.

IV. 大衆小説とパンクロック・カルチャー ― パトリック・ウドリーヌとヴィルジニー・デパントの場合 ―

映画『ベーズ・モワ』に出演するに到った。2006 年にデパントがウドリーヌの新曲のためにヴィデオクリップを撮るなど、その後も個人的な関係がある。

3.2：ウドリーヌとデパントの小説に共通するモティーフ
3.2.1：部屋に死体があるために銃を持って逃避行

　デパント『ベーズ・モワ』では、ナディーヌ（老人相手のコールガール）がセラピーとしてのポルノ映画鑑賞を非難されカッとして、ルームシェアしているセヴェリーヌ（会社員）を絞め殺してアパルトマンを後にし、深夜の駅でマニュ（元ポルノ女優）と出会う。マニュはマニュで知り合いの麻薬密売人から拳銃を盗んで警官と別の麻薬密売人を射殺した後だった。そしてナディーヌとマニュの女性 2 人が車でパリからブルターニュ地方、次いでロレーヌ地方に向けて逃避行する。シリアルキラーになる。

　一方、ウドリーヌ『おまえは今世紀とともにくたばる』では、ヴァンサン（元パンクロッカー）とマリー（ストリッパー）の男女が徒歩で冬のパリを逃避行する。死体は、マリーの内縁の夫ジャン＝クロード（CD ショップ経営者）がヴァンサンの拳銃で自殺したもの。ヴァンサンはヴァンサンで麻薬密売人を射殺した後だった。

　女＆女か男＆女か、車か徒歩か、という違いはあるものの、同じモティーフの変奏であることは明らか。ウドリーヌにとって、15 歳年下の作家との出会いが小説家としての出発点になったと推測される。

3.2.2：アパルトマンから追い出される

　ウドリーヌにおいて、『おまえは今世紀とともにくたばる』のヴァンサン（元パンクロッカー）は、家賃が払えずアパルトマンから追い出され、安宿に泊まる金も尽きて、冬の寒さに耐えて地下鉄の入り口で眠る決心をする。なけなしの金でピガール地区のストリップ小屋に入ってマリーと出会う…。また、『爆弾の降りしきる下で踊ろう』のジュリアン（元パンクロッカー）は、彼の子どもを産みたがっているプチブル女アンヌ＝ソフィーのアパルトマンに居候していて、つまらないケンカ（タバコの焼け焦げ）で追い出される。

　デパントにおいて、『ティーンスピリット』の物語がほとんど同じ状況から始まる。「オレ」ブリュノ（元パンクロッカー）が、「オレ」の子どもを産みた

がっているプチブル女カトリーヌのアパルトマンに居候していて、根拠のない浮気疑惑のために追い出される…。デパント作品では珍しい男性主人公（しかも 1 人称）の点からしても、今度はウドリーヌの提示したモティーフをデパントが変奏しているように見える。

　デパントは『バイバイ、ブロンディ』で同じモティーフをさらに変奏している。ここでは主人公は女性。グロリアは元パンクガール、しばしば失業しばしば宿無し、ある男（愛人）のアパルトマンに居候しているが、（アプリのダウンロードをめぐる）つまらないケンカで追い出される。

　デパントはさらに『ヴェルノン・シュビュテクス』で、再び男性主人公の視点から同じモティーフを使う。ヴェルノンは店長をしているレコード店が閉店に追い込まれた後、家賃を肩代わりしてくれていた友人が死亡し、強制執行によってアパルトマンから追い出される。安宿に宿泊したり別の友人たちの家を泊まり歩いたりした後、路上生活者になる。

3.3.3：パリの預言者

　ウドリーヌにおいて、『空飛ぶ暴力円盤』のランスロ（売れない映画監督）がぼやで焼け死にそうになって予知能力に目覚める。ジョニー・アリデーの死、フィル・コリンズと教皇ヨハネ・パウロ 2 世暗殺などの予言を的中させ、さらに 2004 年 5 月 12 日に人類の文明が終焉するという予言が世界各地で同時発生した自然災害・人災として実現する。

　デパントにおいて、『ヴェルノン・シュビュテクス』のヴェルノンが路上生活者になった後、激しい発熱を契機に（予言ではなく）霊的治癒能力に目覚める。ハグした相手の苦悩を癒やせるようになる。そして彼が DJ として選曲した音楽が、生きている者たち死んだ者たちの魂を踊らせる。（ヴェルノンの仲間を虐殺した後でヴェルノンを主人公にした TV ドラマと漫画を制作した）悪役ロラン・ドパレのせいで後世の人々から、音楽とダンスで救済をもたらしながら虐殺された新たなキリストとみなされることになる[36]。

---

[36]　ヴェルノンは大女オルガの死体に覆い隠されていたおかげで止めを刺されず、手榴弾のせいで面変わりしながらも生きながらえ、再びパリで路上生活をしていた時に、（ヴェルノンの仲間にならなかった）マルシアによって拾われてしばらく彼／彼女のところで暮らし、その後、ギリシアのアイシャのところに行って「72 歳で[2040 年頃？]肺炎によって死んだ」（Virginie Despentes, *Vernon Subutex 3*, Grasset, 2017, p.394）。

3.3.4：音楽活動の苦悩

　ウドリーヌにおいて、『爆弾の降りしきる下で踊ろう』のジュリアン（元パンクロッカー）が恋人の家から追い出された後、昔の音楽仲間のアパルトマンに居候しながら、売れ線に妥協した曲（エレクトロ調の女性アイドル歌謡曲）を作ってカムバックをめざすが、悪辣な音楽プロデューサーとたまたま起きたテロのせいで道を絶たれる。ジャンキー廃人になる。また、アラン・カンAlain Kan (1944- [1990])[37] という歌手をおもなモデルにした、『マルティール通り』のジェロームが、1960年代後半にロックバンドをやりたかったのに美少年歌手としてデビューさせられ、そこそこ人気になる。その後、グラムロックに傾斜。1977年にはパンク世代にリスペクトされ、自宅がたまり場になる。1980年代前半にディスコ調の曲を女性歌手に歌わせてヒットする。しかし、1990年代半ばは失業保険で暮らし、ある日、失踪する。現実のアラン・カンは行方不明のまま「死亡」とみなされているが、小説のジェロームは2008年に南米から戻ってパリの病院でガンで死ぬ。

　デパントにおいて、『かわいいこと』のポリーヌはパンクな詩を書いていたが、双子の姉妹クロディーヌが自殺した時、クロディーヌを名乗り、クロディーヌのなりたがっていた歌手の道を目指す。自分の書いた詩をロックバンドで歌いたかったのだが、セクシーアイドルとしてデビューさせられ音楽プロデューサーに性的奉仕を強要される。また、『ヴェルノン・シュビュテクス』のロックスター、アレックス・ブリーチは1980年代、パンクバンドでコンサートツアーに明け暮れる。その後、バンドメンバーが次々と去って、ソロで大成功する。しかし、1990年代にロックが制度化し、反抗の歌を作り歌うにはドラッグが不可欠になる。大金を稼ぎながら、貧しい友人ヴェルノンの家賃を肩代わりするのがほとんど唯一の有意義な金の使い道になる。そして（2013年と想定される）今日、オーヴァードーズで死ぬ。

---

[37] Voir Christian Eudeline, *Nos années punk*, Denoël, 2002, pp.310-339. パトリック・ウドリーヌの弟、クリスチャン・ウドリーヌもロック評論家であり、ゴンゾ的というよりも文化史的なアプローチを示している。Voir Christian Eudeline, *Anti-yéyé : Une autre histoire des sixties*, Denoël, 2006 ; *Jean-Louis Aubert intime : Portrait d'un enfant du rock*, Prisma, 2016.

3.3.5：文学活動の苦悩

　ウドリーヌとデパントは音楽以外の芸術創作も素材にしている。ウドリーヌ『空飛ぶ暴力円盤』のランスロにおける作家主義的映画制作（そして短編小説「ソフィー・ジョコンド」のルイにおけるアンチモダンな絵画制作）もあるが、文学活動の表象がとりわけ注目に値する。ウドリーヌにおいて、『毒の女』の「オレ」アントワーヌが退廃派作家としてのポーズの傍ら売文業者であることを意識している。ファッション雑誌の記事など生活のための雑文書き。「ゴンクール賞獲ったら、すぐ結婚してあげる Si tu as le Goncourt, je t'épouse direct[38]」と言う（しかし、ゴンクール賞が何であるか知らない）、運命の女カミーユ。彼女をパリの女神として着飾らせるために貯金をはたき、四六時中ファックしているために雑文を書く時間もなくなる。

　デパントにおいて、小説『バイバイ、ブロンディ』のグロリアがエリックとの初恋をもとにシナリオを書き、それを『バイバイ、ブロンディ』というタイトルの映画にする契約を結ぶ。しかし、拝金主義の映画プロデューサーから意に染まない改変を要求され、ブチ切れて殴りかかり、結局、企画から外される。「あたしの作品だ c'est mon travail」と主張したら「私の金だ c'est mon argent」と反論され[39]、金銭が芸術に優先することを思い知らされる。自分自身の物語から疎外される。この要素は映画『バイバイ、ブロンディ』では後退する。映画のグロリアの芸術的創造は、フランセスとクロードが偽装同棲する豪邸のブルジョワ臭さから身を守るため、その中に廃品アートによって一種のホームレス住居を制作することへと改変され、作家としての役割はグロリアとフランセスの再会を見守るゲイ作家クロードに委ねられる。そして、クロードの苦悩は、グロリアが廃品アートを制作する騒音によって著述に集中できない（それゆえ美男の若い燕に慰めてもらう）こととして戯画化されている。また、デパント『ヴェルノン・シュビュテクス』には、売れないシナリオライター、グザヴィエ・ファルダンが登場する。

---

[38] Patrick Eudeline, *Vénéneuse*, Flammarion, 2013, p.103.
[39] Virginie Despentes, *Bye Bye Blondie*, «Le Livre de Poche», s.d., p.214.

3.3.6：テロ

　9.11 同時多発テロの翌年に出た、ウドリーヌ『爆弾の降りしきる下で踊ろう』（2002 年 3 月発売）、デパント『ティーンスピリット』（2002 年 4 月発売）は、居候している恋人宅から追い出されるという共通のモティーフから始まり、テロという共通のモティーフに終わる。

　ウドリーヌ『爆弾の降りしきる下で踊ろう』において、ジュリアン（元パンクロッカー）がカムバックするために売れ線に妥協して「爆弾の降りしきる下で踊ろう」という曲を作ってメジャーレーベルに売り込んだところで、パリの地下鉄と空港でなんとか原理主義による（9.11 ニューヨークよりも 1995 年 3 月 20 日東京の地下鉄サリン事件を思わせる）毒ガス・テロが起きる。テロの被害者を悼んでいる時期にメジャーレーベルがテロを連想させる曲を発売するわけにはいかないという理由で CD が発売中止・回収になる。ジュリアンはテロの間接的犠牲者になる。

　一方、デパント『ティーンスピリット』において、「オレ」ブリュノ（元パンクロッカー）が 9.11 の TV 生中継を見て人生に前向きになる。最近まで存在すら知らなかった 13 歳の娘ナンシーを新しい恋人サンドラ（ロック評論家）と一緒に引き取る気になる。ナンシーを産んだ後、ブルジョワ的価値を信じてビジネスウーマンになったアリスが、その傍らで呆然と立ちつくしているのだが。

　　しかし、オレたちはとりわけ幸せだった。この老いぼれた世界が崩れ落ち、くたばりつつあることで。こんな平和よりひどいものはあるまい。／もう耐えられなかった。どこにいても窒息しそうだった。誰もが情けない存在で、自分の持ち場で大声で「私にはどうしようもない、上司がそう言うのだ」とか、もっと大声で「私にはどうしようもない、システムがそうなっているのだ」とか叫んでいた。あまりにも巧く組織されていた。あらゆるレヴェルの自己調整。恐怖による支配体制。あまりに巧く監視された監獄。各自が自分自身を投獄していたので監視の必要すらなくなった。わずかな希望すら鉛で塗り込まれた。

　　Mais on était surtout heureux, que ce vieux monde s'écroule et crève. Rien ne serait pire que cette paix-là. / On n'en pouvait plus. L'air asphyxié de partout. Et nous tous, lamentables, claironnant chacun dans son coin «j'y peux rien, c'est mon supérieur qui veut ça», ou, plus haut «j'y peux rien, c'est le système qui est comme ça». C'était trop bien organisé, autorégulation à tous les niveaux. Le régime de la terreur. La prison trop bien gardée, on s'enceurclait nous-mêmes et même plus besoin de surveillance. Chape de plomb sur le moindre espoir[40].

デパントはさらに『少女的黙示録』で再びテロのモティーフを使い、ここでは主要登場人物のひとりが自爆テロの実行犯になる。女子中学生ヴァランティーヌは、気詰まりなパリのブルジョワ家庭から家出して、カトリック原理主義（イスラム原理主義ではなくカトリック原理主義）に丸め込まれたふりをして超強力なタンポン型爆弾を入手し、それを装着するえげつない映像を YouTube 配信し、父親がなんとか文学賞をもらう授賞式で自爆テロを実行する。原理主義組織のおもなターゲットは授賞式に列席した大臣だったのだが、ヴァランティーヌのおもなターゲットは父親だった。核爆発だと思い込んだ人々が避難してノーマンズランドになったパリ。その後、パリ・グラウンド・ゼロがエッフェル塔や凱旋門に並ぶ新たな観光名所として世界中の観光客を引きつけることになる。

『ヴェルノン・シュビュテクス2』の中でイスラムヴェールによって顔を隠したアイシャ（法学部生）が友人のタトゥーアーティスト、セレストと一緒に「ハイエナ」の軍事教練を受けて映画プロデューサーを襲撃し、彼の背中に「レイプ野郎、人殺し VIOLEUR ASSASSIN[41]」という入れ墨を彫るシーンは、アイシャの母親の復讐である点、現代的なテロより古典的な仇討ちに近いと言えよう。大衆小説の重要モティーフ、『モンテ＝クリスト伯』や『怪傑ゾロ』のような仇討ち。しかし、ここでは社会的正義は決して正当化されず、ヴェルノンの仲間たちは逃亡せざるを得ない。金で買える正義は映画プロデューサーの側にあるのだから。そして、『ヴェルノン・シュビュテクス3』の中でヴェルノンの仲間たちは、2015年1月シャルリー・エブド事件と11月パリ同時多発テロ、2016年7月14日ニースのテロについて議論したりしているうちに、ロラン・ドパレの指示によって虐殺される。テロというよりは復讐に対する復讐ではあるが、（たまたま生き残ったヴェルノン以外）直接的な暴力の犠牲者になる。

---

[40] Virginie Despentes, *Teen spirit*, «J'ai lu», s.d., p.157.
[41] Virginie Despentes, *Vernon Subutex 2*, Grasset, 2015, p.317.

3.4：ウドリーヌとデパントにおけるパンク概念のズレ

　以上のようにテロ以外では、ウドリーヌとデパントが同じモティーフをほぼ同じように扱っている。しかしテロは、ウドリーヌにおいてさらなる閉塞感をもたらし、デパントにおいて傍観者にも実行者にも一種の解放感を垣間見させる。これは2人の間のパンク概念のズレ、アート系パンクとプロレタリアート系パンクの違いとして説明できよう。ウドリーヌの1981年4月のロック評論を引用する。

　　1977年のロッカーには2つの派閥があった。先ず「アーティー」派。洗
　　練され、イデオロギー的にも関連した派閥であり、大ざっぱに言って、セッ
　　クスピストルズ、マルコム・マクラレン、ブロムリーコンティンジェント
　　の周りの人々だった。アダム・アント、スージー・スー、スティーヴ・ス
　　トレンジ、マルコ・ピローニがその出身である。次いでいっそう硬派な、「プ
　　ロロ」派があって、そこからスクリュードライバー、ラーカーズ、シャム・
　　シックスティナインといったグループが現れた。この連中は結局スキン
　　ヘッドになった。彼らのイデオロギーは大ざっぱに言って、オレが1977
　　年に拒絶した全てだった。すなわち、暴力、ごろつき的特徴、本能性、ヘ
　　ヴィメタル的音楽傾向、ロック神話の拒絶。

　　Chez les rockers de 77, il y avait deux écoles. Une école «arty», sophistiquée
　　et idéologiquement concernée, qui, en gros, tournait autour des Pistols, de
　　Malcom McLaren, et du Bromley Contingent. Tous les Adam, Siouxsie, Steve
　　Strange, Marco en sont issus. Et il y eut une tendance plus dure, prolo, qui vit
　　tous ces groupes tels Screwdriver, Lurkers, Sham 69. Ceux-là ont débouché
　　sur les skinheads. Leur idéologie est － en gros － tout ce que je rejetais en
　　77. La violence et la loubardisation, le premier degré, les tendances musicales
　　heavy metal et le refus de la mythologie rock[42].

---

[42] Patrick Eudeline, «Les dernières tribus», *Best*, n° 153 (avril 1981) ; repris dans Patrick Eudeline, *Gonzo : Écrits rock 1973-2001*, Denoël, 2002, p.246. マルコム・マクラレン (UK, 1946-2010) は、スペクタクルによってスペクタクルを批判する自分なりのシチュアシオニストであり、ニューヨークドールズやセックスピストルズを売り出し、妻ヴィヴィアン・ウェストウッドと一緒にパンクファッションのブティック、セックスを運営した。ブロムリーコンティンジェントはセックスピストルズの取り巻き。

実際には「プロロ」派、すなわちプロレタリアート系パンクの中に、一方ではナショナリズムや移民排除を標榜するスキンヘッド、すなわち極右派、他方では（イギリスのグループとしてはクラス Crass など）社会的弱者の連帯と階級闘争を主張する極左派があったが、1981 年のウドリーヌは意図的に混同している。いっそうファッショナブルであり、あまり社会問題や政治問題に関心を向けない、「アーティー」派、すなわちアート系パンクを称揚するためだった。この区分を採用するなら、ウドリーヌは意識的にアート系パンクであり、デパントに影響を与えたフランスのパンクバンド、ベリュリエノワールも、デパント自身もプロレタリアート系パンクであるにちがいない。

　その後、ウドリーヌはプロレタリアート系パンクに多少寛容になり、2012 年にロシアで逮捕されたプッシーライオットについて「デッドケネディーズ以来、あるいはベリュリエノワール以来、最初のパンクグループだろうか Et les Pussy Riot sont le premier groupe punk depuis... je ne sais ! Dead Kennedys ou Bérurier Noir ?[43]」と自問し、音楽的資質を欠いた政治的射程を皮肉りながらも積極的に評価している。デパントの影響だろうか。

　ベリュリエノワールの代表曲のひとつ「自由に生きるか死ぬか[44]」の描く人物は、12 歳で落ちこぼれ、14 歳で精神病院、17 歳で少年院、18 歳で脱走兵、20 歳で自分を排除する社会に対して先制攻撃をしかける。デパント作品における不良少女、精神病院、武装した逃避行といった要素の源泉のひとつにちがいない。デパントの主人公たちは皆、「自由に生きる」ことを望み、それが妨げられた時に「死ぬ」ことを選ぶ者がいる。例えば、『少女的黙示録』のヴァランティーヌが自爆テロを実行する。また、『ベーズ・モワ』のマニュのように殺される場合もある。しかし、多くの者は単に逃走する。世界の片隅で生き延びるため。階級闘争が言及されることもあるが、社会運動に身を捧げる者はいない。デパントの主人公たちは（パンク以外の）大義を信じない。例えば、『ヴェ

---

[43] Patrick Eudeline, «Pussy Riot», *Rock & Folk*, n° 542 (oct. 2012) ; repris dans Patrick Eudeline, *Je reprends la route demain : Quarante ans de vie en rock*, Le Mot et le Reste, 2013, p.285.「デッドケネディーズ以来」は、デッドケネディーズのジェロ・ビアフラがサンフランシスコ市長選に立候補して USA のメディアを騒がせた 1979 年以来という意味だろうか。
[44] Bérurier Noir, «Vivre libre ou mourir», *Concerto pour détraqués*［1985］, CD, Folklore de la Zone Mondiale, s.d. 歌詞の中にキューブリック『時計じかけのオレンジ』（1971）のアレックス、デ・パルマ『スカーフェイス』（1981）のトニー・モンタナ、フランスのシリーズ漫画『怠け者たち』*Les Pieds Nickelés* のチンピラ 3 人組、クロキニョール、リブールダンジュ、フィロシャールへのオマージュが読み取れる。

ルノン・シュビュテクス』のロイック（配送業者）はスキンヘッドであり、非ヨーロッパ系ホームレスを殴るのを趣味にしているが、人種差別的保守主義を信奉しているわけではなくサッカーファンの仲間と一緒に騒ぎたいだけ。「ナチス敬礼は好きくねえ J'aime pas le salut nazi[45]」と言ったら内ゲバで殺される。同書の中で、宝くじで当たった大金を公社の勧めるように投資したり豪邸を買ったりする代わりに[46]ホームレス援助活動のために使う、老シャルル（定年退職した労働者）の場合は微妙だが、慈善団体に寄付するのではなく自ら路上生活者のような服装でパリを歩き回る点、社会運動と言うより個人的な慈善活動と言えよう。

4. ルーザー

　最後に、パンク的登場人物に共通する、悲しくも滑稽なルーザーという特性に注目しよう。ルーザーとは、もちろん「失敗した者 raté (e)」、「負け組 perdant (e)」という意味なのだが、デパントとウドリーヌのテクストではしばしば英語でloser / looser と表現される。ルーザーになるためには、男性であるか女性であるかは関係ない。どんな職業であるかも、定職があるかないかも関係ない。自爆したり殺されたり逮捕されたりといった極端なケースもあるが、たいていは悲劇的というよりも滑稽である。というのも、金銭的成功や社会的上昇や進歩主義的価値観に背を向けて意図的に失敗を選ぶから。言わば失敗の選択に成功するからである。

　アート系パンクであるかプロレタリアート系パンクであるかという違いが、ルーザーの特性に影響している。ウドリーヌの主人公たちは、晩年のオスカー・ワイルドや晩年のセルジュ・ガンズブールのような世紀末ダンディのポーズを取る。例えば、『毒の女』の語り手・主人公アントワーヌ（40歳代男性の小説家）が次のように自己分析する。

---

[45] Virginie Despentes, *Vernon Subutex 2*, Grasset, 2015, p.303. ちなみにスキンヘッドたちは、ホームレスになったヴェルノンに話しかけヨーロッパ系フランス人であると分かると殴らずに立ち去った（*Vernon Subutex 1*, pp.335-339）。
[46] 社会学者のパンソン & パンソン＝シャルロ夫妻が、当選者をブルジョワ化する宝くじ公社の手口を分析しているが、デパントはこれを参照したのだろうか（Michel Pinçon, Monique Pinçon-Charlot, *Les Millionnaires de la chance : Rêve et réalité*, Payot, 2010）。

紋切り型。オレの小説は紋切り型だった。オレ自身も紋切り型だった。黒い服を着て、無精髭でポーズを取り、ガンズブールのふりをした。[...] モンマルトルでオレの新しいアパルトマンがオレを待っていた。丘のすぐ下。オレには広すぎ、立派すぎ、高すぎ。そうとも、親愛なるオスカー・ワイルドのように、オレは収入以上の生活をしていた。

Un cliché. Mon roman était un cliché. J'étais moi-même un cliché. Avec le costume noir, mes poses mal rasées et mon air de faux Gainsbourg. [...] À Montmartre, mon nouvel appartement m'attendait. Juste en bas de la butte. Trop grand, trop beau, trop cher pour moi. Comme — tiens ! — le cher Wilde, je vivais nettement au-dessus de mes moyens[47].

　一方、デパントにおいては、『ヴェルノン・シュビュテクス』のタイトル・ロールに注目しよう。ヴェルノン・シュビュテクスは1960年代後半に地方都市で生まれ、1980年代パリでパンクロック・カルチャーにはまり、1990年頃ロックレコード店の店長になった。そこは彼の温和な性格と確かな趣味によってパリのロックファンの聖地になる。しかし、音楽のネット配信と大衆の没趣味化によって、2006年に閉店。在庫をネット販売した後、収入ゼロになる。店長だったので失業保険もない。元パンク仲間でロックスターになったアレックス・ブリーチに家賃を肩代わりしてもらう。ある夜、アレックスがヴェルノン宅に来てセルフインタヴューを録画するが、アレックスの死後、それがロックスターの遺言とみなされ、様々な思惑の人々によって探し求められる。ヴェルノン自身は存在すら忘れていたヴィデオカセット。その一部を引用する。

　ヴェルノンよ、思い出せ。オレたちは大聖堂に入るみたいにロックに入った。ロックの歴史は、まるで宇宙船みたいだった。あらゆるところに聖人が祭られていて、オレたちはどの聖人の前で跪いて祈ればいいのか分からなくなった。[...] オレは、「ルイ・ルイ」の3種類の和音の押さえ方をやって見せてくれたヤツを覚えている。あの夜、それだけでロックンロールの

---

[47] Patrick Eudeline, *Vénéneuse*, Flammarion, 2013, p.12, p.28.

古典をほとんど全部弾けるのが分かった。［…］オレたちは戦争をしてい
た。ぬるさに対する戦争。オレたちの送りたい人生を創造していた。いつ
かは諦めるだろうと忠告する興醒ましなヤツは誰もいなかった。［…］「文
明世界における最後の冒険」だった。［…］ヴェルノン、おまえ寝てる？聞
いてない？寝てるのかよ？おい、起きろ。［…］おまえの店に行く時、オレ
がどんなに嬉しかったか。よくおまえは、オレが自分では決して関心を持
たなかったようなものをターンテーブルに乗せた。出会い頭の事故。その
あとすっげー遠くまでふっ飛ばされた。もしおまえが多くのドアを開けて
くれなかったら、オレはこれほど多様なアルバムを作れなかっただろう。
ヴェルノン、おまえはパッサー［橋渡し役］だった。

Souviens-toi, Vernon, on entrait dans le rock comme on entre dans une cathédrale,
et c'était un vaisseau spacial, cette histoire. Il y avait des saints partout on ne sa-
vait plus devant lequel s'agenouiller pour prier. […] Je me souviens du type qui
m'a montré sur un manche les trois accords de Louie Louie et j'ai réalisé dans la
nuit qu'avec ça je pouvais jouer presque tous les classiques. […] C'est une guerre
qu'on faisait. Contre la tiédeur. On inventait une vie qu'on voulait avoir et aucun
rabat-joie n'était là pour nous prévenir qu'à la fin on renoncerait. […] C'était «la
dernière aventure du monde civilisé.» […] Tu dors, Vernon ? Tu ne m'écoutes pas ?
Tu dors ? Vas-y, réveille-toi. […] Qu'est-ce que j'ai été heureux en arrivant dans ta
boutique. Souvent tu mettais quelque chose sur la platine à laquelle je ne me
serais jamais spontanément intéressé. Un petit accident. Qui m'emmenait super
loin, ensuite. Je n'aurais pas été capable de faire autant de disques différents, si tu
ne m'avais pas ouvert les portes. T'as été un passeur, mec[48].

（フランス語表現文学のパッサーとしてオレたちがどんな役割を果たせるか
身につまされるが、それはさておき）このようにヴェルノンは、レコード店が
倒産した後もロック神殿の管理人、ロックカルチャーのパッサーとしてリスペ
クトされている。しかし、既述のように、アレックスが死んで家賃を払う手段

---

[48] Virginie Despentes, *Vernon Subutex 2*, Grasset, 2015, pp.126–130.

がなくなりアパルトマンから追い出され、しばらく友人宅を泊まり歩いてから路上生活者になる。ビュット＝ショモン公園の預言者・ヒーラーになる。その後、映画プロデューサーが半殺しになった暴力事件によって、新自由主義的な市場からのみならずインターネットのパノプティコンからも逃れて地下潜伏することになる。仲間が彼の選曲で踊りに行くためには携帯電話も交通系カードも置いて来なければならない。不注意な仲間のネット接続によって居場所が判明し、映画プロデューサーの雇った殺し屋に狙われるが、仲間と一緒に死ぬことにも失敗する。捏造された伝説とは無関係に[49]、忘れられて生き延び忘れられて死ぬ。

　2人の近著のルーザー像を較べると、ウドリーヌの登場人物が歴史上で価値付けられたルーザー的人物に自分を重ねることによってオールタナティヴな名声を望みながら、同時代の人々とは価値観を共有しようとしない（または、共有しようとしないポーズを取る）のに対して、デパントの登場人物は「幸せな少数者」を結びつけるオーラを持っており、拝金主義的な価値観に抗い一緒に逃走する仲間たちがいる。前者には一種のダンディズムがあり、後者には一種の連帯がある。

5.　アウトロ

　以上のようにオレは、今日のフランス語表現文学の2人の作家、パトリック・ウドリーヌとヴィルジニー・デパントの長編小説を資料体として、先ず、大衆小説のジャンル（ポルノ、推理小説、ユークロニー）と重なる要素を概観し、そして「共感」および「反感」を感じさせる登場人物を類型化した。「反感」的登場人物として悪辣な音楽／映画プロデューサーが特権化されており、一方、「共感」的登場人物としては民衆階層の様々なタイプが描かれている。職業の点ではストリッパー、コールガール、ポルノ女優、パンクロッカーなど。収入を失って失業保険で暮らしたり、住居を失って路上生活をする場合もある。就業前の世代では（デパントにおいて）金持ち家庭または労働者家庭から家出する少女。また、とりわけデパントはアラブ系、アフリカ系、LGBTの登場人物に大きな役割を付与し、多様な出自およびジェンダーから成る多文化的パリを

---

[49]　第3巻のエピローグにおいて、ヴェルノンやアレックスやその仲間たちが、後世のヴェルノン教信徒たちによって神や聖人とみなされることになるが、それはロラン・ドパレのプロデュースしたTVドラマや漫画を通じてである (Virginie Despentes, *Vernon Subutex 3*, Grasset, 2017, pp.394-399)。

描いている。次に、映画、音楽、BD、ロック評論というポピュラーカルチャーの他の媒体、他の形式との2人の関わり方を概観した。特に、デパントが、商業映画の原作者としてメディア的成功を収める一方で、『ベーズ・モワ』と『バイバイ、ブロンディ』において自作の小説を自ら監督して映画翻案したこだわりに注目した。続いて、2人の作家を結びつける要素として、作品外ではパンクロック・カルチャーとの関わり方を概観し（伝記的要素にはあまり踏み込まなかった）、作品内では物語モティーフを分析した。死体のある部屋から銃を持って逃走する、強制執行や恋人との不和によって宿無しになる、パリの預言者、音楽・文学活動の苦悩、テロといったモティーフを2人が共有している、その度合いと様相は決して偶然とは言えない。パンクジェネレーション、パンクスピリットを表現する作家たちが他にいるとしても、フランスのパンク文学を代表する作家としてウドリーヌとデパントを並べることが正当化されよう。もっとも、テロ・モティーフの使い方には大きな相違が見られる。その違いがアート系パンクとプロレタリアート系パンクというパンク概念の違いに依拠することを示唆した。最後にオレは、パンク概念の違いを反映しながらも2人の多くの主人公によって共有される、ルーザーという特性に注目した。

　今日のフランス語表現大衆小説のひとつの傾向を示せたと思う。

　ルーザーについて付言すると、オレはルーザーを主人公にすることが大衆小説的、民衆的でありえる理由として、次のように考える。すなわち、民衆階層の人々が成功を夢見ることができた時代は、実際に成功する者が稀であったとしても、大衆小説が成功の夢を写す鏡として機能していたが、社会的格差の拡大および社会の二極化によって、極めて少数のエリートと極めて多数の労働者（労働者意識のない労働者）がいて、多数にとっては大金を稼ぐとか権力を得るとか大恋愛を成就するとかいった夢を見ることが難しくなった。そこで、大衆小説が成功者を描くと、自分が決してなれない、なりたくもないエリートを賞賛する恐れがある。民衆階層の人々が自己投影しやすいルーザーという特性が重要になる。象徴資本に依拠したエリートの再生産やエリート意識のスペクタクルではなく、エンタメを自分なりに実践すること、それが今日の大衆小説の使命ではないか。

おわりに

宮川　朗子

　文学研究の対象としての大衆小説の世界に触れてから、20年が経ってしまった。その当初は、幼いころから親しんできた小説を次から次へと思いだして懐かしくなると同時に、世界的に有名なこれらの作品がほとんど研究されていないことに少なからぬ驚きを覚えた。当時はこの本で繰り返し言及されている「正統な文学」に位置づけられる、とある小説に関心があったことと、膨大な作品群を擁するこの領域に対する理解も不十分だったことから、この新しい研究に心を惹かれつつも、すぐさま研究対象を変えることはできなかったが、それは常に気になる存在だった。

　大衆小説研究にもっとまじめに取り組む気になることができたのは、なかんずく、この本の刊行に協力してくれた2人の研究者のおかげである。世代も教育を受けた機関も異なるが、この領域の文学に興味があることだけが共通するおふたりとは、幸運な偶然から出会い、さらに偶然の出会いが何回も重なるなかで、お互いに作品や研究の情報を交わすようになった。その交流のおかげで、2016年5月29日に開催された日本フランス語フランス文学会春季大会においてワークショップ「大衆小説研究の現在」を3人で開くことができた。ただ、それだけで終わってしまうことが何とも寂しく、その後、本書の刊行にまで辛抱強くおつきあいいただくこととなった。恩も義理もないのにもかかわらず、私のわがままを許してくれた共著者のおふたりに、まずは心から感謝したい。

　また、このワークショップの際に御意見をくださった全ての方々、そしてわれわれのワークショップに関心をお寄せいただき、「大衆文学とメディア文化研究者の国際組織 Association internationale des chercheurs en « Littératures Populaires et Culture Médiatique »」のサイトに、このワークショップの紹介を掲載する便宜を図ってくださったリモージュ大学のジャック・ミゴジ (Jacques Migozzi) 教授にも拝謝したい。これらの方々の貴重な御指摘や御感想、御好意が、本書を刊行する励みとなりました。

　最後に、応募の段階から、事務的な細かい疑問や書類への記入方法といった初歩的な質問などにも丁寧に対応してくださった広島大学出版会の山下真佑美さんに、この場を借りて、お礼申し上げます。

大衆小説研究のための参考文献

この参考文献は、Daniel Compère, *Les Romans populaires*, Presses Sorbonne Nouvelle, 2011 中の参考文献を基に、大幅な加筆、修正を施して作成した。

Ⅰ. 大衆小説の歴史・概説・主要ジャンルに関する研究

Andries, Lise, Bollème, Geniviève (éd.). *La Bibliothèque bleue. Littérature de colportage*, Paris, Robert Laffont, « Bouquin », 2003.

Angenot, Marc, *Le Roman populaire. Recherches en paralittérature*, Montréal, Presses de l'Université du Québec, 1975.

Angenot, Marc, *Les Dehors de la littérature. Du roman populaire à la science-fiction*, Honoré Champion, « Unichamp-Essentiel », 2013.

Artiaga, Loïc, 〈Les lecteurs du roman populaire, XIXe-XXe siècle〉(28 janvier 2015), vidéo disponible en ligne: http://www.college-de-France.fr/site/michel-zink/seminar-2015-01-28-11h30.htm

Aziza, Claude, « Mélos, présentation et dossier historique », in *Mélos,* Paris, Presses de la cité, « Omnibus », 1992.

Baron-Carvais, Annie, *La Bande déssinée,* Paris, PUF, « Que sais-je? », 2007.

Baudou, Jacques, *La Science-fiction,* PUF, « Que sais-je? », 2003. [ジャック・ボドゥ『SF文学』、新島進訳、白水社、《クセジュ文庫》、2012 年]

Baudou, Jacques, *La Fantasy,* Paris, PUF, « Que sais-je? », 2005.

Bleton, Paul, *Les Anges de Machiavel, Essai sur le roman d'espionnage,* Québec, Nuit blanche, « Études paralittéraires », 1994.

Bleton, Paul, Abdelmoumen, Melikah et Nyela, Désiré, *La Cristallisation de l'ombre. Les origines oubliées du roman d'espionnage sous la IIIe République,* Limoges, PULIM, 2011.

Bleton, Paul, *Ça se lit comme un roman policier... Comprendre la lecture sérielle.* Québec, Éditions Nota bene, « Études culturelles », 1999.

Bleton, Paul, *Western, France. La Place de l'Ouest dans l'imaginaire français,* Amiens, Encrage Édition, « Travaux », 2002.

Boia, Lucian, *L'Exploration imaginaire de l'espace,* Paris, La Découverte, 1987.

Boyer, Alain-Michel, *Les Paralittératures,* Paris, Armand Colin « 128 », 2008.

Bozzetto, Roger, *La Science-fiction,* Paris, Armand Colin « 128 », 2007

Boileau, Pierre, Thomas, Narcejac, *Le Roman policier,* Paris, PUF, « Que sais-je ? », 1975 [ボワロ＝ナルスジャック『探偵小説』、篠田勝英訳、白水社、《文庫クセジュ》、1977 年]

フランス大衆小説研究の現在

Bréan, Simon, *La Science-fiction en France Théorie et histoire d'une littérature*, Paris, Presses de l'Université Paris-Sorbonne, 2012.

Bridenne, Jean-Jacques, *La Littérature française d'imagination scientifique*, Paris, G.A. Dassonville, 1950.

Brochon, Pierre, *Le Livre de colportage en France depuis le XVIe siècle*, Paris, Gründ, 1954.

Caillois, Roger, *Puissances du roman*, Paris, Éditions du Sagittaire, 1942.

Caradec, François, *Histoire de la littérature enfantine en France*, Paris, Albin Michel, 1977. ［フランソワ・カラデック『フランス児童文学史』、石澤小枝子監訳、谷恭子ほか訳、青山社、1994 年］

Cerisier, Alban, Lhomeau, Franck (s.l.d.), *C'est l'histoire de la série noire 1945-2015*, Paris, Gallimard, 2015.

Chelebourg, Christian, Marcoin, Francis, *La Littérature de jeunesse*, Paris, Armand Colin, « 128 », 2007.

Colin, Jean-Paul, *Le Roman policier français archaïque : un essai de lecture groupée*, Berne, Peter Lang, 1984.

Compère, Daniel et Raymond, François, *Les Maîtres du fantastique en littérature*, Paris, Bordas, « Les Compacts », 1994.

Compère, Daniel, *Les Romans populaires*, Presses Sorbonne Nouvelle, 2011. ［ダニエル・コンペール『大衆小説』、宮川朗子訳、国文社、2014 年］

Constans, Ellen, *Parlez-moi d'amour. Le roman sentimental. Des romans grec aux collections de l'an 2000*, Limoges, PULIM, 1999.

Constans, Ellen, *Ouvrières des lettres*, Limoges, PULIM, 2007.

Couégnas, Daniel, *Introduction à la paralittérature*, Paris, Seuil, « Poétique », 1992.

Couégnas, Daniel, *Fictions énigmes, images, Lectures (para ?) littéraires*, Limoges, PULIM, « Mediatextes », 2001.

Couégnas, Daniel, *Fiction et culture médiatique à la Belle Époque dans le magazine* Je sais tout *(1905-1914)*, « Médiatextes » PULIM, 2018.

Crépin, Thierry, « *Haro sur le Gangster!* ». *La Moralisation de la presse enfantine (1934-1954)*, Paris, CNRS Éditions, 2002.

Dubois, Jacques, *Le Roman policier ou la modernité*, Paris, Nathan, 1992. ［ジャック・デュボア『探偵小説あるいはモデルニテ』、鈴木智之訳、法政大学出版局、《叢書ウニヴェルシタス》605、1998 年］

Dumasy, Lise (éd.), *La Querelle du roman-feuilleton. Littérature, presse et politique, un débat précurseur (1836-1848)*, Grenoble, ELLUG, 1999.

Eco, Umberto, *De Superman au surhomme*, Paris, Grasset, « biblio essais » 1993. ［Eco, Umberto, *Il superuomo di massa*, Cooperativa Scrittori, 1976.］

Fondanèche, Daniel, *Paralittératures*, Paris, Vuibert, 2005.

Fresnault-Deruelle, Pierre, *La Bande déssinée*, Paris, Armand Colin, « 128 », 2009.

Gengembre, Gérard, *Le Roman historique*, Paris, Klincksieck, 2006.

大衆小説研究のための参考文献

Glinoer, Anthony, *La Littérature frénétique,* Paris, PUF, 2009.

Henriet, Éric B., *L'Histoire revisitée. Panorama de l'uchronie sous toutes ses formes,* Amiens, Encrage Édition, « Interface », 2004.

Houel, Annik, *Le Roman d'amour et sa lectrice : une si longue passion : exemple Harlequin,* Paris, L'Harmattan, 1997.

Ishibashi, Masataka, *Le Projet Verne et le système Hetzel,* Paris, Encrage, « Magasin du club Verne », 2015.

Lacassin, Francis, *Mythologie du roman policier,* Paris, Union Générale d'Éditions, « 10/18 », 1987.

Lacassin, Francis, *À la recherche de l'empire caché : mythologie du roman populaire,* Paris, Julliard, 1991.

Lacassin, Francis, *Les Rivages de la nuit : mythologie du fantastique,* Paris, Éditions du Rocher, 1991.

Langlet, Irène, *La Science-fiction, Lecture et poétique d'un genre littéraire,* Paris, Armand Colin, « U : lettres », 2006.

Letourneux, Matthieu, *Le Roman d'aventures 1870-1930,* Limoges, PULIM, « Médiatextes » 2010.

Letourneux, Matthieu, *Fictions à la chaîne. Littératures sérielles et culture médiatique*, Seuil, « Poétique », 2017.

Louichon, Brigitte, *Romancières sentimentales(1789-1825),* Presses Universitaires de Vincennes, « Culture et Société », 2009.

Maingueneau, Dominique, *La Littérature pornographique,* Paris, Armand Colin, « 128 », 2007.

Mellot, Philippe, *Les Maîtres du mystère de Nick Carter à Sherlock Holmes, (1907-1914),* Paris, Éditions Michèle Trinckvel, 1997.

Mellot, Philippe, *Les Maîtres du fantastique et de la science-fiction (1907-1959),* Paris, Éditions Michèle Trinckvel, 1997.

Mellot, Philippe, *Les Maîtres de l'aventure sur terre, sur mer et dans les airs (1907-1959),* Paris, Éditions Michèle Trinckvel, 1997.

Mesplède, Claude, *Les Années « Série noire »,* Amiens, Encrage Édition, « Travaux », 5 volumes, 1992-2000.

Messac, Régis, *Le « Detective Novel » et l'influence de la pensée scientifique,* Paris, H. Champion, 1928. Édition revue et annotée, Amiens, Encrage Édition, 2011.

Migozzi, Jacques, *Boulevards du populaire,* Limoges, PULIM, « Médiatextes », 2005.

Nathan, Michel, *Splendeurs et misères du roman populaire,* Lyon, Presses Universitaires de Lyon, 1991.

Nettement, Alfred, *Études critiques sur le feuilleton-roman,* Paris, Perrodil, 1845.

Neveu, Erik, Collovald, Annie, *Lire le noir. Enquête sur les lecteurs de récits policiers,* Paris,

Bibliothèque publique d'information/Centre Pompidou, 2004.

Olivier-Martin, Yves, *Histoire du roman populaire en France de 1840 à 1980,* Paris, Albin Michel, 1980.

Péquignot, Bruno, *La Relation amoureuse. Analyse sociologique du roman sentimental moderne,* Paris, L'Harmattan, 1991.

Prince, Nathalie, *La Littérature de jeunesse,* Armand Colin, « U : lettres », 2015.

Quéffelec, Lise, *Le Roman-feuilleton français au XIXe siècle,* Paris, PUF, « Que sais-je? », 1989.

Reuter, Yves, *Le Roman policier,* Paris, Nathan, « 128 », 2009 ; Armand Colin, « Cursus », 2017

Ruaud, André-François, *Panorama illustré de la fantasy et du merveilleux,* Lyon, Les Moutons électriques, 2004.

Schweighaeuser, Jean-Paul, *Le Roman noir français,* Paris, PUF, « Que sais-je? », 1984. ［ジャン＝ポール・シュヴェイアウゼール『ロマン・ノワール』、大田浩一訳、白水社、《クセジュ文庫》、1991 年］

Tadié, Jean-Yves, *Le Roman d'aventures,* Paris, PUF, 1982.

Thiesse, Anne-Marie, *Le Roman du quotidien : lecteurs et lectures populaires à la Belle Époque,* Paris, Le Chemin vert, 1984. Réédition : Paris, Seuil, « Points Histoire », 2000.

Thomasseau, Jean-Marie, *Le Mélodrame,* Paris, PUF, « Que sais-je? », 1984. ［ジャン＝マリ・トマソー『メロドラマ　フランスの大衆文化』、中條忍訳、晶文社、1991 年］

Thoveron, Gabriel, *Deux siècles de paralittératures. Lecture, sociologie, histoire,* Liège, Éditions du CEFAL, « Bibliothèque des paralittératures », 1996.

Van Herp, Jacques, *Panorama de la science fiction,* Verviers, André Gérard-Paris, Marabout, « Marabout Université », 1973. Réédition : Paris, Lefrancq, 1995.

Vanoncini, André, *Le Roman policier,* Paris, PUF, « Que sais-je? », 1993. ［アンドレ・ヴァノシンニ『ミステリ文学』、大田浩一訳、《白水社》、クセジュ文庫、2012 年］

Vareille, Jean-Claude, *L'Homme masqué, le justicier et le détective,* Lyon, Presses Universitaires de Lyon, 1989.

Vareille, Jean-Claude, *Le Roman populaire français (1789-1914),* Limoges, PULIM – Québec, Nuit blanche, « Littératures en marge », 1994.

Yasukawa, Takashi, *Poétique du support et captation romanesque : la « fabrique » de son lecteur par le roman de la victime de 1874 à 1914,* 2 vols, thèse, Jacques Migozzi (dir.), Université de Limoges, 2013.
http://aurore.unilim.fr/theses/nxpath/default/default-domain/sections/Public/
Th%C3%A8ses%20de%20doctorat/2013LIMO2017@view_documents?tabIds
=%3A&conversationId=0NXMAIN

大衆小説研究のための参考文献

II. シンポジウムのプロシーディング・論集

Arnaud, Noël, Tortel, Jean et Lacassin, Francis (éds), *Entretiens sur la paralittérature*, Paris, Plon, 1970.

Artiga, Loïc (éd.), *Le Roman populaire. Des premiers feuilletons aux adaptations télévisuelles, 1836-1960*, Paris, Éditions Autrement, « Mémoire/Culture », 2008.

Bartens, Jan et Lits Marc (éds), *La Novellisation. Du filme au livre*, Leuven, Leuven University Press, 2004.

Bellet, Roger (éd.), *L'Aventure dans la littérature populaire au XIXe siècle*, Lyon, Presses Universitaires de Lyon, « Littérature et idéologies », 1985.

Bellet, Roger et Régnier, Philippe (éds), *Problèmes de l'écriture populaire au XIXe siècle*, Limoges, PULIM, « Littératures en marge », 1997.

Besson, Anne, *D'Asimov à Tolkien. Cycles et séries dans la littérature de genre*, Paris, CNRS, 2004.

Bettinotti, Julia (éd.), *La Corrida de l'amour. Le Roman Harlequin*, Université du Québec, « Les Cahiers du département d'études littéraires », 1986.

Bleton, Paul et Saint-Germain, Richard (éds.), *Les Hauts et les bas de l'imaginaire western dans la culture médiatique*, Montréal, Triptyque, 1997.

Bleton, Paul (éd.), *Amours, aventures et mystères ou les romans qu'on ne peut pas lâcher*, Québec Éditions Nota bene, 1998.

Bleton, Paul (éd.), *Armes, larmes, charmes. Sérialité et paralittérature*, Québec, Nuit blanche, « Études paralittéraires », 1995.

Boyer, Alain-Michel, Couégnas, Daniel (éds), *Poétiques du roman d'aventures*, Nantes, Éd. Cécile Defaut, 2004.

Cachin, Marie-Françoise, Cooper-Richet, Diana, Mollier, Jean-Yves, Parfait, Claire (éds), *Au bonheur du feuilleton. Naissance et mutations d'un genre (États-Unis, Grande-Bretagne, XVIIe-XXe siècles)*, Paris, CREAPHIS éditions, 2007.

Casta, Isabelle-Rachel (éd.), *Si d'aventures. La littérature aventureuse a-t-elle vécu?*, Paris, Éditions Le Manuscrit, 2009.

Collovald, Annie et Neuve, Erik, *Lire le noir. Enquête sur les lecteurs de récits policiers*, Paris, BPI/Centre Pompidou, 2004.

Constans, Ellen et Vareille, Jean-Claude (éds), *Crime et châtiment dans le roman populaire de langue française du XIXe siècle : actes du colloque international de mai 1992 à Limoges*, Limoges, PULIM, « Littératures en marge », 1994.

Court, Antoine (éd.), *Du côté du populaire*, Saint-Étienne, Publications de l'Université de Saint-Étienne, 1994.

Court, Antoine (éd.), *Le Populaire à l'ombre des clochers*, Saint-Étienne, Publications de l'Université de Saint-Étienne, 1997.

Court, Antoine (éd.), *Le Populaire à retrouver*, Saint-Étienne, Publications de l'Université de Saint-Étienne, 1995.

Cremona, Nicola, Gendrel, Bernard et Moran, Patrick (éds), *Fictions populaires*, Paris, Classiques Garnier, 2011.

Delneste, Stéphanie, Migozzi, Jacques, Odaert, Olivier et Tilleuil, Jean-Louis, *Les Racines populaires de la culture européenne*, Bruxelles, PIE Peter Lang, 2014

Giet, Sylvette (éd.), *La Légitimité culturelle en questions,* Limoges, PULIM, 2004.

Guise, René (éd.), *Richesses du roman populaire.* Actes du colloque de Pont-à-Mouson, octobre 1983, Nancy, Centre de recherches sur le roman populaire, 1986.

Holmes, Diana, Platten, David, Artiaga, Loïc et Migozzi, Jacques (éds), *Finding the Plot : Storytelling in Popular Fictions*, Newcastle, Cambridge Scholars Publishing, 2013.

Le Guern, Philippe et Migozzi, Jacques (éds.), *Production(s) du populaire*, Limoges, PULIM, « Médiatextes », 2004.

Migozzi, Jacques (éd.), *De l'écrit à l'écran. Littératures populaires : mutations génériques, mutations médiatiques,* Limoges, PULIM, 2000.

Migozzi, Jacques (éd.), *Le Roman populaire en question(s),* Limoges, PULIM, « Littératures en marge », 1997.

Piarotas, Mireille (éd.), *Le Populaire à table. Le Boire et le Manger aux XIXe et XXe siècles,* Saint-Étienne, Publications de l'Univesité de Saint-Étienne, 2005.

Piarotas, Mireille (éd.), *Regards populaires sur la violence,* Saint-Étienne, Publications de l'Univesité de Saint-Étienne, 2000.

Santa Angels(s.l.d.), *Douleurs, souffrances et peines : figures du héros populaires et médiatiques,* Lleida, Edicions de la Universitat de Lleida, 2003.

Vareille, Jean-Claude, *Images du peuple*, Limoges, Trames, 1986.

Ⅲ. 雑誌
1. 専門雑誌

Belphégor, 2001- http://etc.dal.ca/belphegor

Cahiers des paralittératures, (Liège : Éditions du CEFAL), 1987-

Cahiers pour la littérature populaire, (Centre d'études sur la littérature populaire), 1983-

813,(Les Amis de la littérature policière), 1981-

Marginalia 1993-, 2003- http://marginalia-bulletin.blogspot.com

Otrante (Kimé) 1991-

Le Rocambole (Association des Amis du Roman Populaire) 1997-

http://www.lerocambole.net/rocambole/pages/fichouvrage.php?ID=386&edtid=5

Tapis-franc (Association des Amis du Roman Populaire), 1988-1997.

Temps noir, la revue des littératures policières (Éditions Joseph K).

2. 雑誌特集号

A Contrario, n° 12, 2009, Migozzi, Jacques et Artiaga, Loïc (éds), « Récits journalistiques et culture médiatique ». https://www.cairn.info/revue-a-contrario-2009-2.htm

CinémAction, n° 57, 1990, Gardies, René (éd.), « Les Feuilletons télévisés européens ».

Études littéraires, vol. 30, n°1, 1997, Bleton, Paul (éd.), « Récit paralittéraire et culture médiatique ».

Europe, Abraham, Pierre (éd.), n°542, 1974, « Le Roman feuilleton » ; Rivière, François (éd.), n° 571-572, 1976, « La Fiction policière » ; Delon, Michel (éd.), n° 659, 1984, « Le Roman gothique » ; Thomasseau, Jean-Marie (éd.), n° 703-704, 1987, « Le Mélodrame » ; Knibiehler, Yvonne et Ripoll, Roger, « Les premiers pas du feuilleton : chronique historique, nouvelle, roman », n° 542, 1974, « Le Roman feuilleton ».

Pratiques, n°32, 1981, « La Littérature et ses institutions » ; n°50, 1986, « Les Para-littératures » ; n°54, 1987, « Les Mauvais genres ».

Romantisme, n°53, 1986, Guise, René (éd.), « La Littérature populaire » ; n° 80, 1993, Mollier, Jean-Yves et Rosa, Guy (éds.), « L'édition populaire ».

Le Magasin du XIXᵉ siècle, n° 6, 2016 « Et la BD fut! »

Ⅳ. 辞書・辞典・文献目録など

Aymé, André-Marc, *Archéologie de la littérature policière 1789-1839,* Paris, L'Harmattan, 2013.

Compère, Daniel (éd.), *Dictionnaire du roman populaire francophone,* Paris, Nouveau Monde éditions, 2007.

Delestré, Stéfanie et Desanti, Hagar (s.l.d.), *Dictionnaire des personnages populaires de la littérature XIXᵉ et XXᵉ siècles,* Paris, Seuil, 2010.

Mesplède, Claude (éd.), *Dictionnaire des littératures policières,* 2 vols, Nantes, Joseph K., 2003.

Versins, Pierre, *Encyclopédie de l'Utopie, des Voyages extraordinaires et de la Science Fiction,* Lausanne, L'Âge d'homme, 1972.

FicionBis, encyclopédie permanante de l'autre-littérature : http://www.fictionbis.com

Ⅴ. その他
1. 文学理論

Amossy, Ruth et Rosen, Elisheva, *Les Discours du cliché,* Paris, SEDES, 1992.

Amossy, Ruth, *L'Argumentation dans le discours* (2000), Paris, Armand Colin, « Cursus », 2006.

Adam, Jean-Michel, Petitjean, André, *Le Texte descriptif,* Paris, Arman Colin, « fac », 2005.

Baroni, Raphaël, *La Tension narrative : suspense, curiosité et surprise,* Paris, Seuil, « Poétique », 2007.

Baroni, Raphaël, *L'Œuvre du temps*, Paris, Seuil, « Poétique », 2009.

Baroni, Raphaël, *Les Rouages de l'intrigue. Les outils de la narratologie postclassique pour l'analyse des textes littéraires*, Genève, Slatkine Érudition, 2017.

Baronian, Jean-Baptiste, *Panorama de la littérature fantastique de langue française*, Paris, Stock, 1978.

Barthes, Roland *et al.*, *Littérature et réalité*, Paris, Seuil, « Points Essais », 1982

Cohn, Dorrit, *Transparence intérieure. Modes de représentation de la vie psychique dans le roman*, Paris, Seuil, « Poétique », 1981 pour la traduction française.

Eco, Umberto, *Lector in fabula Le rôle du lecteur ou la Coopération interprétative dans les textes narraatifs*, Paris, Grasset, « biblio essais », 1985. ［ウンベルト・エーコ『物語における読者』、篠原資明訳、青土社、2003 年］

Genette, Gérard, *Figure III*, Paris, Seuil, « Poétique », 1972. ［ジェラール・ジュネット『フィギュール III』、花輪光監修、矢橋透、天野利彦他訳、書肆風の薔薇社（水声社）、一九八七年。ジェラール・ジュネット『物語のディスクール　方法論の試み』、花輪光、和泉涼訳、書肆風の薔薇（水声社）、1985 年］

Grivel, Charles, *La Production de l'intérêt romanesque, un état du texte (1870-1880), un essai de constitution de sa théorie*, La Hague - Paris, Mouton, 1973.

Hamon, Philippe, *Du descriptif*, Paris, Hachette, 1993.

Iser, Wolfgang, *L'Acte de lecture. Théorie de l'effet esthétique*, Bruxelles, Pierre Mardaga éditeur, « Philosophie et langage », 1985 pour la traduction française. ［英語版からの翻訳は、ヴォルフガング・イーザー『行為としての読書　美的作用の理論』轡田収訳、岩波書店、2005 年］

Jauss, Hans. R, *Pour une esthétique de la réception* (1978 pour la traduction française), Paris, Gallimard, « Tel », 2005. ［本書の収録論文のうち 3 編は以下の翻訳書で読める。H. R. ヤウス『挑発としての文学史』(1976 年) 轡田収訳、岩波書店、2001 年］

Jouve, Vincent, *L'Effet-personnage*, Paris, PUF, « Écriture », 1992.

Jouve, Vincent, *La Poétique des valeurs*, Paris, PUF, « Écriture », 1992.

Lafarge, Claude, *La Valeur littéraire. Figuration littéraire et usages sociaux des fictions*, Paris, Fayard, 1983.

Marti, Marc et Pélissier, Nicolas (éds), *Le Storytelling. Succès des histoires, histoire d'un succès*, Paris, L'Harmattan, « Communication et Civilisation », 2012

Marti, Marc et Pélissier, Nicolas (éds), *Tension narrative et storytelling En attendant la fin*, Paris, L'Harmattan, « Communication et civilsation », 2014.

Meizoz, Jérôme, *Postures littéraires. Mises en scène modernes de l'auteur*, Genève, Slatkine Érudition, 2007.

Meizoz, Jérôme, *La Fabrique des singularités. Postures littéraires II*. Genève, Slatkine Érudition, 2011.

Milly, Jean, *Poétique du récit*, Paris, Nathan, 1992.

Pavel, Thomas, *Univers de la fiction*, Paris, Seuil, « Poétique », 1988.

Propp, Vladimir, *Morphologie du conte* (1969 pour la traduction française), Paris, Seuil, « Points Essais », 2015［ウラジミール・プロップ『昔話の形態学』、北岡誠司・福田美智子訳、水声社、1987 年］

Salmon, Christian, *Storytelling. La Machine à fabriquer des histoires et à formater les esprits*, Paris, La Découverte, 2007.

Schaeffer, Jean-Marie, *Pourquoi la fiction?*, Paris, Seuil, « Poétique », 1999.

Suleiman, Susan, *Le Roman à thèse ou l'autorité fictive*, Paris, PUF, « Écriture », 1983. [*Authoritarian fictions : the ideological novel as a literary genre*, Columbia university Press, 1983]

Todorov, Tzvetan, *Introduction à la littérature fantastique*. Seuil, 1970.［ツヴェタン・トドロフ『幻想文学　構造と機能』、渡辺正明、三好郁郎訳、朝日現代叢書、1975 年。］

2. 文化史

Artiaga, Loïc, *Des torrents de papier. Catholicisme et lectures populaires au XIXe siècle*, Limoges, PULIM, « Médiatextes », 2007.

Bacot, Jean-Pierre, *La Presse illustrée, une histoire oubliée*, Limoges, PULIM, « Médiatextes », 2005.

Baudou, Jacques et Schleret, Jean-Jacques, *Meurtres en séries. Les séries policières de la télévision française*, Paris, Éditions Huitième art, 1990.

Baudou, Jacques et Schleret, Jean-Jacques, *Merveilleux, fantastique et science-fiction à la télévision française*, Paris, Éditions Huitième art, 1995.

Bellanger, Claude *et al.* (s.l.d.), *Histoire générale de la presse françcaise*, 5 vol., PUF, 1969-1976.

Bénichou, Paul, *Le Sacre de l'écrivain : 1750-1830, essai sur l'avènement d'un pouvoir spirituel laïque dans la France moderne*. Paris, José Corti, 1973.［ポール・ベニシュー『作家の聖別— フランス・ロマン主義 1 —近代フランスにおける世俗の精神的権力到来をめぐる試論』、片岡大右、原大地、辻川慶子、古城毅訳、水声社、2015 年］

Bourdieu, Pierre, *Les Règles de l'art. Genèse et structure du champ littéraire*, Paris, Seuil, 1998.［ピエール・ブルデュー『芸術の規則 I, II』、石井洋二郎訳、藤原書店、1995-1996 年］

Chartier, Roger et Martin, Henri-Jean (éds.), *Histoire de l'édition française*, Paris, Fayard, et Cercle de la librairie, Paris, 1989-1991, t. III : *Le Temps des éditeurs. Du romantisme à la Belle Époque*, et t. IV : *Le Livre concurrencé. 1900-1950*.

Chartier, Roger, *Culture écrite et société : l'ordre des livres XIVe-XVIIIe siècle*, Albin Michel, « bibliothèque Albin Michel Histoire », 1996

Delporte, Christian, Mollier, Jean-Yves, Sirinelli, Jean-François (éds), *Dictionnaire d'histoire culturelle de la France contemporaine*, Paris, PUF, 2010.

Dubois, Jacques, *L'Institution de la littérature*, Paris, Nathan, 1978. Réédition : Bruxelles, Labor, 2005.

Esquenazi, Jean-Pierre, *Sociologie des œuvres. De la production à l'interprétation*, Paris, Armand Colin, 2007.

Fourment, Alain, *Histoire de la presse des jeunes et des journaux d'enfants (1768-1988)*, Éditions Éole, 1987.

Gerbod, Françoise et Paul, *Introduction à la vie littéraire du XXe siècle*, Paris, Bordas, 1993.

Giet, Sylvette (éd.), *La Légitimité culturelle en questions*, Limoges, PULIM, 2004.

Hunt, Linn (éd.), *The New Cultural History*, University of California Press, 1989. ［リン・ハント編『文化の新しい歴史学』、筒井清訳、岩波書店、1993 年］

Hoggart, Richard, *La Culture du pauvre*, Françoise et Jean-Claude Garcias et de Jean-Claude Passeron (trad.), Paris, Minuit, 1970. ［Hoggart, Richard, *The uses of literacy : aspects of working-class life*, London, Chatto and Windus, 1957. リチャード・ホガート『読み書き能力の効用』、香内三郎訳、晶文社、1974、1986 年］

Jost, François, *De quoi les séries américains sont-elles le symptôme?*, Paris, CNRS Éditions, 2011.

Kalifa, Dominique, *La Culture de masse en France. 1/ 1860-1930*, Paris, La Découverte, 2001.

Kalifa, Dominique, *Crime et culture au XIXe siècle*. Paris, Perrin, 2010. ［ドミニク・カリファ『犯罪・捜査・メディア　19 世紀フランスの治安と文化』、梅澤礼訳、法政大学出版局、《叢書ウニヴェルシタス》、2016 年］

Kalifa, Dominique, Régnier Philippe, Thérenty, Marie-Ève, Vaillant, Alain (éds), *La Civilisation du journal Histoire culturelle et littéraire de la presse française au XIXe siècle*, Paris, Nouveau monde éditions, 2011.

Letourneux, Matthieu et Mollier, Jean-Yves, *La Librairie Tallandier. Histoire d'une grande maison d'édition populaire (1870-2000)*, Paris, Nouveau monde éditions, 2011.

Mandrou, Robert, *De la culture populaire aux XVIIe et XVIIIe siècles*, Paris, Stock, 1964. ［ロベール・マンドルー『民衆本の世界：17・18 世紀フランスの民衆文化』、二宮宏之、長谷川輝夫訳、人文書院、1988 年］

Martin-Fugier, Anne, *La Vie élégante ou la formation du Tout-Paris 1815-1848*, Fayard, 1990. ［アンヌ・マルタン＝フュジェ『優雅な生活：＜トゥ＝パリ＞、パリ社交集団の成立：1815-1848』、前田祝一監訳、2001 年］

Martin, Marc, *Médias et journalistes de la République*, Paris, Odile Jacob, 1997.

Mckenzie, D. F, *La Bibliographie et la sociologie des textes*, Paris, Éditions du Cercle de la Librairie, 1991.

Milo, Daniel, « Les classiques scolaires », in Nora, Pierre (éd.), *Les Lieux de mémoire, II. La Nation, 3*, Paris, Gallimard, 1986.

Mollier, Jean-Yves, *L'Argent et les lettres. Histoire du capitalisme d'édition, 1880-1920,* Paris, Fayard, 1988.

Mollier, Jean-Yves, *Le Commerce de la librairie en France au XIXe siècle 1789-1914,* Paris, IMEC, 1997.

Mollier, Jean-Yves, *Louis Hachette (1800-1864). Le fondateur d'un empire*, Paris, Fayard, 1999.

Mollier, Jean-Yves, *La Lecture et ses publics à l'époque contemporain. Essais d'histoire culturelle*, Paris, PUF, 2001.

Mollier, Jean-Yves, *Le Camelot et la rue. Politique et démocratie au tournant des XIXe et XXe siècles*, Paris, Fayard, 2004.

Mollier, Jean-Yves, *La Mise au pas des écrivains. L'impossible mission de l'abbé Bethléem*, Paris, Fayard, 2014.

Olivero, Isabelle, *L'Invention de la collection. De la diffusion de la littérature et des savoirs à la formation du citoyen au XIXe siècle,* Paris, Éditions de l'IMEC-Éditions de la Maison des Sciences de l'Homme, 1999.

Parinet, Élisabeth, *Une histoire de l'édition à l'époque contemporaine,* Paris, Seuil, 2004.

Perrot, Michelle (éd.), *Histoire de la vie privée. 4. De la Révolution à la Grande Guerre* (1987), Paris, Seuil, « Points Histoire », 1999.

Raabe, Juliette (éd.), *Fleuve Noir. 50 ans d'édition populaire,* Paris, Paris Bibliothèque, 1999.

Rioux, Jean-Pierre et Sirinelli, Jean-François, *La Culture de masse en France de la Belle Époque à aujourd'hui,* Paris, Fayard, 2002.

Robine, Nicole, *Lire des livres en France des années 1930-2000,* Paris, Éditions du Cercle de la librairie, 2000.

Tadié, Jean-Yves, *Introduction à la vie littéraire du XIXe siècle,* Paris, Bordas, 1971.

Thérenty, Marie-Ève, *La Littérature au quotidien. Poétique journalistiques au XIXe siècle,* Paris, Seuil, 2007.

Witkowski, Claude, *Monographie des éditions populaires,* Paris, J.-J. Pauvert, 1982.

Witkowski, Claude, *Les Éditions populaires. 1848-1870,* Paris, GIPPE, 1997.

VI. 日本における研究

赤塚敬子『ファントマ　悪党的想像力』、風濤社、2013 年

石澤小枝子『フランス児童文学の研究』、久山社、1991 年

石橋正孝『〈驚異の旅〉または出版をめぐる冒険　ジュール・ヴェルヌとピエール＝ジュール・エッツェル』、左右社、2013 年

石橋正孝、倉方健作『あらゆる文士は娼婦である　19 世紀フランスの出版人と作家たち』、白水社、2016 年

小倉孝誠『革命と反動の図像学　1848 年、メディアと風景』、白水社、2014 年

小倉孝誠『『パリの秘密』の社会史』、新曜社、2004 年

小倉孝誠『〈女らしさ〉の文化史　性・モード・風俗』、中公文庫、2006 年

小倉孝誠『推理小説の源流　ガボリオからルブランへ』、淡交社、2002 年

小倉孝誠『挿絵入り新聞「イリュストラシオン」にたどる　19 世紀フランス光と闇の空間』、人文書院、1996 年

小倉孝誠『挿絵入り新聞「イリュストラシオン」にたどる　19 世紀フランス愛・恐怖・群衆』、1997 年

小倉孝誠『歴史と表象　近代フランスの歴史小説を読む』、新曜社、1997 年

鹿島茂『新聞王伝説』、筑摩書房、1991 年［『新聞王ジラルダン』、ちくま文庫、1997 年］

私市保彦『名編集者エッツェルと巨匠たち』、新曜社、2007 年

私市保彦『「眠りの森の美女」から「星の王子さま」へ　フランスの子どもの本』、白水社、2001 年

杉本淑彦『文明の帝国　ジュール・ヴェルヌとフランス帝国主義文化』、山川出版社、1995 年

宮澤溥明『著作権の誕生　フランス著作権史』、太田出版、《UIP 著作権シリーズ》1、1998 年

宮下志朗『読書の首都パリ』、みすず書房、1998 年

末松氷海子『フランス児童文学への招待』、西村書店、1997 年

文芸事象の歴史研究会編、野呂康、中畑寛之、嶋中博章、杉浦順子、辻川慶子、森本淳生『GRIHL 文学の使い方をめぐる日仏の対話』、吉田書店、2017 年

大衆小説年表 （主要作品・媒体・歴史的事件など）

ベルギーやカナダを含むフランス語表現文学における大衆小説の主要作品・媒体・歴史的事件などを年表にする。年号に国名を付さない限りフランス語表現文学であることを示す。作品の発表年は原則として新聞雑誌初出（年表内では丸括弧で表示）を示す。この年表は主に以下の文献を参照し、大幅な加筆を施して作成した。

Lise Queffélec, *Le Roman-feuilleton français au XIXe siècle,* PUF, 1989.

Ellen Constans, *Parlez-moi d'amour Le roman sentimental Des romans grecs aux collections de l'an 2000.* PULIM, 1999.

Daniel Compère, *Dictionnaire du roman populaire francophone,* nouveau monde, 2007.

Delestré, Stéfanie et Desanti, Hagar (s.l.d.), *Dictionnaire des personnages populaires de la littérature XIXe et XXe siècles,* Paris, Seuil, 2010.

17-18 世紀	行商人によって流通した《青表紙本》« La Bibliothèque bleue » の中に『悪魔ロベール』 *La Terrible et merveilleuse vie de Robert le Diable, Lequel après fut Homme de bien* や『カルトゥーシュ伝』*Histoire de la vie et du procès du fameux Louis-Dominique Cartouche, et de plusieurs de ses complices* のような大衆小説の原型があった
1715-1735	ルサージュ『ジル・ブラース物語』（杉捷夫訳、全4巻、岩波文庫、1953-1954）Alain René Lesage, *Histoire de Gille Blas de Santillane.*
1704-1717	ガラン訳『千夜一夜物語』（井上輝夫訳　国書刊行会、《バベルの図書館 24 》、1990）　Antoine Galland, *Mille et une nuits.*
1731	アベ・プレヴォ『マノン・レスコー』（野崎歓訳、光文社古典新訳文庫、2017）l'abbé Prévost, *L'Histoire du chevalier Des Grieux et de Manon Lescaut*
1740	ヴィルヌーヴ夫人『美女と野獣』（藤原真実訳、白水社、2016）Gabrielle-Suzanne de Villeneuve, *La Belle et la Bête*
1761	ルソー『新エロイーズ』（安土正夫訳、岩波文庫、1986）Jean-Jacques Rousseau, *Julie ou la Nouvelle Héloïse*
1788-1793	レチフ『パリの夜』（植田祐次編訳『パリの夜：革命家の民衆』、岩波文庫、1988）Restif de la Bretonne, *Les Nuits de Paris.*
1789	**フランス革命勃発**
1791	サド『ジュスチーヌ、または美徳の不幸』（植田祐次訳、岩波文庫、2001）Marquis de Sade, *Justine ou Le Malheur de la Vertu*
1792.9	**第一共和政成立**
1794	フラオ＝スーザ夫人『アデル・ド・セナンジュ』Mme de Flahaut-Souza, *Adèle de Sénange*

1796	デュクレ゠デュミニル『プティ・ジャックとジョルジェット、または オーヴェルニュの山の子ども』Ducray-Duminil, *Petit-Jacques et Georgette, ou Les petits montagnards auvergnats*
1797	ピゴ゠ルブラン『カーニヴァルの子ども』Pigault-Lebrun, *L'Enfant du Carnaval* デュクレ゠デュミニル『ヴィクトル、または森の子ども』Ducray-Duminil, *Victor, ou l'Enfant de la forêt*
1798	シャリエール夫人『オノリーヌ・デュゼルシュ』Mme de Charrière, *Honorine d'Userche*
1799	コタン夫人『クレール・ダルブ』Mme Cottin, *Claire d'Albe*
1801	コタン夫人『マルヴィーナ』Mme Cottin, *Malvina*
	シャトーブリアン『アタラ』(『アタラ　ルネ』、畠中敏郎訳、岩波文庫、1957、『アタラ　ルネ』、辻昶訳、旺文社文庫、1976) François-René de Chateaubriand, *Atala*
1802	ソフィ・ゲー『ロール・デステル』Sophie Gay, *Laure d'Estelle*
	ジャンリス夫人『マドモワゼル・ド・クレルモン』Mme de Genlis, *Mademoiselle de Clermont*
1804	**第一帝政成立**
	クリュドネール夫人『ヴァレリー』Mme de Krüdener, *Valérie*
1805	ピゴ゠ルブラン『ジェローム』Pigault-Lebrun, *Jérôme*
	コタン夫人『マティルド』Mme Cottin, *Mathilde*
1806	コタン夫人『エリザベットまたはシベリアの亡命者たち』Mme Cottin, *Élisabeth ou Les Exilés de Sibérie*
1807	スタール夫人『コリンヌ』(佐藤夏生訳『コリンナ　美しきイタリアの物語』、国書刊行会、1997) Mme de Staël, *Corinne*
1808	ボーフォール・ドプール夫人『セヴリーヌ』Mme de Beaufort d'Hautpoul, *Séverine*
1814	**第一次復古王政成立**
1815.3	**ナポレオン：「百日天下」**
1815.7	**第二次復古王政成立**
1816	バンジャマン・コンスタン『アドルフ』(中村佳子訳、光文社古典新訳文庫、2014) Benjamin Constant, *Adolphe*
1819UK	ウォルター・スコット『アイヴァンホー』
1821	ジャンリス夫人『パルミールとフラミニー』Mme de Genlis, *Palmyre et Flaminie*
	ポール・ド・コック『ジョルジェットまたは役人の姪』 Paul de Kock, *Georgette ou la nièce du tabellion*
1822	キュビエール夫人『マルグリット・エモン』Mme de Cubières, *Marguerite Aimond*

大衆小説年表（主要作品・媒体・歴史的事件など）

1824	デュラス夫人『ウーリカ』（湯原かの子訳『ウーリカ：ある黒人娘の恋』、水声社、2014）Mme de Duras, *Ourika*
1825	デュラス夫人『エドゥアール』Mme de Duras, *Edouard*
1830.7	**七月革命、七月王政成立：王政復古政権による出版報道の自由規制が引き金になった**
1830.12	**新聞創刊時に支払うべき保証金が6000フランから2400フランに削減される**
1832	ルイ・デノワイエ (Louis Desnoyers)『子ども新聞』*Journal des enfants* に《ジャン＝ポール・ショパールの冒険》シリーズ *Les Aventures de Jean-Paul Choppart* の最初のヴァージョンを『母の幻想』*Les Illusions maternelles* のタイトルで連載
	ジョルジュ・サンド『アンディアナ』（『アンヂアナ』、杉捷夫訳、岩波文庫、上下、1990［初版1937]）George Sand, *Indiana*
1833	**ギゾー法：住民500人以上の市町村に男子児童を対象とした初等学校をつくることを定める**
1834	サント＝ブーヴ『愛慾』（權守操一訳、創元選書、上下、1950）Sainte-Beuve, *Volupté*
1835	バルザック『谷間の百合』（石井晴一訳、新潮文庫、1973、『谷間のゆり』、宮崎嶺雄訳、岩波文庫、1994）Balzac, *Le Lys dans la vallée* (*Revue de Paris*)
1835.9	**九月法：政治紙に対する規制　国王・政府への中傷・批判を行う新聞に罰則が課される**
1836	エミール・ド・ジラルダン Émile de Girardin の『プレス』*La Presse* とアルマン・デュタック Armand Dutacq『シエクル』*Le Siècle* 創刊　同時に両紙に連載小説が掲載される　広告掲載によって年間購読料をそれまでの半額（年間予約購読料40フラン）にして、党派性よりも情報伝達に重きを置き、連載小説というエンタメを提供することによって新聞購読者数を大幅に増加させる　メディア世紀元年
1837	ジョルジュ・サンド『モープラ』（『モープラ』、小倉和子訳、藤原書店、2005）George Sand, *Mauprat* (*La Revue des Deux Mondes*)
1837USA	E・A・ポー『アーサー・ゴードン・ピムの物語』
1837–1838	フレデリック・スーリエ『悪魔の回想録』Frédéric Soulié, *Les Mémoires du diable* (*Le Journal des Débats*)
1837–1839UK	チャールズ・ディケンズ『オリヴァー・ツイスト』
1838	シャルパンチエ版 Format Charpentier と呼ばれる 18.6 × 12.7 センチのサイズで3フランで売られる小型本が市場に現れる
1838–1839	エリー・ベルテ『リムーザン地方年代記』Elie Berthet, *Chroniques limousines* (*Le Siècle*)

フランス大衆小説研究の現在

1839	サント=ブーヴが「産業的文学」と題する論説を『両世界評論』誌に発表し、新聞連載小説が大衆迎合的で没趣味であるとして批判 Sainte-Beuve, « De la littérature industrielle » (*La Revue des Deux Mondes*)
1842-1843	ウジェーヌ・シュー『パリの秘密』(江口清訳、集英社、1971) Eugène Sue, *Les Mystères de Paris* (*Le Journal des Débats*)
1843.6.13	シャピュイ=モンラヴィル Chapuys-Montlaville、下院で連載小説を批判する演説
1843-1844	ポール・フェヴァル『ロンドンの秘密』Paul Féval, *Les Mystères de Londres* (*L'Europe*)
1844	アレクサンドル・デュマ『三銃士』(生島遼一訳、岩波文庫、2008) Alexandre Dumas, *Les Trois mousquetaires* (*Le Siècle*)
1844-1845	ウジェーヌ・シュー『さまよえるユダヤ人』(小林竜雄訳、上下巻、角川文庫、1951-1952) Eugène Sue, *Le Juif errant* (*Le Constitutionnel*) アレクサンドル・デュマ『モンテ=クリスト伯』(大矢タカヤス訳、新井書院:オペラオムニア叢書、2012) *Le Comte de Monte-Cristo* (*Le Journal des Débats*)
1845-1846	フレデリック・スーリエ『モンリオン伯爵夫人』Frédéric Soulié, *La Comtesse de Monrion* (*La Presse*)
1846	ジョルジュ・サンド『魔の沼』(持田明子訳、藤原書店、2005) George Sand, *La Mare au Diable*(*Le Courrier français*)
1847-1848	ジョルジュ・サンド『棄子のフランソワ』(長塚隆二訳、角川文庫、1952) George Sand, *François-le-Champi* (*Le Journal des Débats*)
1848.2	**二月革命**
	出版者ギュスタヴ・アヴァール (Gustave Havard)『絵入り小説』*Romans illustrés* 創刊 16ページからなる週刊の配本形式で売られる
1848	アレクサンドル・デュマ・フィス『椿姫』(西永良成訳、角川文庫、2015) Alexandre Dumas fils, *La Dame aux camélias,* A. Cadot
1848-1849	ジョルジュ・サンド『愛の妖精　プチット・ファデット』(宮崎嶺雄訳、岩波文庫、2010) George Sand, *La Petite Fadette* (*Le Crédit*)
1850.3	**ファルー法:住民800人以上の市町村に女子児童を対象とした学校の設置を定める**
	ガブリエル・フェリー『森を駆けめぐる者』Gabriel Ferry, *Le Coureur des bois* (*L'Ordre*)
1850.7	**リアンセー印紙 Timbre Riancey:連載小説を掲載する新聞に課された税制**
1851.12	**ナポレオン・ボナパルトによるクーデタ**
1852.2	**出版に関するデクレにより政治紙が抑圧される**

大衆小説年表（主要作品・媒体・歴史的事件など）

	リアンセー印紙の廃止
	アシェット社 Hachette、《鉄道文庫》« Bibliothèque des chemins de fer » 創設
1852.12	**第二帝政成立**
1854	ジャコテ社 Jaccottet とブルディヤ社 Bourdilliat、安価な《新叢書》« Bibliothèque nouvelle » コレクション創設　翌年、ミシェル・レヴィ社 Michel Lévy も同様のコレクションを創設
1855	ラユール Lahure による小説新聞、『みんなの新聞』*Le Journal pour tous* の刊行
	アシェット《バラ叢書》« La Bibliothèque rose » 創設
	アヴァール《万人叢書》« La Bibliothèque pour tous» 創設
1857	ポール・フェヴァル『せむし男』　Paul Féval, *Le Bossu* (*Le Siècle*)
1857-1862	ポンソン・デュ・テラーユ『パリのドラマ』　Ponson du Terrail, *Les Drames de Paris* (*La Patrie*)《ロカンボール》シリーズ開始
1858	オクタヴ・フイエ『ある貧しき青年の話』（江口清、大木登志夫共訳『転落の貴族：ある貧しき青年の話』、新人社、1948）Octave Feuillet, *Le Roman d'un jeune homme pauvre,* Michel Lévy
	ギュスタヴ・エマール『アーカンソーの罠猟師』Gustave Aimard, *Les Trappeurs de l'Arkansas* (*Le Moniteur*)
	セギュール伯爵夫人『ソフィの災い』（大平よし子・文『ソフィ物語』『少年少女世界の名作：フランス編2』所収、小学館、1977、那須辰造訳『ソフィーのいたずら』、『セギュール夫人童話集2』、岩崎書店、1966 ほか）Comtesse de Ségur, *Les Malheurs de Sophie,* Hachette, « Bibliothèque rose »
	エルネスト・フェドー『ファニー』Ernest Feydeau, *Fanny*, Amyot
1860	**政治紙に代わり報道紙 (presse d' information) が発展**
1860-1861	エルネスト・カパンデュ『ニオール館』 Ernest Capendu, *L'Hôtel de Niorres* (*Le Journal pour tous*)
1861-1863	テオフィル・ゴーティエ『キャピテン・フラカス』（田辺貞之助訳、岩波文庫、上中下、1952）Théophile Gautier, *Le Capitaine Fracasse* (*La Revue nationale et étrangère*)
1862	ヴィクトル・ユゴー『レ・ミゼラブル』（西永良成訳、ちくま文庫、2012-2014、全5巻）Victor Hugo, *Les Misérables,* Bruxelle et Leipzig, A. Lacroix, Verboeckoven et Cie ; Paris, Pagnerre
	ウジェーヌ・フロマンタン『ドミニク』（市原豊太訳『ドミニク』、岩波文庫、1988）Eugène Fromentin, *Dominique* (*La Revue des Deux Mondes*)

フランス大衆小説研究の現在

1863	ジュール・ヴェルヌ『気球に乗って5週間』（手塚伸一訳、集英社文庫、《ジュール・ヴェルヌ・コレクション》、2009）　Jules Verne, *Cinq semaines en ballon*, Hetzel, « Les Voyages extraordinaires » モイーズ・ミヨ (Moïse Millaud)、1号ずつ販売する日刊紙『プティ・ジュルナル』*Le Petit Journal*（価格：1スー）創刊
1863-1875	ポール・フェヴァル『黒衣』Paul Féval, *Les Habits noirs* (*Le Constitutionnel*)
1865	エルクマン＝シャトリアン『ある民衆の男の話』Erckmann-Chatrian, *Histoire d'un homme du peuple* (*Le Siècle*) 『プティ・ジュルナル』、マリノリ製 (Marinoni) の輪転機を使用し、大量発行部数の問題を解決
1865-1866	ポンソン・デュ・テラーユ『ロカンボールの復活』Ponson du Terrail, *La Résurrection de Rocambole* (*Le Petit Journal*)
1866	エミール・ガボリオ『ルルージュ事件』（太田浩一訳、国書刊行会、2008）Émile Gaboriau, *L'Affaire Lerouge* (*Le Pays* puis *Le Soleil*) ポンソン・デュ・テラーユ『ロカンボール最後の言葉』Ponson du Terrail, *Le Dernier mot de Rocambole* (*La Petite Presse*)
1867	ピエール・ザコン『リヨン郵便事件』Pierre Zaccone, *L'Affaire du courrier de Lyon* (*Le Petit Journal*).
1867.4	**デュリュイ法：後のフェリー法に先駆け、無償初等教育を提案するが実現はしなかった。他方で住民500人以上の市町村に女子児童を対象とした学校の設置を定めた。**
1867-1868	エミール・ゾラ『マルセイユの秘密』Émile Zola, *Les Mystères de Marseille*, (*Le Messager de Provence*)
1868-1869	ピエール・ザコン『パリの屋根裏』　Pierre Zaccone, *Les Mansardes de Paris* (*Le Petit Journal*)
1869-1870	ジュール・ヴェルヌ『海底二万里』（渋谷豊訳、角川文庫、上下、2016）Jules Verne, *Vingt mille lieues sous les mers* (*Le Magasin d'éducation et de récréation*)
1870	**第三共和政成立** **1852年の出版に関する法に触れた者に特赦が下るなど、出版自由化へ**
1872	ジュール・ヴェルヌ『八十日間世界一周』（高野優訳、光文社古典新訳文庫、上下、2009）Jules Verne, *Le Tour du monde en quatre-vingts jours* (*Le Temps*)
1875	エミール・リシュブール『下町の子ども』Émile Richebourg, *L'Enfant du faubourg* (*Le Petit Journal*). ジュディット・ゴーティエ『簒奪者［徳川家康］』（『太陽の巫女』のタイトルで1887年に再版）Judith Gautier, *L'Usurpateur*, Lacroix, 1875 ; *La Sœur du soleil*, Dentu, 1887.

大衆小説年表（主要作品・媒体・歴史的事件など）

1876	『プティ・パリジャン』 *Le Petit Parisien* 創刊 エミール・リシュブール『呪われた娘』Émile Richebourg, *La Fille maudite* (*Le Petit Journal*)
1877	G・ブリュノ『二人の子どものフランス一周』G. Bruno (Augustine Tuillerie), *Le Tour de France par deux enfants,* Belin 『マタン』 *Le Matin* 創刊 ブレリオ兄弟社『藁ぶき屋根の家での集い』創刊 *Les Veillées des chaumières* par Blériot
1877-1878	エクトル・マロ『家なき子』（二宮フサ訳、偕成社文庫、上中下、1997）Hector Malot, *Sans Famille* (*Le Siècle*) エミール・リシュブール『二つのゆりかご』Émile Richebourg, *Les Deux Berceaux (La Petite République)*
1879-1880	エミール・ゾラ『ナナ』（川口篤、古賀照一訳、新潮文庫、上・下、1956、2006）Émile Zola, *Nana (Le Voltaire)*
1880	ピエール・ドゥクルセル『二人の子ども』、続編『ファンファン』は、1889-1890 年に『プティ・パリジャン』に連載　Pierre Decourcelle, *Deux Gosses, Fanfan* [suite des *Deux Gosses*], (*Le Petit Parisien*) 1889-1890.
1881.7.29	**出版の大幅な自由化** ジョルジュ・オネ『製鉄工場長』Georges Ohnet, *Le Maître de forges* (*Le Figaro*) カテュル・マンデス『童貞王』（中島廣子・辻昌子訳、国書刊行会、2015）Catulle Mendès, *Le Roi vierge,* Dentu
1881-1882	**フェリー法：初等教育（6歳から13歳）に無償・義務・非宗教の三原則が導入される**
1881-1882UK	スティーヴンスン『宝島』
1883	アルベール・ロビダ『20 世紀』（朝比奈弘治訳、朝日出版社、2007）Albert Robida, *Le Vingtième Siècle,* G. Decaux
1884-1885	グザヴィエ・ド・モンテパン『パン運びの女』Xavier de Montépin, *La Porteuse de pain (Le Petit Journal).*
1886-1887	ジュール・マリー『屈辱のロジェ』Jules Mary, *Roger la Honte* (*Le Petit Journal*)
1887	フラマリオン社、《著名作家》コレクションを創設　「ポケット文庫」の発想が現れはじめる　Flammarion, « Auteurs célèbres » ピエール・ロティ『お菊さん』（野上豊一郎訳、岩波文庫、1988）Pierre Loti, *Madame Chrysanthème,* Calmann-Lévy アドルフ・デヌリ『二人のみなしご』Adolphe d'Ennery, *Les Deux Orphelines,* Rouff, 1887-1889 (livraison)：同作品は 1874 年に発表された劇作『二人のみなしご』Adolphe d'Ennery et Eugène Cormon, *Les Deux Orphelines* [pièce], 1874 を小説化したものであり、1892 年から 1893 年にかけて『ナシオン』(*La Nation*), でも連載される

154

1887UK	コナン・ドイル『緋色の研究』《シャーロック・ホームズ》シリーズの始まり
1889-1890	シャルル・メルヴェル『純潔と穢れ』Charles Mérouvel, *Chaste et flétrie* (*Le Petit Parisien*)
1890	大量印刷を可能にするライノタイプ linotype の使用開始
1892	『ジュルナル』*Le Journal* 創刊
1893	ポール・ディヴォワ『ラヴァレードの5スー』Paul d'Ivoi, *Les Cinq sous de Lavarède* (*Le Petit journal*)
1897UK	ブラム・ストーカー『吸血鬼ドラキュラ』
1897-1902 日本	尾崎紅葉『金色夜叉』
1900-1905	コレット《クローディーヌ》シリーズ（二見書房、角川文庫などに日本語訳あり）Colette, la série « Claudine »
1902	グザヴィエ・ド・モンテパン『街角の歌い手』Xavier de Montépin, *Chanteuse des rues* (*Le Petit Journal*)
1902-1918	ミシェル・ゼヴァコ《パルダイヤン》シリーズ、『プティット・レピュブリック』紙、『マタン』紙などで連載（鈴木悌男訳『パルダイヤン物語：騎士親子の冒険』、近代文芸社、2005；『パルダイヤン物語：愛の叙事詩』、春風社、2010）Michel Zevaco, la série « Pardaillan » (*La Petite République, Le Matin, etc*)
1902(?)-1950(?)	マックス・ド・ヴジィ (Max de Veuzit)、長編・中篇合わせて 50 タイトルが記録される
1903	ガストン・ルルー『トレジャー・ハンター』を『マタン』紙に連載翌年、『テオフラスト・ロンゲの二重生活』のタイトルでフラマリオンより書籍版出版　Gaston Leroux, *Le Chercheur de trésors* (*Le Matin*), puis, publié en volume sous le titre *La Double Vie de Théophraste Longuet,* Flammarion, 1904.
1903-1947	デリー Delly、100 タイトルが記録される
1904	オファンスタッド社、《5サンチーム挿絵入り本》創設　Offenstadt, « L'Illustré à 5 centimes »
1905	ファイヤール社《大衆の書》創設　Fayard « Le Livre populaire »
1905-1939	モーリス・ルブラン《アルセーヌ・ルパン》シリーズ（新潮文庫、角川文庫などに日本語訳有）Maurice Leblanc, la série « Arsène Lupin »
1906	ミッシェル・ゼヴァコ『怪傑キャピタン』Michel Zévaco, *Le Capitan* (*Le Matin*)
1907	ドイツの出版社、アイシュラーの分冊 « Fascicules Eichler » フランス到来
	ガストン・ルルー『黄色い部屋の秘密』（堀口大学訳、新潮文庫、1975；高野優、竹若理衣訳、ハヤカワ・ミステリ文庫、2015 他）Gaston Leroux, *Le Mystère de la chambre jaune* (*L'Illustration*)

大衆小説年表（主要作品・媒体・歴史的事件など）

1908	タランディエ社《国民の書》創設 Tallandier, « Le Livre national » ルフ社《挿絵本》創設 Rouff, « Le Livre illustré » レオン・サジ『ジゴマ』（久世十蘭訳、中公文庫、1993）Léon Sazie, *Zigomar* (*Le Matin*)
1909-1910	ガストン・ルルー『オペラ座の怪人』（平岡敦訳、光文社古典新訳文庫、2013）Gaston Leroux, *Le Fantôme de l'Opéra* (*Le Gaulois*)
1912USA	E・R・バローズ『類人猿の王ターザン』
1911-1963	ピエール・スヴェストルとマルセル・アランによる《ファントマス》シリーズ（ハヤカワ文庫、博文館などに翻訳あり）Pierre Souvestre et Marcel Alain, la série « Fantômas »
1913	アラン・フルニエ『グラン・モーヌ』（天沢退二郎訳、岩波文庫、1998） Alain-Fournier, *Le Grand Meaulnes*
1913-1959	フェレンツィ社、とりわけ恋愛小説が多数を占めるコレクション《小さな書物》が 2000 タイトルを数える Ferenczi, « Le Petit Livre »
1913-1941 日本	中里介山『大菩薩峠』
1913-1941	フェレンツィ社、《仰天本》コレクション（当初はあらゆるジャンルが収められるが、恋愛ものが次第に多くなる）、753 タイトル *Le Livre épatant*
1915	シネ・ロマン ciné-roman 誕生
1915-1937(?)	基本的には恋愛小説を収めるタランディエ社の《ポケット文庫》900 タイトルを数え上げる Tallandier « Le Livre de poche »
1919	ピエール・ブノワ『アトランティスの女王』Pierre Benoit, *L'Atlantide*, Albin Michel
1919-1953	プティ・エコー・ド・ラ・モード社の恋愛もののコレクション《ステラ》約 600 タイトルを数える «Stella » (Editions du *Petit Echo de la Mode*)
1920-1942 } 1947-1956 }	ラ・モード・ナショナル社の恋愛もののコレクション《ファマ》約 800 タイトルを数える « Fama » (Editée par *la Mode nationale*)
1921-1941 } 1947-1959 }	フェレンツィ社の《私の愛読書》、《愛読書》、1266 タイトルを数える « Mon Livre favori », « Le Livre favori »
1921-1927(?)	フェレンツィ社の恋愛もののコレクション《大衆コレクション》、約 140 タイトルを数える « Collection populaire »
1922-1933(?)	恋愛もののコレクション《家庭－小説》約 250 タイトルを数える « Foyer-Romans » (rattaché à *Foyer-Revue*, édité à Reims)
1923-1935(?)	ルフ社の恋愛もののコレクション《私の小説》、少なくとも 650 タイトルを数える « Mon Roman »
1925-1934	エディション・モデルヌ社（フェレンツィ社？《優良大衆小説》100 タイトルを数える）Éditions Modernes, (Ferenczi?) « Les Bons Romans populaires »

フランス大衆小説研究の現在

1926-(?)-1960(?)	マガリ Magali、100 タイトルが記録される
1927	《仮面》コレクション創設　« Le Masque »
	アルチュール・ベルネード『ベルフェゴール』Arthur Bernède, *Belphégor* (*Le Petit Parisien*)
1927 日本	江戸川乱歩『一寸法師』
1928-1941 } 1949-1956 }	恋愛もののコレクション、フェレンツィ社《プティ・ロマン》約 1200 タイトルを数える « Le Petit Roman »
1930(?)-1939(?)	恋愛もののコレクション《コレクション・パリジェンヌ》約 100 タイトルを数える　« Collection Parisienne » (rattachée aux Patrons Universels)
1931-1972	ジョルジュ・シムノン《メグレ》シリーズ（河出書房新社、ハヤカワ文庫、角川文庫などに日本語訳有）Georges Simenon, la série « Maigret »
1932-1941	恋愛もののコレクション、フェレンツィ社《挿絵入り恋愛小説》330 タイトルを数える　« Le Roman d'amour illustré »
1935-1939 日本	吉川英治『宮本武蔵』
1940	**ヴィシー政府成立　第三共和政憲法廃止、ペタンが「フランス国」主席就任**
1942-1957	エディション・デュ・リーヴル・モデルヌ社、次いでフェレンツィ社の《私の恋愛小説》、約 470 タイトルを数える　Éditions du Livre moderne, puis Ferenczi, « Mon Roman d'amour »
1943	アントワーヌ・ド・サンテグジュペリ『星の王子さま』（初版はニューヨークで 1943 年に出版　フランスではガリマール社より 1946 年に出版　岩波書店、新潮文庫、角川文庫等、日本語訳多数）Antoine de Saint-Exupéry, *Le Petit Prince,* New York : Reynal & Hitchcock 1943 ; Gallimard, 1946
1944	ケベックにおける最初のポケット版コレクション《小型本》創設 « Petit-Format »
1945	ガリマール社、《セリ・ノワール》創設 « Série Noire »
1946	**第四共和政成立**
1947	ボリス・ヴィアン『うたかたの日々』（野崎歓訳、光文社古典新訳文庫、2011）Boris Vian, *L'Écume des jours,* Gallimard, « Blanche »
1947-1959	エドゥアール・ガラン Édouard Garand、モントリオールに大衆小説を主として専門とする出版社設立
1948	エルヴェ・バザン『蝮を手に』Hervé Bazin, *Vipère au poing,* Grasset フルーヴ・ノワール社 Fleuve Noir、フランスにて設立
1949	ジェラール出版の《マラブー》« Marabout » コレクション、ベルギーにて出版開始

大衆小説年表（主要作品・媒体・歴史的事件など）

	ハーレクイン社 Harlequin、カナダで創設
	フルーヴ・ノワール社、フレデリック・ダール『サン・アントニオ』《サン・アントニオ》シリーズ « San Antonio » 開始（ハヤカワ・ポケット・ミステリ・ブックスに翻訳あり）Frédéric Dard, *San Antonio,* Fleuve Noir, la série « San Antonio »
1952	ピエール・ブール『戦場にかける橋』（関口英夫訳、早川文庫、1965）Pierre Boulle, *Le Pont de la rivière Kwai,* Julliard
1953UK	イアン・フレミング、ジェームズ・ボンドを主人公とする小説を世に出す：《007》シリーズ開始
1953	アンリ・ヴェルヌ《ボブ・モラーヌ》シリーズ開始　Henri Vernes, la série « Bob Morane »
1954	フランソワーズ・サガン『悲しみよこんにちは』（河野万里子訳、新潮文庫、2009 年）François Sagan, *Bonjour Tristesse,* Julliard
	ポーリーヌ・レアージュ（ドミニック・オーリーの筆名）『O 嬢の物語』（澁澤龍彦訳、河出書房新社、1975；清水正二郎訳、新流社、1965 他）Pauline Réage (pseud. Dominique Aury), *Histoire d'O,* Pauvert
	アンヌ & セルジュ・ゴロン、《アンジェリック》シリーズ開始（講談社に日本語訳有）Anne & Serge Golon, la série « Angélique »
	ボワロー＝ナルスジャック『死者の中から』、日影丈吉訳、早川書房　ヒッチコックによって映画化（原題：*Vertigo,* 日本語タイトル：『めまい』）された 1958 年以来、この映画のフランス語タイトル『冷たい汗』*Sueurs froides* で何度も再版される Boileau-Narcejac, *D'entre les morts,* Denoël.
1954-55UK	J・R・R・トルキーン『指輪物語』
1954-1959	レオ・マレ《新パリの秘密／ネストール・ビュルマ》シリーズ開始　（文芸社、早川書房、中公文庫に日本語訳有）Léo Malet, la série « Nouveaux Mystères de Paris / Nestor Burma »
1957	ステファン・ウル『オム族がいっぱい』Stefan Wul, *Oms en série,* Fleuve Noir
1958	**第五共和政成立**
1959	エマニュエル・アルサン『エマニュエル』（安倍達文訳『エマニエル夫人』二見文庫、2006）Emmanuelle Arsan, *Emmanuelle,* Éric Losfeld
	レーモン・クノー『地下鉄のザジ』（久保昭博訳、水声社、2011）Raymond Queneau, *Zazie dans le métro,* Gallimard
1959-1965	ルネ・ゴシニー《プチ・ニコラ》シリーズ（牧神社出版、偕成社他、日本語訳多数）René Goscinny, la série « Petit Nicolas »
1963	ピエール・ブール『猿の惑星』、高橋啓訳、ハヤカワ文庫 Pierre Boulle, *La Planète des singes,* Julliard

1965	ジェラール・ド・ヴィリエ、《SAS》シリーズ開始（立川書房、創元推理文庫他日本語訳多数）Gérard de Villiers, la série « SAS »
1965USA	フランク・ハーバート『デューン』
1967 日本	筒井康隆『時をかける少女』
1968	アルベール・コーエン『選ばれた女』（紋田廣子訳、国書刊行会、2006）Albert Cohen, *Belle du seigneur,* Gallimard
1968USA	フィリップ・K・ディック『アンドロイドは電気羊の夢を見るか』
1974USA	スティーヴン・キング『キャリー』
1976USA	アン・ライス『インタヴュー・ウィズ・ザ・ヴァンパイア』
1977	セバスチアン・ジャプリゾ『殺意の夏』（望月芳郎訳、創元推理文庫、1980）Sébastien Japrisot, *L'Été meurtrier,* Denoël
	ハーレクイン、フランスに到来
1978	ハーレクイン、日本到来
1979 日本	栗本薫『豹頭の仮面』《グイン・サーガ》シリーズ開始
1980	ジョルジュ＝ジャン・アルノー《氷河鉄道》シリーズ開始 Georges-Jean Arnaud, la série « La Compagnie des glaces »
1981-2007	レジーヌ・デフォルジュ《青い自転車》シリーズ開始（集英社に日本語訳有）Régine Deforges, la série « La Bicyclette bleue »
1984	マルグリット・デュラス『愛人』（清水徹訳、河出文庫、1992）Marguerite Duras, *L'Amant,* Minuit
1985	ダニエル・ペナック『人食い鬼のお愉しみ』（中条省平訳、白水μブックス、2000）Daniel Pennac, *Au bonheur des ogres,* Gallimard, « Série Noire » フィリップ・ディジャン『37度2分』（三輪秀彦訳『ベティ・ブルー』、ハヤカワ文庫、1987）Philippe Djian, *37°2 le matin,* Bernard Barrault
1991	フレッド・ヴァルガス《アダムスベルク警視》シリーズ（創元推理文庫に日本語訳有）Fred Vergas, la série « Commissaire Jean-Baptiste Adamsberg »
1993	ヴィルジニー・デパント『バカなヤツらは皆殺し』（稲松三千野訳、原書房、2000）Virginie Despentes, *Baise-moi,* Florent Massot
1995	フレッド・ヴァルガス《三聖人》シリーズ（創元推理文庫に日本語訳有）Fred Vargas, la série « Les Évangélistes » クリスチアン・ジャック《ラムセス》シリーズ（山田浩之訳『太陽の王ラムセス』全5巻、1999-2000、角川文庫他日本語訳有）Christian Jacq, la série « Ramsès »
1996USA	ジョージ・R・R・マーティン《ゲーム・オヴ・スローンズ［七王国の玉座］》シリーズ開始
1997UK	J・K・ローリング『ハリー・ポッターと賢者の石』《ハリー・ポッター》シリーズ開始

大衆小説年表（主要作品・媒体・歴史的事件など）

1998	ジャン＝クリストフ・グランジェ『クリムゾン・リバー』（平岡敦訳、創元推理文庫、2001）Jean-Christophe Grangé, *Les Rivières pourpres*, Albin Michel
1999	ミシェル・ウェルベック『素粒子』（野崎歓訳、ちくま文庫、2006）Michel Houellebecq, *Les Particules élémentaires*, Flammarion
	モーリス・G・ダンテック『バビロン・ベイビーズ』（平岡敦訳、太田出版、2009）Maurice G. Dantec, *Babylon Babies*, Gallimard, « La Noire »
2001	アメリ・ノートン『畏れ慄いて』（藤田真利子訳、作品社、2000）Amélie Notomb, *Stupeur et Tremblement*, Albin Michel
2001-2005	ピエール・プヴェル《ヴィールシュタット》シリーズ　Pierre Pevel, la série « Wielstadt », Fleuve Noir
2002	シャンタル・トマ『王妃に別れを告げて』（飛幡祐規訳、白水社、2012）Chantal Thomas, *Les Adieux à la reine*, Seuil
2003USA	ダン・ブラウン『ダ・ヴィンチ・コード』
2004	ヴィルジニー・デパント『バイバイ、ブロンディ』Virginie Despentes, *Bye Bye Blondie*, Grasset
	パトリック・ウドリーヌ『空飛ぶ暴力円盤』　Patrick Eudeline, *Les soucoupes violentes*, Grasset
	ジェラール・モルディヤ『生者と死者』Gérard Mordillat, *Les Vivants et les Morts*, Calmann-Lévy
2005USA	ステファニー・メイヤー《トワイライト》シリーズ開始
2007	マティアス・マルジウ『機械仕掛けの心臓』　Mathias Malzieu, *La Mécanique du Cœur*, Flammarion
2008	ジャン・トゥーレ『モンテスパン侯爵』Jean Teulé, *Le Montespan*, Julliard
2011	ピエール・ルメートル『アレックス』（橘明美訳『その女アレックス』、文春文庫、2014）Pierre Lemaitre, *Alex*, Albin Michel
2014	ジョアン・スファール『グランクラピエ　古き時代の物語』Joann Sfar, *Grandclapier Un roman de l'ancien temps*,　Gallimard Jeunesse
2015-2017	ヴィルジニー・デパント、《ヴェルノン・シュビュテックス》シリーズ　Virginie Despentes, la série « *Vernon Subutex* »

索　引

論文・年表に記載されたもの。登場人物名は除く。

題名索引（和文）

あ

『アーカンソーの罠猟師』　152

『アーサー・ゴードン・ピムの物語』　150

『アイヴァンホー』　149

『愛人』　159

《愛読書》コレクション　156

『愛慾』　150

《青い自転車》シリーズ　159

『悪魔の回想録』　150

『悪魔の息子』　84

『悪魔ロベール』　148

《アダムスベルク警視》シリーズ　159

『アタラ』　149

『アデル・ド・セナンジュ』　148

『アトランティスの女王』　156

『アドルフ』　149

《アルセーヌ・ルパン》シリーズ　155

『ある貧しき青年の話』　152

『ある民衆の男の話』　153

『アレックス』　103, 114, 160

《アンジェリック》シリーズ　158

『アンディアナ』（『アンヂアナ』）　150

『アンドロイドは電気羊の夢を見るか』　159

い

『家なき子』　154

『居酒屋』　94, 97

『一寸法師』　157

『インタヴュー・ウィズ・ザ・ヴァンパイア』　159

う

『ヴァレリー』　149

《ヴィールシュタット》シリーズ　160

『ヴィクトル、または森の子ども』　149

『ウーリカ』　150

『ヴェルノン・シュビュテクス』　105, 106, 108, 109, 110, 111, 112, 113, 115, 117, 123, 124, 125, 129, 131

《ヴェルノン・シュビュテックス》シリーズ　160

『うたかたの日々』　157

『美しい妹』（『かわいいこと』）　115

え

『永遠なる者』　103

『絵入り小説』　151

《SAS》シリーズ　159

『エドゥアール』　150

『エマニエル夫人』（『エマニュエル』）　158

『エマニュエル』　158

『選ばれた女』　159

『エリザベットまたはシベリアの亡命者たち』　149

「エレーヌと血」　116, 119, 121

お

『王妃に別れを告げて』　160

『O嬢の物語』　158

『お菊さん』　154

『畏れ慄いて』　160

『オノリーヌ・デュゼルシュ』　149

『オペラ座の怪人』　2, 156

『おまえは今世紀とともにくたばる』　105, 107, 109, 122

『オム族がいっぱい』　158

《オムニビュス》コレクション　37

『オリヴァー・ツイスト』　150

『オリエント急行殺人事件』 4

『女スパイの心情』 36

か

『カーニヴァルの子ども』 149

『怪傑キャピタン』 155

『怪傑ゾロ』 127

『海底二万里』 2, 153

『革命と反動の図像学』 41, 48, 57, 79

『価値の詩学』 40

《家庭‐小説》コレクション 156

『悲しみよこんにちは』 158

《仮面》コレクション 157

『カランダル』 77

『カルトゥーシュ伝』 148

『かわいいこと』 105, 109, 112, 115, 124

『巌窟王』(『モンテ・クリスト伯』) 2

『感情教育』 3

き

『黄色い部屋の秘密』 155

『機械仕掛けの心臓』 160

『気球に乗って5週間』 153

『狐物語』 22

『キャピテン・フラカス』 152

『キャリー』 159

『吸血鬼ドラキュラ』 155

『凶星』 116

《仰天本》コレクション 156

『曲芸する雌犬たち』 105, 108, 109

『キングコング理論』 106, 107, 120

く

《グイン・サーガ》シリーズ 159

『屈辱のロジェ』 154

『グラン・モーヌ』 156

『グランクラピエ』 104, 160

『クリムゾン・リバー』 160

『クレール・ダルブ』 149

《クローディーヌ》シリーズ 155

『クロードの告白』 78

『黒服の貴婦人』 60

け

《ゲーム・オヴ・スローンズ[七王国の玉座]》シリーズ 159

『言説における論証』 40

こ

《小型本》コレクション 157

『黒衣』 153

《国民の書》コレクション 156

《5サンチーム挿絵入り本》コレクション 155

『国境の黒服女』 36

『子ども新聞』 150

『この父にしてこの娘』(『ティーンスピリット』) 115

『コリンナ　美しきイタリアの物語』(『コリンヌ』) 149

『コリンヌ』 149

《コレクション・パリジェンヌ》コレクション 157

『金色夜叉』 155

さ

『酒場』 12

《挿絵入り大衆小説》コレクション 14

《挿絵入り恋愛小説》コレクション 157

《挿絵つき新コレクション》コレクション 29

《挿絵本》コレクション 156

『殺意の夏』 159

『さまよえるユダヤ人』 151

『サリュ・ピュブリック』 85

『猿の惑星』 158

《サン・アントニオ》シリーズ 120, 158

『サン・アントニオ』 158

『三銃士』 2, 3, 4, 5, 6, 151

『37度2分』 159

《三聖人》シリーズ 159

『簒奪者[徳川家康]』 153

し

『シエクル』 150

『ジェローム』 149

『ジゴマ』 156

『死者の中から』 158
『死女の願い』 78
『下町の子ども』 153
『実験小説論』 94
『嫉妬』(『バイバイ、ブロンディ』) 114
《シャーロック・ホームズ》シリーズ 155
《ジャン＝ポール・ショパールの冒険》シ
　リーズ 150
《週刊小説》コレクション 36
「19・20世紀の大衆小説の読者」 11
《ジュール・ヴェルヌ・コレクション》 153
『ジュスチーヌ、または美徳の不幸』 148
『ジュルナル』 155
『ジュルナル・デ・デバ』 39
『純潔と穢れ』 155
『少女的黙示録』 105, 108, 110, 111, 112,
　127, 129
『小説家の伝記に関する小文献目録』 14
『ジョルジェットまたは役人の姫』 149
『ジル・ブラース物語』 148
『新エロイーズ』 148
《新パリの秘密／ネストール・ビュルマ》
　シリーズ 158

す
『スイユ テクストから書物へ』 19
『スカーフェイス』 129
『筋立てのメカニズム』 40
『棄子のフランソワ』 151
《ステラ》コレクション 156
『ストーリーテリング　物語生産と精神の
　画一化』 25
「すみれ」 76

せ
『生者と死者』 160
『青春残酷物語』 121
『製鉄工場長』 154
『セヴリーヌ』 149
『せむし男』 152
《セリ・ノワール》コレクション 157
《007》シリーズ 158

『戦場にかける橋』 158
『千夜一夜物語』 148

そ
『その女アレックス』(『アレックス』) 103,
　114, 160
『その向こうに噛みつく』 116
「ソフィー・ジョコンド」 105, 107, 109,
　125
『ソフィーのいたずら』(『ソフィの災
　い』) 152
『ソフィの災い』 152
『ソフィ物語』(『ソフィの災い』) 152
『空飛ぶ暴力円盤』 105, 108, 109, 123, 125,
　160
『素粒子』 160

た
『ダ・ヴィンチ・コード』 160
《大衆コレクション》コレクション 156
『大衆小説』 3, 15, 49
『大衆的なものの生産』 26
《大衆の書》コレクション 36, 37, 38, 155
『太陽の巫女』(『簒奪者［徳川家康］』) 153
『宝島』 154
『谷間の百合』 150
『谷間のゆり』(『谷間の百合』) 150
『ダルタニャンの息子』 6

ち
《小さな書物》コレクション 156
『地下鉄のザジ』 158
『挑発としての文学史』 20
《著名作家》コレクション 154

つ
『椿姫』 151
『冷たい汗』(『死者の中から』) 158

て
『ティーンスピリット』 105, 106, 109, 110,
　114, 115, 117, 122, 126
『テオフラスト・ロンゲの二重生活』 155
《鉄道文庫》コレクション 152
『デューン』 159

『テルマ＆ルイーズ』　114
『テレーズ・ラカン』　97
『天国でまた会おう』　103

と
『逃走した少女たち』　114
『童貞王』　154
『時をかける少女』　159
『毒の女』　105, 107, 109, 110, 125, 130
『時計じかけのオレンジ』　129
『ドミニク』　152
『トレジャー・ハンター』　155
《トワイライト》シリーズ　160

な
『ナナ』　154
『怠け者たち』　129

に
『ニオール館』　152
『20 世紀』　154
『ニノンへのコント』　78

の
『呪われた娘』　51, 64, 66, 154

は
『バイバイ、ブロンディ』　105, 110, 112,
　　114, 121, 123, 125, 134, 160
『バカなヤツらは皆殺し』（『ベーズ・モワ』）
　　105, 159
『爆弾の降りしきる下で踊ろう』　105, 109,
　　112, 122, 124, 126
『八十日間世界一周』　153
『母の幻想』　150
『バビロン・ベイビーズ』　160
《バラ叢書》コレクション　152
《ハリー・ポッター》シリーズ　159
『ハリー・ポッターと賢者の石』　159
『パリのドラマ』　152
『パリの秘密』　39, 82, 151
『パリの屋根裏』　153
『パリの夜』　148
《パルダイヤン》シリーズ　155
『パルダイヤン物語』　35, 155

『パルミールとフラミニー』　149
『パンクの冒険』　118
《万人叢書》コレクション　152
『パン運びの女』　38, 63, 154

ひ
『緋色の研究』　155
『美女と野獣』　148
『人食い鬼のお愉しみ』　159
《氷河鉄道》シリーズ　159
『豹頭の仮面』　159
『氷島の漁夫』　29

ふ
『ファニー』　152
《ファマ》コレクション　156
《ファントマス》シリーズ　156
『ファントマス』　38，60
『ファンファン』　154
『フィガロ』　77
『フィギュール III』　40
《ブカン》コレクション　37
『二つのゆりかご』　154
『二人の子ども』　154
『二人の子どものフランス一周』　154
『二人のみなしご』　46, 53, 54, 58, 59, 154
《プチ・ニコラ》シリーズ　158
『プティ・ジュルナル』　30, 51, 153
『プティ・ジャックとジョルジェット、ま
　　たはオーヴェルニュの山の子ども』　149
『プティ・パリジャン』　154
《プティ・ロマン》コレクション　157
『プティット・レピュブリック』　155
『ブラッサン征服』　97, 99
『フランス・ポルノグラフィック・エロ
　　ティック映画事典』　113
『プレス』　150
『プロヴァンス通報』　70, 73, 76, 78, 79, 80,
　　81, 82, 90, 91, 92
『文学の思考サント＝ブーヴからブルデュー
　　まで』　16
『文章からスクリーンへ』　34

へ
『ベーズ・モワ』 104, 105, 106, 107, 109, 110, 111, 113, 114, 116, 117, 121, 122, 129, 134
『ベティ・ブルー』（『37度2分』） 159
『ベルフェゴール』 157
『ベルフェゴール』［研究誌］ 12
『変異する女たち：ポルノパンク・フェミニズム』 106

ほ
『ボヴァリー夫人』 31
《ポケット文庫》コレクション 156
『星の王子さま』 157
《ボブ・モラーヌ》シリーズ 158
『ポリー・マグー、あなた誰』 119
「ポリー・マグー特殊部隊」 118, 119

ま
『マタン』 154, 155
『街角の歌い手』 155
『マティルド』 149
『マドモワゼル・ド・クレルモン』 149
『魔の沼』 151
『マノン・レスコー』 148
『蝮を手に』 157
《マラブー》コレクション 157
『マルヴィーナ』 149
『マルグリット・エモン』 149
『マルセイユの秘密』 7, 70, 71, 72, 73, 74, 75, 76, 77, 78, 79, 80, 81, 82, 85, 87, 88, 89, 90, 91, 92, 94, 97, 99, 100, 101, 153
『マルティール通り』 105, 109, 111, 124

み
『3つの星』 116
《緑文庫》コレクション 36
『宮本武蔵』 157
『民衆』 15
『みんなの新聞』 152

む
『昔話の形態学』 13
《メグレ》シリーズ 157

『めまい』（『死者の中から』） 158

も
『盲人の歴史　中世から現代まで』 58
『モープラ』 150
『物語における読者』 47
『物語の緊迫感』 40
『森を駆けめぐる者』 151
『モンテ・クリスト伯』 2, 36, 38, 83, 84
『モンテスパン侯爵』 160
『モンリオン伯爵夫人』 151

ゆ
《優良大衆小説》コレクション 156
『床を転げ回る小男』 105
「雪」 76
『指輪物語』 158

よ
『読み書き能力の効用』 24

ら
『ラヴァレードの5スー』 155
《ラムセス》シリーズ 159

り
『リムーザン地方年代記』 150
『リヨン郵便事件』 153

る
「ルイ・ルイ」 131
『類人猿の王ターザン』 156
『ルーゴン家の運命』 97, 99
『ルルージュ事件』 153

れ
『レ・ミゼラブル』 152
『恋愛結婚』（『テレーズ・ラカン』の初出タイトル） 97

ろ
『ロール・デステル』 149
《ロカンボール》シリーズ 152
『ロカンボール』［研究誌］ 12, 35, 37
『ロカンボール最後の言葉』 153
『ロカンボールの復活』 153
「ロラのベッドで」 113
『ロンドンの秘密』 151

わ

《私の愛読書》コレクション　156

《私の小説》コレクション　156

《私の恋愛小説》コレクション　157

『藁ぶき屋根の家での集い』　154

題名索引（欧文）

A

À la rencontre du populaire 70

Acte de lecture 16, 32, 35, 46, 88

Adèle de Sénange 148

Adieux à la reine 160

Adolphe 34, 44, 46, 54, 149, 154

L' Affaire du courrier de Lyon 153

L' Affaire Lerouge 153

Alex 14, 18, 31, 48, 103, 151, 160

L' Amant 159

Amours, aventures et mystères, ou le roman qu'on ne peut pas lâcher 16

Angélique [série] 158

Annales. Économies, Sociétés, Civilisations 30

Apocalypse bébé 105

L' Argent et les lettres. Histoire du capitalisme d'édition. 1880-1920 29

L' Argumentation dans le discours 40, 58, 64

Arsène Lupin [série] 155

Atala 149

L' Atlantide 156

Au bonheur des ogres 159

Au revoir là-haut 103

Auteurs célèbres [collection] 154

Aventure punk 119

Les Aventures de Jean-Paul Choppart 150

B

Babylon Babies 160

Baise-moi 105, 114, 115, 121, 159

Belle du seigneur 159

La Belle et la Bête 148

Belphégor 157

Belphégor [revue d'études] 12, 14, 64, 141

La Bibliographie et la sociologie des textes 29

Bibliothèque pour tous [collection] 152

La Bibliothèque rose [collection] 152

Bibliothèque verte [collection] 36

Bibliothèques des chemins de fer [collection] 30

La Bicyclette bleue [série] 159

Bob Morane [série] 158

Bonjour Tristesse 158

Le Bossu 152

Boulevards du populaire 16, 29, 43

Bouquins [collection] 35

Bowie : L'autre histoire 111, 117

Bye Bye Blondie 105, 113, 114, 125, 160

C

Cahiers de Narratologie, Analyse et théorie narrative 50

Les Cahiers Naturalistes 70, 72, 94

Calandau 77

Le Camelot et la rue. Politique et démocratie au tournant des XIXe et XXe siècles 22

Le Capitaine Fracasse 152

Le Capitan 155

Ce siècle aura ta peau 105, 107

Ces livres que vous avez aimés. Les best-sellers au Québec de 1970 à aujourd'hui 16

Chanteuse des rues 56, 155

Chaste et flétrie 155

Le Chercheur de trésors 155

Les Chiennes savantes 105

Chroniques limousines 150

Cinq semaines en ballon 153

Les Cinq sous de Lavarède 155

Claire d'Albe 149

Claudine [série] 155

Cœur d'espionne 36

Collection Parisienne [collection] 157

Collection populaire [collection] 156

Les Collections de romans populaires et leur conservation dans les fonds patrimoniaux de la Bibliothèque nationale de France : l'exemple du « livre populaire » de la Librairie Arthème Fayard   31

Commando Polly Magoo   119

Le Commerce de la librairie en France au XIXe siècle 1789–1914   30

Commissaire Jean-Baptiste Adamsberg [série]   159

La Compagnie des glaces [série]   159

Le Comte de Monte-Cristo   31, 33, 83, 151

La Comtesse de Monrion   151

La Confession de Claude   78, 79

Le Constitutionnel   151, 153

Conte cruel de la jeunesse   121

Les Contes à Ninon   78

Les Contre-littératures   17

Corinne   149

Correspondance (Zola)   79, 89, 91

Le Coureur des bois   151

Le Courrier français   151

La Culture du pauvre   24

Culture écrite et société : l'ordre des livres XIVe-XVIIIe siècle   29

D

D'entre les morts   158

La Dame aux camélias   151

La Dame en noir   60, 61

La Dame noire des frontières   36

Dans le lit de Lola   113

Dansons sous les bombes   105

De l'écrit à l'écran. Littératures populaires : mutations génériques, mutations médiatiques   26, 34, 113

De Superman au surhomme   13, 64

Le Dernier mot de Rocambole   153

Des Torrents de papier. Catholicisme et lectures populaires au XIXe siècle   16

Les Deux Berceaux   53, 154

Deux Gosses   154

Les Deux Orphelines   45, 46, 154

Dictionnaire des films français pornographiques & érotiques 16 et 35 mm.   113

Les Discours du cliché   54

Dominique   152

La Double Vie de Théophraste Longuet   155

Douleurs, souffrances et peines. Figures des héros populaires et médiatiques   44

Les Drames de Paris   152

E

Les Échappées   114

L'Écume des jours   157

Edouard   150

L'Effet-personnage dans le roman   38, 53

Élisabeth ou Les Exilés de Sibérie   149

Emmanuelle   158

L'Enfant du Carnaval   149

L'Enfant du faubourg   153

Entretiens sur la paralittérature   12, 14, 17, 23

L'Été meurtrier   159

L'Éternel   103

Études littéraires   13, 26

L'Europe [Journal]   151

Europe [revue d'études]   13, 28, 151

Les Évangélistes [série]   159

F

La Fabrique des singularités. Postures littéraires II   39

Fama [collection]   156

Fanfan   154

Fanny   152

Fantômas   38, 60, 156

Fantômas [série]   38, 60, 156

Le Fantôme de l'Opéra   156

Fictions populaires   12, 22, 30, 40

Le Figaro   77, 154

Figure III   40

La Fille maudite   50, 51, 52, 64, 154

Finding the Plot : Storytelling in Popular Fictions 26

Foyer-Revue 156

Foyer-Romans [collection] 156

François-le-Champi 151

Frontières du littéraire. Littératures orales et populaires Brésil/France 12

G

Le Gaulois 156

Georgette ou la nièce du tabellion 149

Le Grand Meaulnes 156

Grandclapier Un roman de l'ancien temps. 104, 160

H

Les Habits noirs 153

Hard 113

Hebdo-Romans [collection] 36

Hélène et le sang 120, 121

Histoire d'O 158

Histoire d'un homme du peuple 153

Histoire de Gille Blas de Santillane 148

Histoire de l'édition française. III. Le temps des éditeurs. Du romantisme à la Belle Époque 18

Histoire de la littérature française, de 1789 à nos jours 99

Histoire de la vie et du procès du fameux Louis-Dominique Cartouche, et de plusieurs de ses complices 148

Histoire de la vie privée. 4. De la Révolution à la Grande Guerre 65

L' Histoire du chevalier Des Grieux et de Manon Lescaut 148

Histoire du roman populaire en France de 1840 à 1980 13

L' Homme masqué. Le justicier et le détective 40

Honorine d'Userche 149

L' Hôtel de Niorres 152

L' Humanité 100

I

Les Illusions maternelles 150

L' Illustration 155

L' Illustré à 5 centimes [collection] 155

Indiana 150

L' Institution de la littérature 17

Introduction à la paralittérature 13, 19, 43, 53, 55, 63, 67, 82

J

Jérôme 149

Les Jolies choses 105, 115

Le Journal des débat 39, 150, 151

Journal des enfants 150

Le Journal pour tous 152

Le Journal 30, 32, 39, 72, 88, 150, 151, 152, 155

Le Juif errant 35, 151

Julie ou la Nouvelle Héloïse 148

Justine ou Le Malheur de la Vertu 148

K

King kong théorie 107, 120

L

Laure d'Estelle 149

Lector in fabula Le rôle du lecteur ou la coopération interprétative dans les textes narratifs 23

La Lecture et la vie. Les usages du roman au temps de Balzac 16, 48

La Lecture et ses publics à l'époque contemporaine. Essais d'histoire culturelle 18

Les Bons Romans populaires [collection] 156

Lire à Paris au temps de Balzac, les cabinets de lecture 15

Lire/Dé-lire Zola 70

Littérature et réalité 53

Livre de poche [collection] 125, 156

Livre épatant [collection] 156

Livre favori [collection] 156

Le Livre illustré [collection] 37, 156

Le Livre national [collection] 37, 156

Le Livre populaire [collection]   36, 55, 155

Louie Louie   132

Louis Hachette (1800-1864). Le fondateur
d'un empire,   30

Le Lys dans la vallée   150

M

Madame Bovary   31

Madame Chrysanthème   154

Mademoiselle de Clermont   149

Le Magasin d'éducation et de récréation   153

Le Magasin du XIXe siècle   70

Maigret [série]   157

Le Maître de forges   154

Les Malheurs de Sophie   152

La Malle   105

Malvina   149

Les Mansardes de Paris   153

Marabout [collection]   157

La Mare au Diable   151

Marguerite Aimond   149

Marseille à la Une L'Âge d'or de la presse au
XIXe siècle   82

Le Masque [collection]   157

Mathilde   149

Le Matin   62, 154, 155, 156, 159

Mauprat   150

Mauvaise étoile   116

La Mécanique du Cœur   104, 160

Médias et journalistes de la République   29, 145

Les Mémoires du diable   150

Le Messager de Provence   71, 73, 81, 90, 153

Mille et une nuits   148

La Mise au pas des écrivains. L'impossible
mission de l'abbé Bethléem au XXe siècle   16

Les Misérables   152

La Mode nationale   156

Mon Livre favori [collection]   156

Mon Roman d'amour [collection]   157

Mon Roman [collection]   131, 156, 157

Le Moniteur   152

Le Montespan   160

Mordre au travers   116

Morphologie du conte   13

Mutantes : Féminisme porno punk   106

Le Mystère de la chambre jaune   38, 155

Les Mystères de Londres   151

Les Mystères de Marseille   22, 69, 70, 71, 72,
73, 77, 80, 81, 89, 90, 93, 94, 153

Les Mystères de Paris Eugène Sue et ses
lecteurs   79

N

Nana   70, 154

La Neige   76

The New Cultural History   25

Nouveaux Mystères de Paris / Nestor Burma
[série]   158

Nouvelle collection illustrée [série]   29

La Novellisation. Du film au livre (Novelization
: From Film to Novel)   34

Les Nuits de Paris   148

O

Omnibus [collection]   37

Oms en série   158

L'Ordre   29, 151

Ourika   150

P

Palmyre et Flaminie   149

La Paralittérature   12, 13, 14, 16, 17, 19, 23,
43, 53, 55, 63, 67, 82

Les Pardaillan   35

Parlez-moi d'Amour. Le roman sentimental.
Des romans grecs aux collections de l'an
2000   43

Les Particules élémentaires   160

La Patrie   152

Le Pays   153

Pêcheur d'Islande   29

Le Petit gars qui se roulait par terre   105

Le Petit Journal   30, 50, 51, 153, 154, 155

Le Petit Livre [collection]   156

Petit Nicolas [série]   158
Le Petit Parisien   154, 155, 157
Le Petit Prince   157
Le Petit Roman [collection]   157
Petite Bibliographie biographico-romancières   14
La Petite Presse   153
La Petite République   154, 155
Petit-Format [collection]   157
Petit-Jacques et Georgette, ou Les petits montagnards auvergnats   149
Le Peuple   15, 44, 106
Les Pieds Nickelés   129
La Planète des singes   158
Poetic   47
Poétique de la prose   20
Poétique des valeurs   40, 60, 63
Poétique du support et captation romanesque : la « fabrique » de son lecteur par le roman de la victime de 1874 à 1914   36
Le Pont de la rivière Kwai   158
La Porteuse de pain   36, 53, 84, 154
Postures littéraires. Mises en scène modernes de l'auteur   39
Pour une esthétique de la littérature mineure   17
Pour une esthétique de la réception   20
Pourquoi la fiction ?   26
Les Pratiques culturelles de grande consommation- le marché francophone   16
Presse, feuilleton et publicité au début du XXe siècle. Les campagnes de lancement du Journal   30
La Presse   82, 150, 151
Problèmes de l'écriture populaire au XIXe siècle   44
Production de l'intérêt romanesque. Un état du texte (1870-1880), un essai de sa théorie   23
Production(s) du populaire   26

Q

La Querelle du roman-feuilleton   Littérature presse et politique   un débat précurseur (1836-1848)   11, 43, 101
Qui êtes-vous Polly Maggoo ?   119

R

Ramsès [série]   159
La Résurrection de Rocambole   153
Revue d'histoire littéraire de la France   31
La Revue de Paris   150
Revue des Deux Mondes   11, 43, 101, 150, 151, 152
La Revue nationale et étrangère   152
Les Rivières pourpres   160
Le Rocambole [revue d'études]   11, 12, 35, 36, 38, 70
Roger la Honte   154
Le Roi vierge   154
Le Roman à thèse ou l'autorité fictive   22, 60
Roman d'amour illustré [collection]   157
Le Roman de Renard   152
Le Roman du quotidien : lecteurs et lectures populaires à la Belle Époque   73
Le Roman d'un jeune homme pauvre   13, 152
Le Roman populaire 1836-1960. Des premiers feuilletons aux adaptations télévisuelles   11, 44
Le Roman populaire en question(s)   39
Le Roman populaire français (1789-1914). Idéologies et pratiques   13, 43
Le Roman-feuilleton français au XIXe siècle   13
Romans illustrés   151
Les Romans populaires illustrés   9
Les Romans populaires   15, 35, 49, 66, 67, 69, 82
Romantisme   18, 27, 28
Les Rouages de l'intrigue   40
Rue des Martyrs   105

S

San Antonio [série]   158
Sans Famille   154
SAS [série]   24, 50, 52, 127, 152, 159
Série Noire [collection]   157, 159
Seuils   19
Séverine   149
Le Siècle   150, 151, 152, 153, 154
La Sœur du soleil   153
Le Soleil   153
Sophie Joconde   105
Les Soucoupes violentes   105, 160
Stella [collection]   97, 98, 156
Storytelling. La machine à fabriquer des histoires
   et à formater les esprits   25, 26
Stupeur et Tremblement   160
Sueurs froides   158

T

Tapis-franc   12
Teen spirit   105, 127
Tel père telle fille (Teen spirit)   115
Le Temps   18, 153
La Tension narrative   40, 45
La Terrible et merveilleuse vie de Robert le
   Diable, Lequel après fut Homme de
   bien   148
Le Texte descriptif   21
Le Tour de France par deux enfants   154
Le Tour du monde en quatre-vingts jours   153
Transparence intérieure. Modes de représentation
   de la vie psychique dans le roman   61
Les Trappeurs de l'Arkansas   152
37°2 le matin   159
Trois étoiles   116
Les Trois Mousquetaires   31, 151

U

Un duel social (Les Mystères de Marseille)   92
L' Usurpateur   153

V

Valérie   149
La Valeur littéraire. Figuration littéraire et
   usages sociaux des fictions   57
Les Veillées des chaumières   154
Vénéneuse   105, 125, 131
Vernon Subutex   105, 123, 127, 130, 132,
   133, 160
Vernon Subutex [série]   105, 123, 127, 130,
   132, 133, 160
Vertigo   158
Victor, ou l'Enfant de la forêt   149
Vingt ans après   31
Vingt mille lieues sous les mers   153
Le Vingtième Siècle   154
Les Violettes   76
Vipère au poing   157
Les Vivants et les Morts   160
Vivre sans voir. Les Aveugles dans la société
   française, du Moyen Age au siècle de Louis
   Braille   58
Le Vœu d'une morte   78
La Voie humide   113
Le Voltaire   154
Volupté   96, 150
Les Voyages extraordinaires [série]   153

W

Wielstadt [série]   160

Z

Zazie dans le métro   158
Zigomar   156
Zola [Biographe]   72
Zola et les historiens   99

人名索引（和文）

アルファベット

A. S. ドラゴン　116

あ

アヴァール，ギュスタヴ　151
アスファルトジャングル　104, 118, 119
アビラシェッド，ロベール　99
アモシー，リュット　40, 54, 57, 63
アラン，マルセル　38, 60, 156
アリデー，ジョニー　105, 108, 123
アルサン，エマニュエル　158
アルティアガ，ロイック　11
アルノー，ジョルジュ＝ジャン　159
アルノー，レオポル　76
アンデルソン，ラファエラ　113
アント，アダム　128

い

イーザー，ウォルフガング　35, 46, 56, 57,
　66
石井洋二郎　16

う

ヴァラブレーグ，アントニー　79
ヴァルガス，フレッド　159
ヴァレイユ，ジャン＝クロード　4, 12, 14,
　20, 22, 24, 32, 35, 43, 84
ヴィアン，ボリス　157
ヴィリエ，ジェラール・ド　159
ヴィルヌーヴ夫人　148
ヴェイガン，ジナ　58
ウェストウッド，ヴィヴィアン　128
ヴェルヌ，アンリ　158
ヴェルヌ，ジュール　2, 18, 69, 153
ヴェルネー，カティ　115
ウェルベック，ミシェル　160
ウォルフ，カミーユ　30
ヴジィ，マックス・ド　155
ウドリーヌ，クリスチャン　124
ウドリーヌ，パトリック　8, 34, 103, 104,
　124, 133, 160
ウル，ステファン　158

え

エーコ，ウンベルト　13, 20, 23, 46, 47, 49,
　64
江戸川乱歩　157
エマール，ギュスタヴ　152
エルクマン，エミール（エルクマン＝シャ
　トリアン）　18
エルクマン＝シャトリアン　153
エルバズ，ヴァンサン　115

お

大槻ケンヂ　104
小倉孝誠　16, 39, 41, 48, 55, 57, 79
尾崎紅葉　155
オネ，ジョルジュ　154

か

ガタリ，フェリックス　4
カパンデュ，エルネスト　152
ガボリオ，エミール　153
ガラン，アントワーヌ　148
ガラン，エドゥアール　157
カリファ，ドミニク　26
ガルヴァン，ジャン＝ピエール　79
カン，アラン　124
ガンズブール，セルジュ　116, 130

き

ギーズ，ルネ　12, 28, 35
キューブリック，スタンリー　129
キュビエール夫人　149
キング，スティーヴン　159

く

クーパー，フェニモア　18
クエニャ，ダニエル　19, 20, 21, 29, 32, 40,
　43, 45, 53, 55, 63, 66, 67, 82, 84
クノー，レーモン　158
クライン，ウィリアム　119

クラス　129
グラック，ジュリアン　40
グランジェ，ジャン＝クリストフ　160
グリヴェル，シャルル　23
栗本薫　159
クリュドネール夫人　149
クロウリー，アレイスター　117

け
ゲー，ソフィ　149
ゲージュ，エメ　94

こ
コーエン，アルベール　159
ゴーティエ，ジュディット　153
ゴーティエ，テオフィル　152
コーン，ドリット　61
ゴシニー，ルネ　158
コタン夫人　149
コック，ポール・ド　149
コティヤール，マリオン　115
コリンズ，フィル　123
コレット，シドニー＝ガブリエル　155
ゴロン，アンヌ＆セルジュ　158
ゴワマール，ジャック　28
コンスタン，エレン　15, 34, 37, 43, 55
コンスタン，バンジャマン　149
コントリュッチ，ジャン　100
コンペール，ダニエル　3, 12, 15, 21, 35,
　39, 48, 49, 66, 67, 69, 72, 82, 83, 94

さ
サガン，フランソワーズ　158
ザコン，ピエール　153
サジ，レオン　156
サド侯爵　148
サルモン，クリスティアン　25
サンテグジュペリ，アントワーヌ・ド
　157
サンド，ジョルジュ　150, 151
サント＝ブーヴ，シャルル＝オーギュスタン
　11, 16, 43, 150

し
シェフェール，ジャン＝マリ　26
シェルフィ，マジッド　104
ジスカールデスタン，ヴァレリー　106
シムノン，ジョルジュ　157
ジャック，クリスチアン　159
シャトーブリアン，フランソワ＝ルネ・ド
　149
シャトリアン，アレクサンドル（エルクマ
　ン＝シャトリアン）　18, 153
シャピュイ＝モンラヴィル　151
ジャプリゾ，セバスチアン　159
シャム・シックスティナイン　128
シャリエール夫人　149
シャルチエ，ロジェ　25, 29
ジャンリス夫人　149
シュー，ウジェーヌ　18, 23, 25, 31, 32, 39,
　41, 48, 53, 69, 79, 151
ジューヴ，ヴァンサン　38, 40, 53, 56, 63
シュトックハウゼン，カールハインツ
　117
ジュネット，ジェラール　19, 40
ジラルダン，エミール・ド　150

す
スー，スージー　128
スーヴェストル，ピエール　38, 60
スクリュードライバー　128
スコット，ウォルター　18, 149
スタール夫人　149
スティーヴンスン，ロバート・ルイス
　154
ストーカー，ブラム　155
ストレンジ，スティーヴ　128
スファール，ジョアン　103, 160
スリエ，フレデリック　18
スレイマン，スーザン　22, 59, 60

せ
ゼヴァコ，ミシェル　27, 35, 155
セギュール伯爵夫人　152

174

セックスピストルズ　118, 128
セルトー，ミシェル・ド　25

そ
ゾラ，エミール　7, 22, 69, 78, 153, 154

た
ダール，フレデリック　120, 158
ダニャ，ジャック　90
ダンテック，モーリス，G　160

ち
チボーデ，アルベール　99

つ
辻仁成　104
筒井康隆　159

て
ディヴォワ，ポール　155
ティエス，アンヌ＝マリ　15, 29, 32, 39, 43, 48, 73, 76, 82
ディケンズ，チャールズ　150
ディジャン，フィリップ　159
ディック，フィリップ，K　159
ティティーヌ姉妹　121
デッドケネディーズ　129
デヌリ，アドルフ　34, 44, 45, 53, 54, 58, 59, 154
デノワイエ，ルイ　150
デパント，ヴィルジニー　8, 34, 103, 104, 114, 133, 159, 160
デフォルジュ，レジーヌ　159
デュクレ＝デュミニル，フランソワ　149
デュタック，アルマン　150
デュマ，アレクサンドル　6, 18, 31, 33, 34, 36, 48, 83, 151
デュマ・フィス，アレクサンドル　151
デュラス，マルグリット　159
デュラス夫人　150
テランティー，マリ＝エヴ　28
デリー　155
デリダ，ジャック　4

と
ドイル，コナン　155
トゥーレ，ジャン　160
ドゥクルセル，ピエール　154
ドゥルーズ，ジル　4
トドロフ，ツヴェタン　20
トマ，シャンタル　160
トリン＝ティ，コラリー　113
トルキーン，J・R・R　158
トルテル，ジャン　23

な
ナタン，ミシェル　12, 23

に
ニューヨークドールズ　128

の
ノートン，アメリ　160

は
ハーバート，フランク　159
パケ＝ブレネール，ジル　115
バザン，エルヴェ　157
パジョ，ジョルジュ　76
バック，カレン　113
ハッチンソン，ケント　104
バテンヌ，ヤン　34
ハムディ，ノラ　116
パラン＝ラルドゥール，フランソワーズ　15
バルザック，オノレ・ド　97, 108, 150
バルドー，ブリジット　107
バルバ，ギュスターヴ　14
パルマ，ブライアン・デ　129
バロウズ，ウィリアム　117
バローズ，E・R　156
バロニ，ラファエル　40, 47
バングス，レスター　117
パンソン＆パンソン＝シャルロ夫妻　130
ハント，リン　25

ひ
ビアフラ，ジェロ　129
ビエール，クリストフ　113
ピゴ＝ルブラン，シャルル　18

ピゴロー，アレクサンドル＝ニコラ　14

ピローニ，マルコ　128

ふ

ファーブル，アルノー・ド　90

フイエ，オクタヴ　152

ブヴェル，ピエール　160

ブール，ピエール　158

ブーレーズ，ピエール　117

フェヴァル，ポール　6, 18, 84, 151, 152, 153

フェヴァル・フィス，ポール　6

フェドー，エルネスト　152

フェリー，ガブリエル　151

フェリー，ジュール　15

プッシーライオット　129

ブノワ，ピエール　156

ブラース，オリヴィエ・ド　115

ブラウン，ダン　160

フラオ＝スーザ夫人　148

プリエト＝パブロス，フアン　47

ブリュエル，パトリック　115

ブリュノ，テュイルリ，オーギュスティー
ヌ，G　154

ブルトン，ポール　34

フルニエ，アラン　156

ブレイア，カトリーヌ　113

プレヴォ，アベ　148

フレミング，イアン　158

プロップ，ウラジミール　13

フロベール，ギュスターヴ　31

フロマンタン，ウジェーヌ　152

ブロムリーコンティンジェント　128

へ

ペナック，ダニエル　159

ベリー，チャック　117

ベリュリエノワール　116, 119, 120, 121,
129

ベルテ，エリー　150

ベルネード，アルチュール　157

ペロー，ミシェル　65

ほ

ボウイ，デヴィッド　111, 117

ボーフォール・ドプール夫人　149

ホガート，リチャード　24, 145

ボワイエ，アラン＝ミシェル　16

ボワロー＝ナルスジャック　158

ボンヴォワザン，ベルニー　104

ポンソン・デュ・テラーユ，ピエール＝ア
レクシ　152, 153

ま

マーティン，ジョージ，J・R・R　159

マガリ　157

マクラレン，マルコム　128

マケ，オーギュスト　3, 31

町田康　104

マッケンジー，ドナルド・F　29

マリー，ジュール　154

マルジウ，マティアス　104, 160

マルタン，マルク　29

マレ，レオ　108, 158

マロ，エクトル　154

マンデス，カテュル　154

み

ミゴジ，ジャック　12, 17, 21, 25, 26, 29,
43, 135

ミシュレ，ジュール　15

ミストラル，フレデリック　77

ミトラン，アンリ　72

ミヨ，モイーズ　153

め

メイヤー，ステファニー　160

メゾズ，ジェローム　39

メリメ，プロスペル　110

メルヴェル，シャルル　155

も

モーターヘッド　121

モリエ，ジャン＝イヴ　18, 22, 26, 29, 31

モルディヤ，ジェラール　160

モンテパン，グザヴィエ・ド　36, 37, 44,
53, 63, 154, 155

モンベール，サラ　27

や

ヤウス，ハンス，R　20

ゆ

ユゴー，ヴィクトル　152

よ

吉川英治　157

ヨハネパウロ2世　108

ら

ラーカーズ　128

ライオンズ，マーティン　18

ライス，アン　159

ラミュ，シャルル＝フェルディナン　40

り

リー，ブルース　118, 119

リシュブール，エミール　34, 44, 50, 53,
　60, 64, 153, 154

リッツ，マルク　26, 34

リボール，ロジェ　72

リヨン＝カーン，ジュディット　25, 32, 41

る

ル・ルージュ，ギュスターヴ　36

ルー，フランソワーズ・ド　90

ルサージュ，アラン・ルネ　148

ルソー，ジャン＝ジャック　148

ルノーブル，ブノワ　29

ルブラン，モーリス　155

ルメートル，ピエール　103, 114, 160

ルルー，ガストン　2, 38, 155, 156

れ

レアージュ，ポーリーヌ（オーリー，ドミ
　ニク）　158

レヴィ＝ストロース，クロード　8

レチフ・ド・ラ・ブルトンヌ　148

ろ

ローリング，J・K　159

ロセッティ，ガブリエル　117

ロゼン，エリシュヴァ　54

ロチ，ピエール　29, 31

ロビダ，アルベール　154

ロブ＝グリエ，アラン　40

わ

ワイルド，オスカー　107, 130, 131

ワット，イアン　53

人名索引（欧文）

A

Adam, Jean-Michel　21
Agrippa (Émile Zola)　92
Aimard, Gustave　152
Alain, Marcel　38, 60, 156
Alain-Fournier　156
Amossy, Ruth　40, 54, 58, 64
Anderson, Raffaëla　113
Andries, Lise　22
Ant Adam　128
Arnaud, Georges-Jean　159
Arnaud, Noël　12
Arsan, Emmanuelle　158
Artiaga, Loïc　11, 12, 16, 26, 44
A. S. Dragon　116
Aury, Dominique　158

B

Bach, Karen　113
Baetens, Jan　34
Bakker, B. H.　79
Bangs, Lester　117
Barba, Gustave　14
Baroni, Raphaël　40, 45, 46, 47
Bazin, Hervé　157
Beaufort d'Hautpoul, Mme de　149
Benoit, Pierre　156
Bernède, Arthur　157
Berry, Chuck　117
Berthet, Elie　150
Bérurier Noir　120, 121, 129
Bier, Christophe　113
Bleton, Paul　13, 16, 34, 43
Boileau-Narcejac　158
Bonvoisin, Bernie　158
Boulez, Pierre　117
Boulle, Pierre　158
Boyer, Alain-Michel　16

Bruno, G. (Augustine Tuillerie)　154
Burroughs, William　117

C

Capendu, Ernest　152
Certeau, Michel de　25
Chapuys-Montlaville　151
Charrière, Mme de　149
Chartier, Roger　18, 25, 29
Chateaubriand, François-René de　149
Chatrian, Alexandre (Erckmann-Chatrian)　18, 153
Cohen, Albert　159
Cohn, Dorrit　61
Colette, Sidonie-Gabrielle　155
Compère, Daniel　11, 15, 21, 35, 38, 40, 49, 67, 69, 72, 148
Constans, Ellen　14, 15, 16, 34, 37, 43, 44, 148
Constant, Benjamin　149
Contingent, Bromley　128
Cooper, Fenimore　18
Cottin, Mme　149
Couégnas, Daniel　13, 19, 20, 43, 44, 45, 53, 55, 63, 66, 67, 68, 82, 84
Crass　129
Cremona, Nicolas　12, 22
Crowley, Aleister　117
Cubières, Mme de　149

D

Dantec, Maurice G.　160
Dard, Frédéric　158
De la Garde, Roger　16
Dead Kennedys　129
Decourcelle, Pierre　154
Deforges, Régine　159
Delly　155
Desnoyers, Louis　150

Despentes, Virginie   34, 104, 105, 106, 107,
   113, 114, 115, 116, 120, 121, 123, 125, 127,
   130, 132, 133, 159, 160
Djian, Philippe   159
Dubois, Jacques   17
Ducray-Duminil, François   149
Dumas Fils, Alexandre   151
Dumas, Alexandre   18, 31, 48, 151
Dumasy, Lise   11, 13, 16, 43, 101, 148
Duras, Marguerite   159
Duras, Mme de   150
Dutacq, Armand   150

E

Échinard, Pierre   82
Eco, Umberto   13, 20, 23, 47, 49, 64
Ennery, Adolphe d'   34, 44, 154
Erckmann, Émile (Erckmann-Chatrian)   18,
   153
Erckmann-Chatrian   153
Ethuin, Philippe   36, 38
Eudeline, Christian   124
Eudeline, Patrick   34, 104, 105, 107, 111,
   116, 117, 119, 125, 128, 129, 131, 160

F

Ferry, Gabriel   151
Ferry, Jules   15
Feuillet, Octave   152
Féval, Paul   18, 151, 152, 153
Feydeau, Ernest   152
Flahaut-Souza, Mme de   148
Flaubert, Gustave   31
Fromentin, Eugène   152

G

Gaboriau, Émile   153
Gainsbourg, Serge   131
Galland, Antoine   148
Galvan, Jean-Pierre   79
Garand, Édouard   157
Gautier, Judith   153
Gautier, Théophile   152

Gay, Sophie   149
Genette, Gérard   19
Genlis, Mme de   149
Girardin, Émile de   150
Giscard d'Estaing, Valéry   106
Goimard, Jacques   28
Golon, Anne & Serge   158
Goscinny, René   158
Goudmand, Anaïs   50
Grangé, Jean-Christophe   160
Grivel, Charles   23
Guedj, Aimé   94
Guise, René   14, 28, 35

H

Hamdi, Nora   116
Havard, Gustave   151
Heuschafer, Hans-Jorg   14
Hoggart, Richard   24
Holmes, Diana   26
Houellebecq, Michel   160
Hugo, Victor   152
Hunt, Linn   25

I

Iser, Wolfgang   35, 46, 57, 66
Ivoi, Paul d'   155

J

Jacq, Christian   159
Japrisot, Sébastien   159
Jauss, Hans R.   20
Jouve, Vincent   38, 40, 53, 55, 60, 63

K

Kalifa, Dominique   26, 30, 39
Kan, Alain   124
Klein, William   119
Kock, Paul de   149
Krüdener, Mme de   149

L

Lacassin, Francis   12, 35
Lafarge, Claude   57
Le Guern, Philippe   26

Leblanc, Maurice   155
Leduc-Adine, Jean-Pierre   70
Lee, Bruce   119
Lemaitre, Pierre   103, 160
Lemieux, Jacques   16
Lenoble, Benoît   30
Lesage, Alain René   148
Lits, Marc   26, 34
Loti, Pierre   29, 154
Lurkers   128
Lyon-Caen, Judith   16, 25, 32, 48, 53
Lyons, Martyn   18

M

Malet, Léo   158
Malot, Hector   154
Malzieu, Mathias   104, 160
Maquet, Auguste   31
Martin, Claude   16
Martin, Marc   29
Mary, Jules   154
McKenzie, D. F.   29
McLaren, Malcolm   128
Meizoz, Jérôme   39
Mendès, Catulle   154
Mérouvel, Charles   155
Michelet, Jules   15
Migozzi, Jacques   11, 12, 16, 17, 21, 25, 26,
   29, 36, 39, 43, 50, 113, 135
Millaud, Moïse   153
Milliard, Sylvie   33
Mitterand, Henri   70, 72
Mollier, Jean-Yves   16, 18, 22, 26, 29, 30, 31
Mombert, Sarah   27
Montépin, Xavier de   36, 37, 44, 84, 154,
   155
Mordillat, Gérard   160
Mouralis, Bernard   17

N

Nadeau, Vincent   16
Nathan, Michel   24

Nicolas, Alain   100
Notomb, Amélie   160

O

O. T. H.   119
Ohnet, Georges   154
Olivier-Martin, Yves   13
Orecchioni, Pierre   13

P

Pagès, Alain   70
Paquet-Brenner, Gilles   115
Parent-Lardeur, Françoise   15
Pélissier, Nicolas   26
Pennac, Daniel   159
Perrot, Michelle   65
Petitjean, André   21
Petronie, André   14
Pevel, Pierre   160
Pigault-Lebrun, Charles   18, 149
Pigoreau, Alexandre-Nicolas   14
Pinçon, Michel   130
Pinçon-Charlot, Monique   130
Plas, Olivier de   115
Platten, David   26
Ponson du Terrail, Pierre-Alexis   152, 153
Poulain-Gautret, Emmanuelle   22
Prévost, l'abbé   148
Prieto-Pablos, Juan   47
Propp, Vladimir   13
Pussy Riot   129

Q

Queffélec, Lise (Dumasy, Lise)   11, 13, 16,
   43, 101
Queneau, Raymond   158

R

Réage, Pauline (Dominique Aury)   158
Restif de la Bretonne   148
Reverzy, Éléonore   70
Richebourg, Émile   34, 44, 50, 51, 52, 61,
   62, 64, 65, 153, 154
Ripoll, Roger   70, 72

Robida, Albert   154
Rosen, Elisheva   54
Rousseau, Jean-Jacques   148

S

Sade, Marquis de   148
Sagan, François   158
Sainte-Beuve, Charles-Augustin   11, 43,
   101, 150, 151
Saint-Exupéry, Antoine de   157
Saint-Jacques, Denis   16, 88
Salmon, Christian   26
Sand, George   150, 151
Sanvert, Catherine   70
Saquin, Michèle   99
Sazie, Léon   156
Schaeffer, Jean-Marie   26
Scott, Walter   18
Screwdriver   128
Séguin, Laurent   31
Ségur, Comtesse de   152
Sfar, Joann   103, 104, 160
Sham 69   128
Simenon, Georges   157
Sioux, Siouxsie   128
Sœurs Titine   121
Soulié, Frédéric   18, 150, 151
Souvestre, Pierre   38, 60, 156
Spandonis, Sophie   70
Staël, Mme de   149
Stockhausen, Karlheinz   117
Strange, Steve   128
Suleiman, Susan   22, 60

T

Teulé, Jean   160
Thérenty, Marie-Ève   28
Thibaudet, Albert   99
Thiesse, Anne-Marie   13, 15, 29, 30, 32, 39,
   43, 48, 73, 82, 84
Tison, Guillemette   36
Todorov, Tzvetan   20
Tortel, Jean   12, 14, 17, 23
Trinh-Thi, Coralie   113, 114
Tuillerie, Augustine   154

V

Vareille, Jean-Claude   13, 15, 20, 22, 24, 32,
   35, 40, 43, 84, 88
Vergas, Fred   159
Verne, Jules   18, 153
Vernes, Henri   158
Veuzit, Max de   155
Vian, Boris   157
Villeneuve, Gabrielle-Suzanne de   148
Villiers, Gérard de   159

W

Watt, Ian   53
Weygand, Zina   58
Wilde, Oscar   131
Wolf, Camille   30
Wul, Stefan   158

Y

Yasukawa, Takashi   36, 50

Z

Zaccone, Pierre   153
Zévaco, Michel   27, 35, 155
Zola, Émile   22, 72, 79, 81, 85, 89, 90, 91,
   92, 93, 100, 153, 154

■著者紹介

宮川 朗子 みやがわ あきこ

名古屋大学大学院文学研究科仏文学専攻博士課程後期課程単位取得満期退学
グルノーブル第3大学博士号（文学）
広島大学大学院文学研究科教授

主要論文

« Accueil de Travail de Zola au Japon: Traduction, publication et recherche du style dans les années 1900-1920 », in Carolyn Snipes-Hoyt, Marie-Sophie Armstrong and Riikka Rossi (eds.), *Re-Reading Zola and Worldwide Naturalism*, Cambridge Scholars Pub., 2013 ; « Place de littérature dans la presse de la Provence des années 1860 - le cas du *Messager de Provence* (1861-1871)- »,『広島大学フランス文学研究』、第36号（2017）；「商業的成功と文学的成功　ゾラ『居酒屋』（1876-1877）の連載と書籍版の出版をめぐって」、『表現技術研究』、第12号（2017）

訳書

ダニエル・コンペール『大衆小説』、国文社（2014）、アントワーヌ・コンパニョン『アンチモダン』、（共訳）名古屋大学出版会（2012）

安川　孝　やすかわ　たかし

明治学院大学大学院文学研究科フランス文学専攻博士課程中退
リモージュ大学博士号（文学）
明治学院大学、東洋大学、白百合女子大学、亜細亜大学、津田塾大学非常勤講師

主要論文

*Poétique du support et captation romanesque : la "fabrique" de son lecteur par le roman de
la victime de 1874-1914*（2013, 博士論文）
「女性向け大衆文学〈犠牲者小説〉— 女性らしさ、道徳、社会的言説 —」『明學佛
文論叢』49 号（2016）

市川　裕史　いちかわ　ひろし

東京大学大学院人文科学研究科仏語仏文学専攻博士課程満期退学
モンペリエ第 3 大学（ポールヴァレリー大学）フランス文学フランス文化学科第 3
課程中途退学
津田塾大学学芸学部准教授

主要論文

「『アリエル』とゴーチエの「1836 年の官展」」in 東京大学仏語仏文学研究会『仏語
仏文学研究』第 13 号（1995）；「フランス語教育の矛盾について：津田塾大学にお
ける第 2 外国語教育の実践から」in『津田塾大学国際関係研究所報』第 35 号（2000）；
「フランスのパンク文学①〜⑥」in『津田塾大学国際関係研究所報』第 42 号（2007）〜
第 47 号（2012）；「『フランス大衆小説研究の現在』あとがき」in『津田塾大学国際
関係研究所報』第 54 号（2019 予定）

フランス大衆小説研究の現在

2019 年 9 月 20 日　初版発行

著　者	宮川 朗子　安川 孝　市川 裕史
発行所	広島大学出版会

〒739-8512
東広島市鏡山 1-2-2 広島大学図書館内
E-mail :press@hiroshima-u.ac.jp

印刷　(株)ニシキプリント　　　　ISBN978-4-903068-46-6　C1090

定価 1,900 円 + 税